Uma Aposta irresistível

SÉRIE GIRL MEETS DUKE VOL. 3

Tessa Dare

Uma Aposta irresistível

2ª reimpressão

Tradução: A C Reis

 Gutenberg

Copyright © 2021 Eve Ortega

Título original: *The Wallflower Wager*

Todos os direitos reservados pela Editora Gutenberg. Nenhuma parte desta publicação poderá ser reproduzida, seja por meios mecânicos, eletrônicos, seja via cópia xerográfica, sem a autorização prévia da Editora.

EDITORA RESPONSÁVEL
Rejane Dias

PREPARAÇÃO DE TEXTO
Natália Chagas Máximo

REVISÃO FINAL
Helô Beraldo

CAPA
Larissa Carvalho Mazzoni
(sobre imagem de Darya Komarova / Shutterstock)

DIAGRAMAÇÃO
Larissa Carvalho Mazzoni

Dados Internacionais de Catalogação na Publicação (CIP)
Câmara Brasileira do Livro, SP, Brasil

Dare, Tessa

   Uma aposta irresistível / Tessa Dare ; tradução A.C. Reis. -- 1. ed.;
2. reimp. -- São Paulo : Gutenberg, 2022. (Girl Meets Duke ; 3)

   Título original: *The Wallflower Wager*

   ISBN 978-65-86553-66-6

   1. Ficção norte-americana I. Título II. Série.

21-63663   CDD-813

Índices para catálogo sistemático:
1. Ficção : Literatura norte-americana 813

Aline Graziele Benitez - Bibliotecária - CRB-1/3129

A **GUTENBERG** É UMA EDITORA DO **GRUPO AUTÊNTICA**

São Paulo
Av. Paulista, 2.073 . Conjunto Nacional
Horsa I . Sala 309 . Bela Vista
01311-940 . São Paulo . SP
Tel.: (55 11) 3034 4468

Belo Horizonte
Rua Carlos Turner, 420
Silveira . 31140-520
Belo Horizonte . MG
Tel.: (55 31) 3465 4500

www.editoragutenberg.com.br
SAC: atendimentoleitor@grupoautentica.com.br

*Porque meninas não continuam
crianças para sempre.*

Ao longo dos anos em que vem cuidando de animais indesejados, Lady Penélope Campion aprendera algumas coisas.

Cães latem; coelhos saltam.

Porcos-espinhos se enrolam em uma bola espinhenta.

Gatos se esparramam no meio da sala de estar e se lambem em lugares inconvenientes.

Papagaios confusos saem voando pelas janelas e pousam em locais fora de alcance. E Penny se estica para fora da janela, de camisola, para resgatá-los – mesmo que isso signifique arriscar o próprio pescoço.

Penny não conseguia mudar sua natureza, do mesmo modo que as criaturas perdidas, solitárias, feridas e abandonadas não conseguiam mudar a delas.

A jovem agarrou o caixilho da janela com uma das mãos e mostrou um petisco com a outra.

– Agora venha, querida. Aqui. Este biscoito é para você.

Dalila inclinou a cabeça emplumada e fitou o petisco. Mas não se mexeu.

Penny suspirou. Ela não podia culpar ninguém a não ser a si mesma. Ao anoitecer, ela se esquecera de cobrir a gaiola por completo e deixou uma vela acesa até muito tarde enquanto terminava de ler um delicioso romance. Contudo, ela nunca imaginou que Dalila fosse esperta o suficiente para passar uma garra pela grade e soltar a tranca da portinha.

Depois que a papagaia fugiu da gaiola, ela saiu voando pela janela.

Penny fez um bico e assobiou.

– Está vendo, querida? É um lindo biscoito, não acha? É de gengibre.

– *Menina linda* – palrou a papagaia.

– Isso, querida. Que menina linda, muito linda você é.

Dalila fez um movimento hesitante de lado. Algum progresso, ao menos. A ave se aproximou...

– Isso mesmo. Venha cá, minha querida.

Um pouco mais...

– Boa menina.

Mais alguns centímetros...

Droga.

Dalila arrancou o biscoito da mão de Penny, recuou e alçou um breve voo, indo pousar no parapeito da casa ao lado.

– Não. Por favor, não.

Batendo as asas, Dalila entrou pela janela aberta e desapareceu.

Droga e porcaria.

A velha residência Wendleby ficara vazia por anos, exceto pelos poucos criados que ainda cuidavam do lugar. Porém, recentemente, tinha trocado de mãos. O novo e misterioso proprietário ainda não tinha aparecido, mas um arquiteto e um regimento de pedreiros estavam fazendo uma reforma ruidosa e poeirenta. E uma casa em obras não era lugar para uma ave indefesa voar às escuras.

Penny precisava resgatá-la.

Ela observou a saliência que unia as duas casas. Se tirasse as pantufas, subisse por ali, firmasse os pés descalços na borda de argamassa e se esgueirasse com cuidado... a janela aberta ficaria ao seu alcance. A distância era de apenas alguns passos.

Correção: eram apenas alguns passos até a janela. Mas cerca de seis metros até o chão.

Penny acreditava em muitas coisas. Ela acreditava que estudar era importante, que livros eram vitais, que as mulheres deviam ter o direito de votar e que, lá no fundo, a maioria das pessoas era boa. Ela acreditava que todas as criaturas de Deus – humanas ou não – mereciam amor.

Contudo, ela não era tola a ponto de acreditar que poderia voar.

Amarrou o roupão na cintura, enfiou os pés nas pantufas e desceu até a cozinha, onde abriu a gaveta superior esquerda do armário de temperos. Lembrava-se que, no fundo da gaveta, afixada na madeira com um pouco de cera de vela, havia uma chave.

Uma chave que abria a porta dos fundos da residência Wendleby.

Penny pegou a velha peça de metal e raspou a cera com a unha do dedão. Sua família e os Wendleby tinham trocado chaves décadas atrás, como bons vizinhos costumavam fazer. Nunca se sabia quando uma urgência surgiria. E aquilo contava como uma emergência. Àquela hora, acordar a criadagem demoraria demais. Dalila podia, a qualquer momento, sair voando por onde tinha entrado. Penny só esperava que a chave ainda correspondesse à fechadura da porta.

Para a noite, ela saiu. Com uma das mãos, ela carregava a gaiola vazia de Dalila. Com a outra, mantinha o roupão bem fechado para afastar o frio.

Passando sorrateiramente pela porta da frente dos Wendleby, ela dirigiu-se até a entrada de serviço. Ali, protegida pelas sombras, Penny enfiou a chave na fechadura, forçando-a pelas tranquetas. Depois de enfiá-la por completo, virou a chave com decisão.

Com um clique, a fechadura cedeu e a porta se abriu.

Ela esperou, a respiração suspensa, esperando que alguém lá dentro desse o alarme.

O silêncio continuou, a não ser pelo ribombar de seu coração.

Lá estava ela, uma completa estranha às atividades criminosas, cometendo ou arrombamento, ou invasão de domicílio, ou até mesmo roubo. Quem sabe até uma combinação das três coisas.

Um assobio fraco, vindo de cima, enfatizou a urgência de sua missão.

Fechando a porta atrás de si, Penny colocou a gaiola no chão, enfiou a mão no bolso do roupão e pegou a vela e o isqueiro que tinha colocado ali antes de sair de sua casa. Levantou a vela acesa com uma das mãos, pegou a gaiola de Dalila com a outra e entrou na casa.

Penny passou pelo *hall* de serviço e subiu um lance de escada, emergindo no corredor principal da residência. Fazia muitos anos que ela não entrava nessa casa. Da última vez, com as dificuldades que os Wendleby enfrentavam, o local estava numa situação de decadência aristocrática.

Enfim, pôde ver o resultado de vários meses de obra.

Se o novo proprietário queria se exibir, tinha conseguido. Na opinião dela, o lugar era frio e carecia de alma. Mas, também, ela nunca fora de se exibir. E aquela casa não apenas brilhava – ela ofuscava. O *hall* de entrada era o equivalente visual de um toque de 24 trombetas. Acabamentos dourados e painéis espelhados refletiam a luz de sua vela, disparando os raios de um lado a outro até serem amplificados num clarão.

– Dalila – ela sussurrou, parada na base da escadaria principal. – Dalila, cadê você?

– *Menina linda.*

Penny levantou a vela e olhou para cima. Dalila estava empoleirada no parapeito do segundo andar.

Graças a Deus.

A papagaia passou o peso de uma pata para outra e inclinou a cabeça.

– Isso, querida. – Penny foi subindo os degraus em passos suaves, sem pressa. – Você é uma menina muito, muito linda. Sei que está com saudade da sua dona e da sua casa. Mas esta não é sua casa, entende? Não tem biscoitos aqui. Vou levá-la de volta para casa, onde é quente e gostosinho, e você vai poder comer todos os biscoitos de gengibre que quiser. Se ficar bem... parada... aí...

Bem quando Penny tinha a ave ao seu alcance, ela bateu as asas e subiu ao próximo andar.

– *Menina linda.*

Sacrificando o silêncio pela velocidade, Penny correu escada acima e chegou ao segundo andar a tempo de ver a papagaia disparar através de uma porta aberta. Ela conhecia bem o bastante a disposição da casa para saber que aquele caminho não tinha saída.

Ela entrou no aposento – um quarto com paredes recém-revestidas de uma exuberante seda adamascada e uma enorme cama com dossel, tão grande que poderia ser um quarto por si só. Tapeçarias de veludo verde-esmeralda pendiam do dossel, envolvendo a cama.

Silenciosamente, Penny fechou a porta atrás de si.

Dalila, agora eu encurralei você.

Encurralada, talvez, mas não capturada.

A ave a fez persegui-la pelo quarto, voando do dossel para o guarda-roupa para o dossel para a cornija da lareira para o dossel... céus, para que tanto dossel?

Após correr escada acima e perseguir a ave pelo quarto, Penny ficou sem fôlego. Se não se dedicasse tanto a resgatar criaturas abandonadas...

Dalila posou no lavatório e Penny correu para salvar a bacia e o jarro antes que caíssem no chão. Enquanto ajeitava as peças em seu lugar, ela notou vários outros objetos na mesa de mármore. Uma barra de sabão, uma navalha afiada, uma escova de dentes e dentifrício em pó. Evidências de ocupação recente.

Ocupação *masculina.*

Penny precisava pegar aquela papagaia e sair dali.

Em vez de se empoleirar em uma coluna do dossel, a papagaia cometeu o erro de voar por baixo da cobertura. Então, sua fuga foi impedida pelas volumosas tapeçarias.

Penny correu para a cama, deu um salto e conseguiu agarrar a ave por uma de suas pequenas garras.

Pronto. Peguei você.

Pegar Dalila seria motivo de comemoração. Contudo, ela estava mesmo sem sorte e também se embaraçou nas tapeçarias.

A porta do aposento adjacente foi aberta. A luz de uma vela iluminou o quarto. Ela soltou a perna de Dalila e a ave fugiu de seu alcance mais uma vez, deixando Penny esparramada na cama de um estranho, de camisola, sem um pássaro na mão.

Enquanto virava a cabeça para a figura parada no vão da porta, ela fez um pedido aos céus:

Por favor, que seja uma criada.

Mas é claro que ela não teria tanta sorte. Havia um homem no vão da porta que conduzia ao quarto adjacente. Ele segurava uma vela e não vestia nada.

Bem, ele não estava nu por completo. Ele vestia *algo*. Esse "algo" era um tecido molhado que pendia de modo precário de seus quadris, parecendo que deslizaria até o chão a qualquer momento – mas dava para chamar de um tipo de vestimenta.

E todo mundo está nu por debaixo de suas roupas, não é mesmo? Aquela situação não era tão diferente. Por que criar caso com isso? Afinal, ele não parecia estar envergonhado. Nem um pouco.

Não, ele parecia magnífico. Magnificamente furioso.

– De onde diabos você surgiu?

Era compreensível o tom de voz irritado. Era também aterrorizante. Penny se desembaraçou das tapeçarias e quase caiu no chão.

– Eu moro na casa ao lado. Onde eu moro. Na minha casa.

– Bem, esta casa é minha.

– Eu não sabia que o novo proprietário já tinha se mudado.

– A partir desta noite, estou aqui.

– Sim. Estou vendo.

Ela estava vendo muita coisa. Bem mais do que era decoroso. Mesmo assim, Penny não conseguia desviar o olhar.

Senhor, aquele era um homem grande e lindo.

Havia tanto o que admirar. Alto, largo e com músculos poderosos. E quase nu, exceto por aquela toalhinha. E tanto cabelo – volumoso e escuro, as mechas molhadas grudadas na cabeça. E pelos. Acompanhando a linha bem definida do maxilar e sombreando de leve o peito.

Ele tinha mamilos. Dois!

Os olhos, Penny. Ele também tem dois olhos. Foco neles.

Infelizmente, essa estratégia não ajudou. Os olhos eram duas lascas de ônix. Lascas de ônix mergulhadas em tinta, depois envoltas em obsidiana, então pinceladas com piche e jogadas num poço sem fundo. À meia-noite.

– Quem é *você*? – Ela suspirou.

– Gabriel Duke.

Gabriel Duke.

O Gabriel Duke?

– Satisfação em conhecê-lo – ela disse, por hábito, como se pudesse ouvir a mãe repreendendo-a lá da Índia.

– Não deveria estar satisfeita. Ninguém mais está.

Não mesmo. Os jornais gastaram um oceano de tinta com esse homem de origem desconhecida, que, agora, era dono de uma influência imensurável. Implacável, diziam alguns. Descarado, diziam outros. Podre de rico, todos concordavam.

Eles o chamavam de Duque da Ruína.

De algum lugar acima, Dalila deu um assobio atrevido e quase indecente. A papagaia saiu de baixo das tapeçarias da cama e atravessou o quarto voando, pousando em uma arandela sem uso na parede oposta. Colocando-se bem atrás do novo vizinho impressionantemente viril de Penny.

Ah, sua ave traiçoeira!

Ele se encolheu e abaixou quando a papagaia passou sobre sua cabeça.

– Que diabos foi isso?

– Eu posso explicar.

Só não tenho vontade.

– É uma papagaia – ela disse. – Minha papagaia.

– Certo. E quem é você, mesmo?

– Eu... ahn... – Penny parecia não saber o que fazer com as mãos. Elas apenas demonstravam seu desejo desesperado de estar em qualquer outro lugar.

Água pingava de alguma parte dura e escorregadia do corpo dele, as gotas marcando as batidas de seu coração envergonhado.

Plim. Plim. Plim.

– Sou Lady Penélope Campion.

Lady Penélope Campion.

A Lady Penélope Campion?

Gabe inclinou a cabeça para um lado, sacudindo-a para se livrar do resto da água de banho na orelha. Ele não podia ter ouvido direito. Com certeza ela quis dizer que era uma *criada* na casa de Lady Penélope Campion.

– Você não pode ser Lady Penélope.

– Não posso?

– Não. Lady Penélope é uma solteirona que mora sozinha com dúzias de gatos.

– Não são *dúzias* – ela disse. – Um pouco mais de *uma* dúzia, mas só porque estamos na primavera. É a estação dos gatinhos, sabe.

Não, ele não sabia. Nada daquilo fazia qualquer sentido.

Lady Penélope Campion era o principal motivo de ele ter adquirido aquela propriedade. Famílias de novos-ricos pagavam quantias exorbitantes para morar perto de uma lady, mesmo que a lady em questão fosse uma solteirona sem atrativos.

Como era possível que *aquela* mulher fosse uma solteirona? Ela era filha de um conde e devia ter um dote considerável. Se nenhum dos vagabundos falidos ou famintos por um título de Mayfair tinham lhe proposto casamento, a simples lógica indicava que devia existir algo muito desagradável nela. Uma voz insuportavelmente estridente, talvez. Dentes encavalados ou má higiene pessoal.

Porém, ela não apresentava nenhuma dessas características. Era jovem e bonita, sem odores perceptíveis. Os dentes formavam duas fileiras de pérolas e sua voz era como um raio de sol. Não havia nada de desagradável nessa mulher. Ela era... agradável de todas as formas.

Bom Deus, ele conseguiria vender a casa por uma fortuna.

Desde que essa lady não estivesse arruinada.

No nível de sociedade em que ela estava, não precisava muito para alguém se arruinar. Só como exemplo, ela poderia ficar arruinada apenas por se encontrar sozinha, com roupa imprópria, no quarto do vilão mais detestado – e mais nu, no momento – da aristocracia.

– Você precisa ir embora – ele disse. – Agora mesmo.

– Não posso. Não antes de pegar...

– Espere aqui. Vou me vestir e depois irei acompanhá-la até sua casa. Com discrição.

– Mas...

– Sem discussão – ele grunhiu.

Gabe tinha lutado para sair das sarjetas usando os aristocratas arruinados de Londres como degraus em sua trajetória. Mas ele não tinha se esquecido de onde vinha. Gabe tinha aprendido a falar e se comportar como as pessoas que se consideravam melhores do que ele. Mas aquele menino de rua ainda vivia dentro dele – incluindo a voz de trombadinha que fazia as senhoras aristocratas agarrarem suas bolsas com medo. Quando ele decidia usar essa voz, raramente não o obedeciam.

Mas Lady Penélope Campion não parecia estar lhe dando atenção.

Seu olhar estava focado em algo atrás dele, acima de seu ombro. Por instinto, ele começou a virar a cabeça.

– Pare – ela disse, com absoluta calma. – Não se mexa.

Uma ave pousou em seu ombro. Uma papagaia, ela disse? As garras da criatura arranharam sua pele. Seus músculos se contraíram com o impulso de afastar o animal.

– Não, espere – ela disse. – Vou pegá-la.

Em geral, Gabe não aceitaria receber ordens de uma mulher – ou de ninguém, na verdade. Contudo, essa era uma situação bastante incomum.

– *Menina linda* – palrou a ave.

Gabe apertou o maxilar. *Você acha que eu não reparei nisso, sua maldita pomba pretensiosa.*

Penny se aproximou dele com cuidado, deslizando silenciosamente pelo tapete, um pé atrás do outro. Ao se aproximar, palavras doces caíam de seus lábios, como gotas de mel.

– Isso mesmo, querida – ela murmurou.

Os pelos finos da nuca dele se eriçaram.

– Fique... bem... aí.

Os pelos dos braços dele também se eriçaram.

– Isso – ela suspirou. – Assim mesmo.

Agora os pelos de suas panturrilhas se eriçaram. Droga, ele tinha pelos demais. Ao fim disso, estariam todos em pé.

Assim como outras partes de seu corpo.

– Não se mexa – ela disse.

Gabe não podia falar pela papagaia, mas ele estava começando a se mexer. Uma parte dele tinha vontade própria, principalmente quando se tratava de mulheres lindas usando camisolas translúcidas. Fazia algum tempo que ele não se deitava com uma mulher, mas seu corpo não tinha se esquecido de como a coisa funcionava.

Ele não conseguiu se conter e olhou para o rosto dela. Só por meio segundo. Não tempo o suficiente para examinar cada feição. Na verdade, ele não foi além dos lábios. Lábios exuberantes como pétalas, pintados de rosa suave.

Ela chegou tão perto. O suficiente para que, quando inspirou, pudesse inalar seu aroma. Um aroma delicioso. Um desejo discreto cresceu no seu peito.

– Sei que está se sentindo perdida. E um tanto assustada. Você sente muita falta dela, não é? Mas estou aqui, querida. Estou aqui.

As palavras dela fizeram uma dor estranha se espalhar dos dentes aos pés dele. Uma consciência dolorosa de todos os seus lugares vazios.

– Venha para casa comigo – ela sussurrou. – E vamos resolver o resto juntas.

Ele não aguentava mais.

– Pelo amor de Deus, tire essa coisa maldita de mim.

Enfim, ela pegou o animal emplumado.

– Pronto. – Aninhando Dalila em seus braços, ela levou a papagaia até a gaiola e a prendeu.

Gabe suspirou de alívio.

– Ela ficaria mais calma se eu cobrisse a gaiola – disse a linda invasora. – Você pode me emprestar uma toalha?

Ele olhou para a peça enrolada em sua cintura.

– Você quer mesmo?

O rosto dela ficou vermelho.

– Deixe para lá. Vou embora.

– Vou acompanhar você.

– Não precisa, de verdade. É a casa ao lado. São menos de vinte passos de distância.

– São vinte passos demais.

Gabe talvez não agisse de acordo com as normas da sociedade, mas as compreendia o suficiente para saber que a presente situação violava pelo menos dezessete dessas normas.

E qualquer coisa que prejudicasse a reputação dela diminuiria o lucro que ele poderia ter com a casa.

Até vender a propriedade, o valor de Lady Penélope estava ligado ao dele.

– Vossa senhoria está sem dúvida acostumada a fazer o que quer. Mas já arruinei lordes, baronetes, cavaleiros e cavalheiros o bastante para encher a Praça Bloom. – Ele arqueou uma sobrancelha. – Acredite quando digo que você encontrou alguém à sua altura.

{Capítulo dois}

Penny observou em silêncio o Gabriel Duke fazer meia-volta e entrar no quarto de vestir.

Então, ela se derreteu em uma poça trêmula no chão.

Céus!

Gabriel deixou a porta entreaberta. Quando a toalha dele caiu no chão, Penny viu de relance suas nádegas musculosas e rijas antes de desviar o olhar.

Oh, Senhor! Oh, Senhor! Oh, Senhor!

Após trancar a gaiola de Dalila e verificar a tranca só para garantir, Penny levantou e tentou se recompor.

Ela olhou para o roupão que vestia. A estampa desbotada estava fora de moda há anos e as pontas da faixa, vergonhosamente desfiadas – vítimas das brincadeiras de muitos gatinhos. E seu cabelo... Ah, ela só podia imaginar o estado de seu cabelo após essa aventura.

Penny observou-se no espelho da penteadeira. Pior do que receava. Sua trança fazia a crista bagunçada de Dalila parecer um primor. Ágil, Penny desamarrou a tira de tecido que segurava sua trança, penteou o cabelo com os dedos e, depois, refez a trança e amarrou a ponta.

Ela fitou o espelho de novo. Melhor, ela avaliou. Não muito melhor, mas melhor.

– *Menina linda!*

No quarto de vestir, o Sr. Duke soltou um grunhido de aborrecimento.

– Sinto tanto pela invasão – ela falou alto. – Faz poucas semanas que Dalila veio morar na Praça Bloom. A antiga dona faleceu e papagaios são fiéis e inteligentes. Não raro vivem mais que seus companheiros humanos. Então, ela não apenas foi tirada de sua casa, mas também está de luto.

– Devo dizer que ela não me parece lá muito triste.

– Ela diz as coisas mais engraçadas, não é mesmo? "Menina linda" e "sim" e... Você ouviu essa? "Quer uma..." o quê? Eu nunca entendo o que ela diz no fim. Com certeza não é biscoito. "Quer uma soda", talvez? Mas quem dá refrescos a um papagaio? Parece muito algo como "quer uma fossa?", mas isso faz ainda menos sentido. Preciso dizer que o mistério está me deixando um pouco maluca.

– É foda.

Penny congelou.

– Bem, não estou *tão* incomodada.

Ele voltou ao quarto, agora vestindo calças e uma camisa desabotoada.

– É o que a papagaia está dizendo. "Quer uma foda, amor?". A ave veio de um bordel.

Penny passou alguns momentos em um silêncio escandalizado. Nunca alguém falara com ela dessa maneira – mas essa não era a parte inquietante. O que a inquietava era o quanto tinha gostado daquilo.

– Não pode ser – ela disse. – Dalila pertencia a uma senhorinha. Foi o que me disseram.

– Prostitutas também envelhecem.

– *Menina linda.* – Dalila deu um assobio atrevido. – *Quer uma f...*

Penny levou a mão à boca.

– Oh, não.

– *Sim! Sim! Ooh! Sim!*

O Sr. Duke sentou-se para calçar as botas.

– Por favor, diga-me que não preciso traduzir essa parte para você.

Penny não conseguiu pensar em nada que pudesse tornar a situação menos horrível. Mas não conseguia dizer uma palavra sequer. Não que tivesse perdido a língua. Sua língua tinha secado e morrido.

Botas calçadas, ele foi em passos largos até a porta e a abriu para ela. Grata, Penny pegou a gaiola e apressou-se em sair.

– Sei como a reputação de uma lady pode ser frágil – ele disse. – Então, para que fique claro... ninguém poderá saber que você esteve aqui.

– Lady Penélope?

Penny quase pulou para fora de si mesma.

A governanta, Sra. Burns, estava parada no corredor. Seus olhos desviaram-se para o patrão.

— Sr. Duke.

Ele praguejou baixo. Se fosse o tipo de pessoa que usava palavras de baixo calão, Penny também teria praguejado.

A Sra. Burns administrava a casa Wendleby desde sempre, pelo que Penny lembrava. Quando era criança, a governanta a aterrorizava.

Pouco tinha mudado nesse aspecto. A mulher estava mais assustadora agora, vestida de preto da cabeça aos pés, com o cabelo dividido rigorosamente ao meio. A vela que segurava projetava sombras macabras em seu rosto.

— Posso ajudar de alguma forma? — Ela entoou, solene.

— Minha papagaia entrou pela janela e eu vim pegá-la — Penny apressou-se em explicar. — O Sr. Duke foi muito gentil e me ajudou. Sra. Burns, talvez pudesse fazer a gentileza de me acompanhar até minha casa?

— Seria prudente. — A governanta lhe deu um olhar de reprovação. — Se posso sugerir, milady, no futuro acorde um criado para lhe abrir a porta da casa.

— Oh, isto não vai acontecer outra vez. — Penny olhou de relance para o Sr. Duke enquanto se dirigia para a escada. — Eu prometo.

Na verdade, Penny tinha arquitetado um plano simples para lidar com aquela situação.

Agradecer ao Sr. Duke pela ajuda...

Retirar-se calmamente...

E, então, nunca mais sair de sua própria casa.

Como dono de propriedades por toda a Grã-Bretanha — hotéis, residências, minas, fábricas, propriedades rurais —, Gabe estava acostumado a acordar em quartos estranhos. Três coisas, contudo, nunca mudavam.

Ele sempre acordava com o Sol.

Sempre acordava faminto.

E sempre acordava sozinho.

Ele tinha uma série de regras quanto a encontros sexuais — ele não pagava, não implorava e, com toda certeza, jamais se casaria para ter sexo. Quando estava em Londres, não tinha dificuldade de encontrar amantes descompromissadas, mas recentemente mudava tanto de um lugar para outro que não conseguia tempo para isso.

Nesta manhã, em especial, ele sentou-se na cama, sacudiu a cabeça e familiarizou-se com o ambiente. Mayfair. Praça Bloom. A casa que deveria lhe trazer um lucro satisfatório, depois que estivesse pronta para ser vendida.

A casa ao lado da *dela*. Da Lady Penélope Campion – a solteirona esfarrapada, envelhecida e sem graça que...

Que não era nada disso. Nem de longe.

Por acaso, Lady Penélope Campion revelou-se uma beleza com cabelos claros e olhos azuis.

Em sua mente, ele ainda podia vê-la, de roupão, esparramada em sua cama. Como uma Cachinhos Dourados adulta, que invadiu sua casa sem ser convidada para testar o colchão. Macio demais, duro demais...?

Ele não sabia a opinião dela, mas a reação de Gabe foi a segunda. Seu pau estava na costumeira posição matinal, a pleno mastro.

Gabe esfregou o rosto com a mão e foi cambaleando até o banheiro.

Cansado demais da viagem para inspecionar as novas instalações no dia anterior, tudo parecia em ordem pela manhã. O chão em placas de mármore e uma imensa banheira de cobre, completa, com torneiras para água corrente quente e fria.

Na noite passada, ele tinha se conformado com um rápido banho frio, mas hoje ele tomaria um quente. Ele se acomodou na banheira e abriu a torneira marcada com um "Q". Esta tremeu, mas se recusou a fornecer água. Gabe a sacudiu de leve, depois deu-lhe um tapa. Nada.

Em toda a sua vida, ele nunca recuara de uma luta, e esse devia ser o confronto mais fútil de todos: trocar tapas com uma torneira.

Ele bateu no cano e, enfim, a torneira cedeu, com um rangido e um gemido. Um jato de água fria atingiu seu rosto. Agulhas de gelo espetaram os olhos, a boca. Maldição, até entraram em seu nariz!

Primeiro *round* para a torneira.

Bloqueando o jato com uma das mãos, ele fechou a torneira "Q" com a outra. Aborrecido, abriu a marcada com "F". Um banho frio tinha seus benefícios. Após alguns minutos esfregando-se com uma água tão gelada que fez suas bolas encolherem, conseguiu tirar a vizinha de lábios cheios e rosados de sua cabeça.

Quase.

O restante de sua higiene matinal foi simples. Escovou os dentes, barbeou-se, penteou para trás o cabelo rebelde e vestiu-se.

Antes de sair do quarto, pegou a moeda de prata na penteadeira – um xelim, liso de tanto ser manuseado – e a enfiou no bolso do colete. Ao longo dos anos, aquele xelim tinha se tornado seu talismã. Um lembrete de onde tinha vindo, de quão alto tinha subido. Gabe nunca ia a lugar algum sem seu xelim.

– Hammond! – ele gritou, após abrir a porta.

Seu arquiteto apareceu um minuto depois, ofegante por subir a escadaria.

– Bom dia, Sr. Duke.

– O dia até podia estar bom se a torneira de água quente, pela qual paguei centenas de libras para instalar, estivesse funcionando. – Ele meneou a cabeça. – Esta casa devia estar terminada meses atrás.

– Eu sei que essa era a esperança do senhor.

– Era minha *expectativa* – Gabe o corrigiu. – Gastei três anos no cartório de imóveis para desembaraçar este lugar e adquiri-lo. Estou gastando milhares de libras para modernizar a casa. Mas não posso obter lucro até vendê-la.

– Como indiquei em minha correspondência, Sr. Duke, houve alguns obstáculos.

– Você os chama de obstáculos. Para mim, parecem desculpas. – Ele gesticulou para a bacia de água. – Você me disse que esta era a inovação mais recente. Água quente corrente.

– E *é* a mais recente inovação. Tão recente, de fato, que o seu é apenas o segundo aquecedor deste tipo na Inglaterra. Só existe um homem deste lado do Canal da Mancha que saberia como consertá-lo.

– Então, traga o homem aqui para consertar essa porcaria.

– Bem, sim, aí é que está o obstáculo. – Hammond passou as duas mãos pelo cabelo grisalho. – Esse homem, em particular, está morto.

Gabe soltou um palavrão.

– Ponha o outro num navio, então.

– Já está vindo.

Enquanto caminhavam pelo corredor, Gabe parava para espiar pelas portas abertas, avaliando o progresso em cada cômodo. Sem papel de parede em um, sem cornija no outro...

Inaceitável.

– Fale-me, então, desses "obstáculos" que você tem encontrado.

Hammond olhou para baixo, na escadaria, e baixou a voz, falando sem mover os lábios.

– Estou olhando para um deles agora mesmo.

Gabe olhou na mesma direção.

– A governanta?

– Ah, que bom – ele murmurou. – O senhor também a está vendo.

– Não deveria ver?

– Não sei. Não tenho certeza de que ela é humana. Às vezes, acho que é um fantasma que assombra este lugar há séculos.

Gabe fitou o arquiteto com preocupação. Quem sabe Hammond não precisava de uma folga. O homem estava ficando velho.

Ele avaliou a governanta à luz do dia. A mulher se conduzia com uma postura rigorosa e sua aparência podia muito bem ter sido desenhada com carvão – do cabelo preto penteado com severidade, passando pelo vestido preto todo fechado, até os lustrosos sapatos pretos.

– Ela me parece uma governanta típica, se quer saber.

– Não há nada de típico nessa mulher – Hammond disse. – Você vai ver. Juro que ela consegue atravessar as paredes. Aparece do nada. Você está andando por um corredor absolutamente vazio e, de repente, lá está ela, bem na sua frente.

Gabe tinha que admitir que, na noite passada, a Sra. Burns tinha aparecido do nada.

– Eu sou um arquiteto. Se houvesse corredores secretos nesta casa, eu saberia. Mas não há. Estou lhe dizendo, ela é algum tipo de espírito. Espero que o senhor a demita, mas não sei se funcionaria. Acho que vai ser necessário um exorcismo.

– Encontrar e treinar uma substituta adequada seria uma tarefa monumental. – Gabe sabia o valor de um empregado competente e, após a noite passada, ele não daria àquela mulher nenhuma razão para sair espalhando boatos por vingança. – Enquanto for leal, ela fica.

– Ela é leal até *demais*. Não quer que nada seja mudado. Etapas que foram feitas em um dia, misteriosamente aparecem desfeitas na manhã seguinte.

– Então ela está interferindo?

– Isso ou está fazendo feitiços.

– Não vou demiti-la. Quando as pessoas são competentes no que fazem, eu as mantenho. – Ele olhou torto para Hammond. – Mesmo quando são chatas.

– Eu receava que dissesse isso. – Hammond suspirou. – Pode-se dizer qualquer coisa da criatura, porém ela conhece de fato a casa. Melhor do que você conhece um xelim.

Duvido disso.

– Mas depois que ela o deixar tremendo de medo – Hammond o alertou –, não venha bater na minha porta no meio da noite. Não deixarei você entrar.

– Que decepção!

Eles desceram o restante da escadaria e entraram na sala de café da manhã. Uma tigela de frutas jazia sobre a mesa. Gabe ficou com água na boca, mas, como sempre, seu instinto foi hesitar.

Não toque nisso, rapaz. Não é para os da sua laia.

Não importava quanta riqueza ele juntasse, parecia que nunca se livraria daquela voz. E não importava o quanto ele devorasse, a satisfação nunca vinha. A fome parecia nunca desaparecer.

Pegou uma maçã, lustrou-a no colete e deu uma mordida irreverente.

– E lá está seu terceiro problema. – Hammond indicou a janela com a cabeça. – Bem ali, na praça. Lady Penélope Campion.

Gabe aproximou-se da janela. Ela parecia diferente esta manhã. Diferente, mas não menos bonita. O Sol da primavera emprestava um brilho dourado ao seu cabelo, e o vestido simples definia os contornos de suas curvas graciosas e tentadoras. Mesmo à distância, ele podia ver o sorriso dela.

Por mais que fosse linda, não era o tipo usual de Gabe. Ele não queria nada com mocinhas delicadas e mimadas que não conheciam o mundo além de Mayfair. Elas eram como porcelana pintada em uma prateleira alta, e ele era o touro que invadia a loja.

Era preocupante, portanto, que Lady Penélope estivesse começando a mexer com ele.

Gabe deu outra mordida na maçã, chegando ao miolo da doce fruta.

Ele observou os movimentos de Lady Penélope no meio da praça. Em sua mão enluvada, ela segurava uma guia, cuja extremidade estava presa em... alguma coisa peluda e marrom que *rolava*.

– O que é aquilo?

– Aquilo seria um vira-lata com as duas patas traseiras aleijadas. Parece que a amiga de Sua Senhoria projetou uma pequena carruagem para a traseira do animal e o cachorro roda pela vizinhança como uma bola de bilhar que late. Se acha isso estranho, espere até ver a cabra.

– Espere um instante. Ela tem uma *cabra*?

– Ah, sim. Ela pasta na praça a tarde toda. Isso não aumenta o nível da Praça Bloom, concorda?

– Estou vendo o problema.

– E só estou começando. Sua Senhoria conseguiu, sozinha, atrasar a reforma em um mês. – Hammond tirou uma série de cartas de uma pasta. Ele ergueu uma e começou a ler. – "Prezado Sr. Hammond, preciso solicitar que o senhor atrase a finalização do piso de tacos. O cheiro do verniz está deixando as galinhas tontas. Atenciosamente, Lady Penélope Campion".

Ele pegou outra.

– "Prezado Sr. Hammond, receio que a reforma da estrebaria precise ser temporariamente suspensa. Encontrei uma ninhada de gatinhos no palheiro. A mãe deles está cuidando de seus filhotes, mas como ainda não abriram os olhos, não podem mudar de lugar por mais uma semana. Obrigada por sua cooperação. Agradecidamente, Lady Penélope Campion".

Gabe percebeu um padrão.

– Oh, e esta é a minha favorita. – Hammond sacudiu uma carta para abri-la e pigarreou, para obter um efeito dramático. – "Prezado Sr. Hammond, se não for muito trabalho, posso lhe pedir que seus operários não façam trabalho pesado entre nove da manhã e três e meia da tarde? Porcos-espinhos são animais noturnos, sensíveis a barulhos altos. Minha querida Freya está perdendo espinhos. Tenho certeza de que isso o preocupa tanto quanto a mim. Sua vizinha, Lady Penélope Campion". – Ele jogou o maço de cartas sobre a mesa, onde pousaram com um baque surdo. – Ela tem um *porco-espinho*. Sério.

Lá fora, Sua Senhoria levava o cachorro de volta para casa, carregando tanto o animal quanto o carrinho pelos poucos degraus da porta. Gabe deu as costas à janela, massageando as têmporas.

– A situação é insustentável e torna a casa impossível de vender – prosseguiu Hammond. – Ninguém vai querer morar ao lado de uma fazenda. Tentei argumentar, mas quando se trata desses animais, ela surpreende de tão obstinada.

Obstinada mesmo. E imprudente o bastante para invadir uma casa após a meia-noite e pegar um papagaio do ombro de um estranho seminu.

Contudo, mesmo esse nível de obstinação não tinha chance contra a crueldade. Lady Penélope Campion tinha um fraco por animais. Gabe não tinha nenhum fraco por nada.

– Você cuide para que o trabalho seja finalizado e traga os potenciais compradores. – Gabe jogou o miolo da maçã na lareira. – Deixe que eu cuido de Lady Penélope Campion.

Capítulo três

Pelos padrões da sociedade, Penny não tinha muitas qualidades. Filha de um conde, ela recebera a melhor educação possível. Governantas fluentes em três idiomas, dois anos inteiros na escola preparatória e, depois, professoras particulares de Artes, Música e Dança.

Nada disso vingou. Ela nunca encontrou um instrumento musical disposto a lhe render uma melodia, não importava como dedilhasse, tocasse ou implorasse. No desenho, tinha conseguido uma competência mínima.

E dançar? Impossível.

Contudo, Penny emergira da adolescência com uma qualidade incomparável.

Compaixão.

Nada lhe agradava mais do que cuidar daqueles ao seu redor. Alimentá-los, aquecê-los, protegê-los... dar-lhes um lar. Ela distribuía carinho de uma fonte interminável.

O único problema era que estava ficando sem ter pessoas ao seu redor para receber esse carinho.

Tinha a família, claro. Mas seus pais tinham ido para a Índia como diplomatas. Seu irmão mais velho, Bradford, vivia em Cumberland com a esposa e administrava a propriedade da família. Timothy, o irmão do meio, tinha entrado para a Marinha Real.

Ainda assim, ela tinha as amigas mais maravilhosas. Não se importava que as garotas da escola preparatória tivessem escarnecido dela. Penny acolhia as desajustadas da Praça Bloom. Emma, Alexandra e Nicola. Juntas, visitavam as livrarias, passeavam no parque e reuniam-se em sua casa para o chá da tarde às quintas-feiras.

Ou, pelo menos, era o que costumavam fazer antes de suas amigas começarem suas próprias famílias. Primeiro, o casamento de Emma com o Duque de Ashbury tinha passado de um casamento de conveniência para um amor passional. Em seguida, Alex tinha enfeitiçado o mulherengo mais famoso de Londres e se tornou a Sra. Chase Reynaud. E a brilhante e criativa Nicola...?

Penny fitou a mensagem que tinha acabado de receber, concentrando-se para entender os garranchos apressados:

Hoje não posso. Os biscoitos queimaram. Estou perto de uma Descoberta. Próxima quinta?

Com carinho, N.

Penny pôs de lado o pedaço de papel queimado e olhou para a bandeja de sanduíches na mesinha de chá – todos sem a casca e prontos para uma reunião que não aconteceria.

Ainda bem que, em sua casa, era raro comida ser jogada fora.

Pegando um sanduíche, ela se abaixou e assobiou. Bixby veio correndo pelo corredor, suas patas dianteiras estalando nas tábuas do piso e as patas traseiras acomodadas na engenhosa carruagem projetada por Nicola.

Após cheirar várias vezes o triângulo sem casca, o cachorro deu uma lambida cuidadosa no pão.

– Pode comer – ela o encorajou. – É uma receita nova. Você vai gostar.

Assim que Bixby enfiou os dentes pontudos no sanduíche, a campainha tocou. Penny correu para atender. No último instante, hesitou com a mão na maçaneta.

Será que era ele?

Não podia ser, Penny refletiu.

Mas e se fosse?

Sentindo a hesitação dela, Bixby ganiu e encostou o focinho em seu tornozelo. Inspirando fundo para acalmar seus nervos, Penny abriu a porta.

– Oh – ela disse, tentando não parecer decepcionada. – Tia Caroline.

Sua tia entrou na casa do modo habitual – como uma viajante esnobe que desembarca num país estrangeiro, visitando uma terra onde o povo nativo fala uma outra língua, usa uma moeda diferente e adora outros deuses. Os olhos da tia observaram o local com um tipo de interesse distante, presunçoso. Como se ao mesmo tempo que não desejava compreender essa cultura exótica, estivesse estudando-a.

Mais do que tudo, ela tomava cuidado com onde pisava.

Após terminar seu exame silencioso da sala de visitas, soltou um suspiro cansado.

– Oh, Penélope.

– Também acho ótimo vê-la, tia.

Os olhos da tia pararam na cesta forrada com uma colcha perto da lareira.

– Esse ainda é o mesmo porco-espinho?

– Sente-se, por favor. – Penny decidiu mudar de assunto. – Vou pedir que preparem um chá fresco.

– Obrigada, mas não. – A tia pegou um tufo de pelo de gato da poltrona, segurando-o entre o polegar e o indicador, longe do corpo. Fazendo uma careta para a bola de pelos, ela a soltou, observando-a cair flutuando até o chão. – De qualquer modo, o que tenho para lhe dizer não vai levar muito tempo. Recebi uma carta de Bradford. Ele insiste que você retorne a Cumberland.

Penny ficou perplexa.

– Para passar o verão?

– Para passar o resto de sua vida, acredito.

Não.

Não, não, não.

A tia levantou a mão, protegendo-se da discordância.

– Seu irmão me pediu para lhe dizer que virá a Londres dentro de um mês. E me pediu para garantir que você se prepare para acompanhá-lo na viagem de volta.

Penny sentiu o coração apertar. Ela era uma mulher adulta, portanto, não podiam lhe ordenar que pegasse suas coisas e se mudasse para um dos confins mais distantes da Inglaterra. Contudo, esse era o problema – embora fosse adulta, continuava sendo uma mulher. A casa em que morava pertencia ao seu pai e, enquanto ele estivesse fora do país, Bradford estava no comando. Penny morava na Praça Bloom por uma concessão do irmão. Se ele exigisse que se mudasse para Cumberland, ela não teria escolha.

– Tia Caroline, por favor. Você não pode escrever para ele e convencê-lo a mudar de ideia?

– Não vou fazer nada disso. Acontece que concordo com seu irmão. Na verdade, eu mesma lhe sugeri isso. Prometi aos seus pais que cuidaria de você, mas agora que a guerra terminou... pretendo viajar ao continente. E você não deveria morar sozinha.

– Eu tenho 26 anos e não estou morando sozinha. Eu moro com a Sra. Robbins.

Sem falar nada, a tia pegou a sineta na mesa de chá e a tocou de leve. Vários momentos se passaram. Nada da Sra. Robbins.

Tia Caroline esticou o pescoço em direção ao corredor principal e ergueu a voz:

– Sra. Robbins!

Penny cruzou os braços e suspirou, entendendo muito bem o que a tia estava querendo dizer.

– Ela sempre cuidou muito bem de mim – disse.

– Ela não está mais cuidando de você – contestou a tia. – É você que está cuidando dela.

– Só porque a pobre velhinha não está bem da audição...

Tia Caroline bateu com o pé três vezes no chão – *blam, blam, blam* – e gritou:

– SRA. ROBBINS!

Finalmente, o som de passos idosos, arrastados, veio dos fundos da casa até a sala de visitas.

– Minha nossa! – disse a Sra. Robbins. – Se não é Lady Caroline. Não sabia que milady estava aqui. Aceita um chá?

– Não, obrigada, Robbins. Você já foi bastante útil.

– Fui? – A velha senhora pareceu confusa. – Sim, é claro.

Depois que a Sra. Robbins saiu da sala, Penny se dirigiu à tia.

– Não quero ir embora. Estou feliz morando na cidade. Minha vida é aqui. Todas as minhas amigas estão aqui.

– Sua vida e suas amigas estão... onde?

Tia Caroline deu um olhar significativo para cada uma das poltronas vazias, para as bandejas com chá frio e sanduíches intactos e, enfim, para os gatinhos que desfiavam as cortinas com suas garrinhas.

– Eu também tenho amigas humanas – Penny disse, defensiva.

A tia pareceu duvidar.

– Eu tenho. Várias amigas.

A tia olhou para a salva de prata no *hall* de entrada. A salva onde cartões de visitas e convites costumavam ficar – ou melhor, deveriam ficar, se Penny os recebesse, o que não acontecia. A salva estava vazia.

– Algumas das minhas amigas estão fora de Londres. – Ciente de como soava absurda, ela acrescentou: – E outras são cientistas malucas.

Outro suspiro de pesar da tia.

– Precisamos encarar a verdade, Penélope. Está na hora.

Está na hora.

Penny não precisou perguntar o que a tia queria dizer com isso. A insinuação era clara.

Tia Caroline queria dizer que estava na hora de desistir.

Hora de Penny voltar para a propriedade da família em Cumberland e resignar-se ao seu destino: a vida de solteirona. Precisava assumir o papel de tia solteira e parar de constranger tanto a família quanto a si mesma.

Após nove anos em Londres, Penny não tinha se casado. Ela nunca teve nenhum pretendente sério. E raramente frequentava a sociedade. Para ser honesta, ela devia riscar "raramente" e substituir por "nunca". Penny não tinha nenhum interesse intelectual como arte, ciência ou poesia. Não participava de salões literários nem de protestos por reformas sociais. Ela ficava em casa com seus animais e, convidava as amigas para o chá e...

E fora de seu círculo minúsculo, as pessoas riam dela.

Penny sabia disso. Tinha sido objeto de pena e zombaria desde sua desastrosa temporada de debutante. Isso não a incomodava, exceto... bem, exceto quando incomodava.

Sendo uma pessoa que queria gostar de todo mundo, ficava magoada ao saber que nem todos gostavam dela.

Há muito a sociedade desistira dela. Agora, sua família fazia o mesmo.

Mas Penny não desistiria de si mesma. Quando a tia fez menção de ir embora, ela a agarrou pelo braço.

– Espere. Não há nada que eu possa fazer para que mude de ideia? Se você me defender, sei que Bradford vai reconsiderar.

A tia permaneceu em silêncio.

– Tia Caroline, por favor. Eu lhe imploro.

Penny não podia voltar para Cumberland, para a casa onde tinha passado os momentos mais sombrios de sua vida. A casa onde aprendeu a engarrafar sua vergonha e guardá-la num lugar escuro, fora de vista.

Você sabe guardar um segredo, não sabe?

A tia apertou os lábios.

– Muito bem. Para começar, você poderia encomendar um novo guarda-roupa. Peles e plumas podem ser muito interessantes, mas apenas quando usadas de propósito e de um modo elegante.

– Eu posso encomendar um novo guarda-roupa.

As roupas novas não incluiriam peles nem plumas, mas Penny podia prometer que seriam novas.

– E depois que tiver as novas peças, precisa usá-las. Na ópera. Em jantares. Um baile seria preferível, mas nós duas sabemos que seria pedir demais.

Ai. Penny nunca conseguiria esquecer aquela cena humilhante.

– Você precisa aparecer em *algum lugar* – a tia disse. – Qualquer lugar. Quero vê-la em uma coluna social, para variar.

– Posso fazer isso, também.

Eu acho.

Considerando há quanto tempo estava fora de circulação, convites para jantares e teatro seriam mais difíceis de se conseguir do que alguns vestidos da moda. Mesmo assim, seria possível obtê-los.

– Por fim, e mais importante... – tia Caroline fez uma pausa dramática. – Precisa fazer algo a respeito de todos esses animais.

– O que você quer dizer com "fazer algo" a respeito deles?

– Livrar-se deles. De todos.

– De todos? – Penny titubeou. Impossível. Ela poderia encontrar lares para os gatinhos. Esse sempre foi o plano. Mas Dalila? Bixby? Angus, Bem-me-quer, Hubert e os outros? – Não posso. Simplesmente não posso.

– Então você não pode ficar. – A tia ajeitou as luvas. – Preciso ir. Tenho cartas para escrever.

– Espere.

Devia haver um modo de convencer a tia que não envolvesse abandonar seus animais. Talvez Penny pudesse enganá-la escondendo os bichinhos no sótão?

– Espero que não esteja pensando que pode escondê-los no sótão – a tia disse, sarcástica. – Eu acabaria descobrindo.

Droga.

– Tia Caroline, eu... Vou me esforçar. Só preciso de um pouco de tempo.

– De acordo com seu irmão, você tem um mês. Talvez menos. Você sabe tão bem quanto eu que uma carta demora quase uma semana para vir de Cumberland.

– Isso só me deixa três semanas. É quase nada.

– É o que você tem.

Penny começou imediatamente a rezar, com muita intensidade, pedindo chuva. Pensando bem, se levasse em conta a quantidade de chuva que costumava cair na Inglaterra durante a primavera, ela precisava rezar por algo mais. Tempestades torrenciais, do tipo que inundam estradas e arruínam pontes. Um dilúvio bíblico. Uma praga de rãs.

– Se, quando seu irmão chegar, eu estiver convencida de que existe algo além de pelo de animais que a mantém em Londres...? Então, e só então, posso me convencer a intervir.

– Muito bem – Penny disse. – Temos um acordo.

– Um acordo? Isto não é um acordo, minha garota. Não lhe dou nenhuma garantia e não estou convencida de que você esteja à altura do desafio. Quanto muito nós temos uma aposta... e suas chances não são nada boas.

Chances nada boas, de fato. Depois que a tia partiu, Penny fechou a porta e desabou sobre ela.

Três semanas.

Três semanas para salvar as criaturas que dependiam dela.

Três semanas para se salvar.

Penny não fazia ideia de como conseguiria, mas essa era uma aposta que ela precisava vencer.

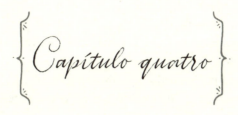

Após o infeliz encontro com a tia, Penny não imaginava que seu dia pudesse piorar. Mas o pior aconteceu na forma do Sr. Gabriel Duke, que atravessou a praça vindo em sua direção bem na hora de seu passeio diário com Bem-me-quer.

O Duque da Ruína, diziam. Penny não sabia se o homem fazia jus ao apelido que os tabloides lhe pregaram, mas, com certeza, ele foi o Duque que Arruinou Sua Tarde.

– Lady Penélope. – Ele inclinou a cabeça em um relutante arremedo de reverência.

Penny precisou de alguns momentos antes de conseguir encará-lo. Ela observou sua aparência a partir dos pés. A roupa fina dizia "homem elegante". O restante de sua aparência subtraía "elegante" e dizia apenas "homem". Embora ele devesse ter se barbeado entre a noite passada e esta tarde, a sombra da barba subia pelo seu pescoço até o maxilar bem definido.

– Bem?

Droga. Ele devia ter lhe feito alguma pergunta, mas ela estava tão perdida no meio da floresta sombria que era a barba dele que não tinha ouvido.

Penny resolveu ignorar o efeito que ele produzia nela. Essa resolução durou cerca de nove segundos.

Quando ele falou de novo, sua voz soou deliciosamente grave e íntima.

– Nós precisamos conversar.

Ela se encolheu. Penny estava com medo de que ele dissesse isso.

– Não podemos concordar em esquecer que a noite passada aconteceu?

– Receio que tenha sido inesquecível.

Disso ela não podia discordar.

– Sinto muito pela papagaia. E pela invasão. E pelo arrombamento.

– Não estou aqui para falar da papagaia. No momento, minha preocupação é a cabra.

– Por que está preocupado com Bem-me-quer?

– Deixe-me começar dizendo o seguinte: sou diferente da maioria dos homens que você conhece.

Ela quase riu alto. Que eufemismo!

Penny tinha seus conhecidos, mas havia muita diferença entre conhecidos amigáveis e um confronto a curta distância com uma masculinidade indômita. A sensação era de que alguém tinha batido com uma marreta em um gongo de feminilidade no fundo de seu abdome, e agora as vibrações viajavam por seus ossos, invocando uma forma antiga, primitiva.

Penny só conseguiu pensar em um nome para isso: desejo.

Não fazia sentido. Ela sempre fora romântica. Vibrava com os romances improváveis das amigas. Acreditava no destino, em almas gêmeas, em amor à primeira vista.

Penny não queria nada disso com Gabriel Duke. O que queria era rasgar a roupa dele e admirá-lo – todo ele – do modo como tinha feito na noite anterior. O quarto dele estava escuro demais e ela não teve coragem de encará-lo. Quando veria um homem tão grande, vestindo tão pouco, outra vez?

Nunca era quando.

Esse pensamento a deixou irritada e aborrecida.

Bom Deus, Penny. Ele é uma pessoa, não uma mera coleção de músculos com uma intrigante distribuição de pelos.

– Ao contrário da maioria dos cavalheiros, eu não herdei uma fortuna – ele continuou. – Conquistei minha riqueza, o que consegui adquirindo coisas subvalorizadas e as vendendo por mais do que eu tinha pagado por elas. O que me gerava um lucro. Está me entendendo?

– Se está me perguntando se eu compreendo matemática básica, então, sim, eu o entendo.

– Ótimo – ele olhou na direção da casa que, de modo tão inconveniente, era contígua à dela. – Quando os Wendleby não puderam pagar suas dívidas, eu adquiri a propriedade deles. Agora, pretendo vendê-la com lucro.

– E, assim, começou a reforma que dura vários meses.

– A reforma vai aumentar o valor da casa, mas o principal atrativo para vender a propriedade está bem aqui.

– Está falando da praça?

– Estou falando de você.

– De mim? – As palavras dele a pegaram de surpresa.

– De você mesma. Faz ideia de quanto uma família que deseja subir na sociedade pagaria para morar vizinha a uma lady?

– Não.

– Bem, eu faço. E é um número absurdo. Essas pessoas se imaginam fazendo amizade com a elite, subindo os degraus da sociedade, morando com elegância e luxo. Mas e se olharem pela janela da sala de estar e virem a vizinha aristocrata brincando de pastorinha de cabras pela praça, como uma imitação absurda de Maria Antonieta? Isso acaba com o *glamour*.

– As pessoas deixam seus cachorros correrem pela praça o tempo todo.

– Cachorros são animais de estimação.

– Bem-me-quer também é um animal de estimação. E ela precisa pastar. Não pode se alimentar apenas de alfafa. Fica toda inchada.

– Inchada? – Ele repetiu, incrédulo.

– A digestão dela é sensível.

– Isso não parece inchaço para mim. – Ele inclinou a cabeça e olhou para o abdome distendido de Bem-me-quer. – Parece que ela está grávida.

Penny recuou um passo, ofendida.

– Ela não está grávida. É impossível. Não há bodes num raio de quilômetros.

– Tem certeza disso?

– Sim, tenho certeza. Ninguém cria bodes no meio de Mayf... – ela mordeu a língua para não apoiar o argumento dele. – Estou lhe dizendo, é impossível. Quando ela não está na estrebaria ou no jardim dos fundos, eu a conduzo com a guia curta.

Ele arqueou as sobrancelhas, com escárnio.

– Aposto que está falando como a guardiã de muitas jovens arruinadas deste bairro.

– Com licença! Bem-me-quer não é esse tipo de cabra.

– Tanto faz. Não me importa a virtude dessa criatura. Só quero que ela não apareça na praça.

– Já lhe disse que ela precisa pastar. Sua dieta requer folhas e gramíneas frescas. Feno e milho bastam para Angus, mas...

– Espere um pouco. Angus?

– Angus é um boi Highland. Eu o resgatei quando era um bezerro, mas tem três anos, agora. Mais crescido e saudável, impossível.

Ele piscou várias vezes.

– Você tem um touro adulto...

– Um boi.

– ...vivendo no seu quintal.

– Não seja bobo. Angus vive na estrebaria. A lontra mora no quintal.

– Uma lontra? – Ele grunhiu alguma coisa que soou como *Santa mãe imaculada das cabras.* – Isso é ridículo.

– Sr. Duke, a variedade de animais de estimação que eu tenho pode ser incomum, mas amor pelos animais não é. Você nunca teve um bichinho de estimação?

– Não.

– Não gosta de animais?

– Claro que gosto de animais. Assados. Fritos. Moídos e assados em uma torta. – Ele gesticulava muito. – Gosto de todos os tipos de animais.

Oh, aquele homem era impossível.

Não, Penny se corrigiu. O homem não era impossível. Até as criaturas mais indomadas, com os piores hábitos, podiam ser conquistadas com um pouco de paciência. Ela tinha transformado em animal de estimação feras piores do que Gabriel Duke.

Ela apenas não estava com disposição para tanto essa tarde. Só isso.

– Escute – ele disse. – Não tenho tempo para fazer um acordo. Eles precisam desaparecer. Todos eles. A cabra, o boi, a lontra, o papagaio, o porco-espinho e seja lá o que você tiver no sótão. Preciso que desapareçam.

– Que coincidência você dizer isso...

Desde que sua tia foi embora, Penny estava revirando o assunto na sua cabeça. Precisava arrumar novos lares para os animais. Ou ela fazia isso rapidamente e conseguia convencer a tia, ou teria que ir embora da Praça Bloom e, nesse caso, não poderia levar os animais consigo. Bradford nunca aceitaria levá-los para Cumberland. Se ela desafiasse a vontade do irmão, com certeza uma de suas amigas a acolheria em sua casa, mas Penny não podia pedir às amigas que também acolhessem algumas dezenas de animais.

De um modo ou de outro, teria que se despedir deles. E se quisesse permanecer na Praça Bloom, precisava não apenas encontrar novos lares para seus animaizinhos, mas desfazer uma década de isolamento social. Em três semanas.

Tudo isso parecia impossível.

– Acontece, Sr. Duke, que vai ter sua vontade atendida. Os animais irão embora dentro de um mês, de um modo ou de outro.

– Ótimo.

– Na verdade, é bem possível que eu também me vá.

– Espere. – As sobrancelhas dele convergiram em uma carranca. – O que foi que você disse?

– Meu irmão está exigindo que eu volte para nosso lar ancestral em Cumberland. Ele virá me buscar em três semanas. Isso significa que eu também vou embora da Praça Bloom. A menos que eu realize um milagre.

Ele praguejou baixo.

– Isso é inaceitável.

– Também não gosto da ideia, mas receio que nenhum de nós dois possa fazer muito a respeito. Precisarei ir. – Ela pegou a guia de Bem-me-quer. – Vamos, querida.

– Um milagre – ele disse, colocando-se à frente dela.

– Como?

– Você disse que terá que ir embora a menos que realize um milagre. Fale-me desse milagre.

– Não entendo por que você se importa.

– Ah, mas eu me importo – ele afirmou. – Eu me importo muito. Seja qual for esse "milagre", vou realizá-lo.

– Você não conseguiria.

– Eu consigo e vou fazê-lo.

Céus. O olhar sombrio e intenso dele pregou suas sapatilhas no chão de cascalho. O coração de Penny martelou-lhe o peito. E, então, ele pronunciou as palavras ásperas, possessivas, que ela começou a duvidar que tivesse ouvido.

– Eu preciso de você, Lady Penélope Campion. Não vou deixar que vá embora.

Capítulo cinco

Quando fez essa declaração firme, Gabe não esperava a reação de Lady Penélope. Primeiro ela pareceu surpresa, e depois...
Ela pareceu esperançosa?
— Você... — as faces dela tingiram-se de rosa. — Você *precisa* de mim?
Gabe precisava prosseguir com cuidado. Ela era protegida, ingênua. E não queria ser uma solteirona. Isso ficava claro só de encarar aqueles olhos azuis porcelana. Ela vinha guardando aquela doçura suave, corada, por anos, esperando para despejá-la no homem certo.
Gabe não era, e nunca seria, o homem certo. Nem para ela nem para ninguém. Se Sua Senhoria tinha formado alguma outra noção, era uma tola.
— Eu preciso que você — ele esclareceu — continue morando na Praça Bloom para conseguir vender minha casa com um belo lucro. O que pretendo fazer.
Ela piscou várias vezes seguidas.
— Mas é claro. Eu sabia disso. É gentil de sua parte oferecer ajuda, só isso.
Gentil?
Como ela era inocente. Se pudesse ver a feiura de seu passado, a fome impiedosa que consumia sua mente, as trevas de seu coração, ela entenderia a enormidade de seu engano. Mas ele nunca permitiria que alguém se aproximasse do gigantesco buraco vazio que era sua alma. Avisos de "não

se aproxime" era o melhor que podia oferecer. Para seu próprio bem, era melhor que ela obedecesse aos avisos.

– Escute bem – ele disse, severo. – Meus motivos nunca são gentis. Tampouco são generosos, caridosos ou bons. São motivados por dinheiro e completamente egoístas. Seria bom que se lembrasse disso.

E que ele se lembrasse também.

– Então... – ele continuou –, quais são os termos desse milagre que mencionou?

– Minha tia prometeu que pode tentar convencer meu irmão a não me levar para o interior, mas só se eu satisfizer as condições dela.

– Que seriam...?

– Um guarda-roupa novo, da moda, para começar.

– Bem, isso nem é um desafio. Com certeza nada parecido com um milagre.

– Essa é a parte fácil, sim. Minha amiga Emma era costureira antes de se casar. Sei que ela pode me ajudar. – Lady Penélope inspirou fundo. – Mas tem outras condições. Tenho que começar a frequentar a sociedade outra vez.

Ele meneou a cabeça.

– Nós temos definições diferentes da palavra "milagre"? Porque isso também não me parece difícil.

– Você não compreende. Eu não frequento a sociedade há quase uma década. A esta altura, já se esqueceram até de que eu existo. Mas, de algum modo, devo fazer minha reentrada grandiosa. Ela quer me ver nas colunas sociais.

Gabe se viu forçado a admitir que isso soava um pouco mais complicado do que a primeira condição e claro que não era algo em que poderia empregar seus talentos. Ele não seria pego nem morto em um baile e, embora houvesse muitas menções a seu respeito nos jornais, nenhuma era nas colunas sociais.

Apesar de tudo, a tarefa era possível. Havia vários lordes e cavalheiros que lhe deviam e que Gabe poderia pressionar por convites, se fosse necessário.

– Você mencionou uma terceira condição que sua tia impôs.

– A mesma que você está exigindo. Que me livre dos animais. – Ela fez um carinho atrás da orelha da cabra. – Vai me partir o coração, mas não tenho escolha. Preciso encontrar novos lares para eles.

– Feito.

– *Feito?*

– É como se estivesse feito. – Ele deu de ombros. – Vou encontrar novos lares para eles. Para todos.

– Simples assim.

– Simples assim. Vai demorar uma semana, no máximo.

– Acho que você não compreende – ela disse. – Meus animais chegaram até mim machucados, abandonados, não domesticados. São animais que ninguém mais queria. Não vai ser fácil encontrar lares seguros, amorosos, onde as pessoas os tratarão como parte da família.

Parte da *família*? Ela vivia em uma terra da fantasia. Mesmo que lares "seguros, amorosos" existissem no mundo real, Gabe não saberia reconhecê-los. Felizmente, ele não estava acima de uma ou duas mentiras.

– Não se preocupe. Deixe comigo. Vou encontrar lares excelentes para eles.

Ela o examinou com olhos apertados, em dúvida.

– Perdoe-me, Sr. Duke, mas não estou convencida de que você esteja qualificado para assumir esse tipo de...

A declaração bastante aguçada de Lady Penélope foi interrompida por uma série de latidos. Isso não seria nada demais, caso esses latidos não estivessem emanando da calçada em frente à casa dela.

– Oh, não! – Ela se virou para o barulho. – De novo, não.

De novo? Calçada latindo era uma ocorrência costumeira em frente à casa dela? Mas claro que sim!

– Segure isto. – Ela pôs a guia da cabra na mão de Gabe e deixou os dois ali, enquanto corria na direção do barulho.

Com ele observando, totalmente pasmo, Lady Penélope Campion – filha de um conde – ajoelhou-se no chão e gritou para a pequena placa de ferro na calçada. O buraco do carvão.

– Bixby? É você, Bixby?

Lá de baixo, um cachorro ganiu em resposta.

Ela fez uma concha com as mãos em volta dos olhos e espiou pelo buraco na placa de ferro.

– Não se preocupe, querido. Tenha coragem e espere. Estou indo agora mesmo pegar você.

Lady Penélope levantou-se, ergueu as saias com as duas mãos e desapareceu dentro de sua casa.

Após um momento de debate interno, Gabe a seguiu. A cena tinha despertado sua curiosidade, para dizer o mínimo. E sua alternativa seria vagar pela praça cuidando da cabra.

Para o inferno que ele ficaria ali!

– Venha comigo, você – ele grunhiu.

Ele puxou a cabra pelos degraus da entrada e pela porta que Lady Penélope tinha acabado de abrir.

Depois que entrou, a papagaia infernal gritou para ele de uma sala ao lado:

– *Sim! Sim! Sim!*

Gabe fechou a porta atrás de si e soltou a cabra, para que esta comesse algo impróprio. A ave, com sorte.

– Estou indo, Bixby! – Lady Penélope gritou à distância.

Gabe seguiu o som pelo corredor e desceu um lance de escada. Ele chegou à cozinha. Não havia criados à vista e uma chaleira parecia esquecida no fogão aceso.

– Estou aqui, Bixby! Aguente mais um pouquinho.

Uma porta pesada na extremidade da cozinha estava entreaberta. Gabe foi até ela e a abriu por completo.

Nada além da escuridão.

Uma escuridão com passos apressados.

Após piscar algumas vezes, ele conseguiu ver que ali era o depósito de carvão e ficava bem embaixo da placa de ferro pela qual Lady Penélope gritava alguns momentos atrás. Um pequeno monte de carvão erguia-se num ângulo agudo, do chão até a abertura no topo.

E lá – em algum lugar no escuro, no alto da pilha de carvão –, provavelmente, encontrava-se Bixby. O cachorro soltou um ganido fraco.

– Estou quase aí! – Lady Penélope tentava escalar o monte, engatinhando pilha acima, derrubando blocos soltos de carvão enquanto subia.

Gabe tirou o paletó e o jogou de lado.

– Que diabos ele fez?

– Está preso. Já aconteceu antes. Ele vê um rato e começa a persegui-lo, então entra no depósito e sobe até o buraco do carvão. Aí o carrinho fica preso no gancho do carvão e...

Sim, o carrinho. Então, esse era o cachorro cadeirante.

– As pernas de trás dele estão paralisadas e... – Ela subiu mais alto, deslocando mais carvão. – Não há tempo para explicar. Tenho que soltar Bixby, ou ele pode escorregar e se enforcar.

Gabe abriu os punhos da camisa e enrolou as mangas até os cotovelos.

– Deixe comigo.

– Estou quase... – ela perdeu o pé e escorregou até o chão, voltando à estaca zero.

Ele pegou uma pá que estava encostada na parede.

– Vá para lá – Gabe disse a ela.

Ela acabou cedendo e se afastou do monte de carvão. Gabe subiu até onde o teto permitia e enfiou a pá no carvão, tirando um tanto do material sujo que arremessou no chão do depósito.

Depois que achou o ritmo, o trabalho evoluiu rapidamente. Ele enfiou a pá repetidas vezes no monte de carvão, jogando este para o lado. Gabe empregava não só a força dos braços, mas também a das costas e a das pernas. Seus músculos guardavam a lembrança do que ele tinha tentado esquecer. Mover carvão com uma pá não era nada que ele não tivesse feito antes. Era apenas algo que tinha jurado nunca mais fazer.

Enquanto Gabe trabalhava, Lady Penélope gritava palavras de encorajamento. Não para ele, claro. Para o cachorro.

– Aguente mais um pouco, Bixby!

Os ganidos do cachorro ficaram tristes.

Gabe quase conseguia alcançá-lo. Ele jogou a pá de lado e tirou mais carvão de baixo da placa de metal. Após ter criado espaço suficiente, ele se deitou de barriga e se arrastou pelo carvão, usando os cotovelos para se arrastar para a frente até alcançar o local debaixo da abertura.

Lá estava ele, o pequeno vira-lata. Ele próprio era pouca coisa maior que um rato. Tinha ficado preso no gancho de ferro da placa que fechava o buraco do carvão, pendurado por uma tira de couro e lutando contra o peso morto de suas pernas traseiras e do carrinho.

– Calma, agora. Calma. – Gabe enfiou a mão no buraco, torcendo-a para encontrar o melhor ângulo. Ele não conseguiu alcançar o gancho. Mesmo que conseguisse, não fazia ideia do que encontraria. Como o carrinho era preso ao cão? Havia uma fivela ou um botão que ele precisaria soltar para libertar o cachorro? Se fosse o caso, ele não conseguiria. Não havia luz nem espaço suficientes para que fizesse qualquer coisa que exigisse destreza.

– Muito bem, cão. Você vai ter que fazer sua parte. – Gabe se virou de lado e enfiou a mão no buraco outra vez, agora tateando às cegas. Quando seus dedos encontraram pelos, ele ergueu o cachorro com sua mão, quase deslocando seu ombro na tentativa de aliviar o peso do animal, esperando dar espaço para Bixby se soltar. – Vamos lá, seu porcaria – ele disse por entre os dentes cerrados. – Já destruí uma roupa inteira por sua causa e, depois disso, não vou entregar um cachorro morto para sua dona.

Graças a Deus! Funcionou.

Gabe viu o instante em que o cachorro se soltou, porque ele deslizou pelo buraco e aterrissou de focinho no carvão. Com as patinhas da frente movendo-se rapidamente, deslizou até Penny. Quando Gabe conseguiu soltar o carrinho do gancho e desceu da pilha de carvão, encontrou-a sentada no chão da cozinha acalmando o cãozinho coberto de fuligem em seus braços.

– Bixby. – O animal lambeu o pescoço e o rosto dela. – Você é um menino muito, muito arteiro. E eu o amo tanto.

Gabe pigarreou.

– O carrinho está quebrado.

– Minha amiga Nicola vai consertar.

Ele colocou o dispositivo defeituoso de lado e fechou a porta do depósito de carvão.

No momento em que Gabe se virou, Lady Penélope se jogou nele e passou os braços por seus ombros.

– Obrigada.

Gabe estremeceu e se soltou.

– Você machucou o ombro – ela disse.

– Não foi nada.

– Não está deslocado, eu espero. – Ela apalpou o ombro dele, apesar da careta que Gabe fez. – Quando éramos crianças, meu irmão Timothy deslocou o ombro quando caiu de uma árvore. Mesmo depois de curado, ele conseguia deslocá-lo e colocá-lo de volta no lugar sempre que queria. Ele fazia isso só para me ver gritar.

– Não está deslocado. Deixe para lá.

Ignorando as objeções dele, ela o empurrou na direção de um banco da cozinha e o fez sentar. Após desatar a gravata com movimentos confiantes, ela se colocou atrás dele e enfiou a mão pelo colarinho da camisa.

Santo Deus!

– Você está com um nó no músculo. – Ela passou os dedos pelo ombro dele até encontrar a origem da dor. Ele inspirou fundo pelos dentes cerrados. – Oh, céus! Está doendo mesmo, não é?

Sim. Sim, droga, estava doendo. Ele se afastou do toque dela.

Lady Penélope o repreendeu.

– Fique parado. Não vai passar até você se acalmar.

– Vossa Senhoria pode ser qualquer coisa, menos calmante.

– Você também não é lá muito reconfortante – ela disse. – Por sorte tenho alguma experiência confortando animais rabugentos. – Ela apertou os dedos no nó do músculo, massageando-o com delicadeza. – Está aqui – ela sussurrou. – Só respire.

Os dedos dela passaram pelo cabelo de Gabe, massageando suas têmporas. Ele estava dolorosamente consciente de seu estado, coberto de fuligem e suado. Isso o fez se sentir de novo como um garoto faminto, vestindo trapos e coberto de sujeira, salivando pela comida no fogão e pelos restos nas mesas da taberna. Ele tinha trabalhado tanto, ido tão longe, para deixar essa infância para trás.

Ressentimento cresceu em seu peito, bombeando seu coração num ritmo furioso. Uma raiva vermelha nublou sua visão e seus batimentos cardíacos eram tudo o que ele ouvia.

Gabe repeliu as mãos dela e se levantou. Precisava ir embora antes de descarregar suas emoções nela. Lady Penélope podia ser parte dessa elite, desse mundo privilegiado que ele desprezava, mas ela não tinha escolhido essa vida. Assim como ele não tinha escolhido nascer na sarjeta.

Ela deu a volta nele e parou à sua frente.

– Pronto. Está melhor?

Ele aquiesceu, relutante.

– Consegue mover o braço em todas as direções?

Ele girou o braço para provar.

– Consigo.

– E a força da mão?

– Minha mão é forte.

– Acho que eu devia colocar seu braço em uma tipoia.

– Não preciso de uma tipoia.

– Espere aqui. Vou correr até meu quarto para pegar um tecido e...

– Pelo amor de Deus, mulher! Meu ombro está ótimo. – Ele a pegou pela cintura e a ergueu, até seus olhos estarem na mesma altura.

– Pronto. Acredita em mim agora?

Ela aquiesceu, os olhos arregalados.

– Que bom.

Em suas mãos, Lady Penélope era delicada, frágil. O cabelo dela era um tesouro dourado que ele nunca, jamais tocaria. E, oh, como ele ansiava por aqueles lábios rosados e macios.

A voz familiar ecoou em seus ouvidos.

Não toque, garoto. Ela não é para gente da sua laia.

Ponha-a. No. Chão.

Mas antes que Gabe pudesse colocar aquelas sapatilhas cor-de-rosa no chão, Lady Penélope capturou seu rosto suado e coberto de fuligem com as duas mãos...

E o beijou nos lábios.

{ Capítulo seis }

O beijo durou um instante lindo, glorioso.
Então, ele a colocou no chão.
Penny, sua tola.
A decida foi de apenas um palmo, mas o impacto abalou suas pernas e deixou seus joelhos fracos. Ela teve que se agarrar nele para se equilibrar, o que, claro, tornou tudo ainda mais constrangedor.
– Desculpe – ela disse, soltando-o. – Foi um acidente.
Ele arqueou a sobrancelha.
– Quero dizer, não foi um acidente. As pessoas acidentalmente batem cabeças, não é? Ou joelhos. Ninguém bate lábios por acidente. Eu fiz de propósito. – Ela viu que estava falando demais, mas parecia não conseguir se conter. – Fiquei muito grata por sua ajuda com Bixby e mais do que um pouco impressionada pela demonstração de força bruta. Tantos músculos.
Ele encarou sua boca, provavelmente sem conseguir acreditar no fluxo de palavras sem sentido que saía dela.
Penny mordeu o lábio.
– Você acreditaria em mim se eu dissesse que fiquei tonta com a altitude?
– Não.
– Muito bem, eu... – Ela fechou os olhos, apertando-os. – Eu quis beijá-lo. Não consigo explicar o porquê. Não tenho desculpa. De qualquer modo, não se preocupe. Está claro que foi um erro e prometo que não acontecerá outra v...
Outra vez.

Ele a beijou *outra vez*.

Ou melhor, *ele* a beijou pela primeira vez – e era muito melhor nisso do que ela.

Esse beijo não poderia ser confundido com uma colisão acidental de bocas. Oh, não! Ele a beijou com determinação. Seus lábios tinham ideias próprias. Sua língua tinha *planos*.

Ela fechou os olhos e derreteu-se de encontro a ele, apoiando as mãos nos braços musculosos. Gabriel Duke passou os lábios nos dela em uma série de beijos castos e, ainda assim, magistrais. Ele subiu a mão pela coluna dela até o cabelo, onde torceu e juntou as madeixas em seu punho. Então, ele puxou de repente, levantando seu rosto para o dele, enviando sensações elétricas para todos os nervos.

Quando Penny entreabriu a boca, surpresa, ele retomou seus lábios, passando a língua entre eles. Seu primeiro instinto foi de recuar, mas Penny resistiu. Ela levantou os braços, passando-os ao redor do pescoço dele e abraçando-o apertado.

Ele passava a língua na dela, devagar e insistente. O sabor dele era de fuligem e sal e... e maçãs, por mais estranho que parecesse. Ácido, defumado e um pouco doce.

Um prazer viçoso, decadente, se desenrolou dentro dela, serpenteando por suas veias, como se tivesse permanecido encolhido, na expectativa, durante anos. Esperando por este momento.

Esperando por este homem.

E, então, com a voz áspera de desejo, ele sussurrou uma única palavra contra os lábios dela.

– *Relação*.

– O quê? – Penny abriu os olhos de repente.

– Envie-me uma relação – ele disse, soltando-a. – Uma lista dos animais. Vou começar a encontrar lares para eles.

Gabriel pegou o casaco no chão e o pendurou no braço. Após avaliar a gravata suja de fuligem, jogou-a na lareira.

De repente, ele ficou todo sério. E Penny, confusa.

Quando ele saiu da cozinha e começou a subir a escada, ela o seguiu, porque, o que mais poderia fazer?

– Enquanto eu cuido dos animais – ele continuou –, fale com sua amiga costureira. Você não poderá comparecer a bailes e outros eventos até ter vestidos apropriados. E se quer aparecer nas colunas sociais, é bom que sejam deslumbrantes.

– Se existe alguém que pode criar algo deslumbrante, é a Emma.

– Ótimo. – Ele abriu a porta da frente. – Estamos combinados, então.
– Estamos?
– Espero aquela lista. – Com um aceno de cabeça, ele saiu da casa e fechou a porta atrás de si.

Que irritante! Penny ainda estava zonza e sem fôlego do beijo e ele... não, pelo jeito. Com certeza um homem atencioso iria, no mínimo, fingir estar um pouco abalado.

Então a porta foi aberta e Gabriel Duke voltou.
– Vossa Senhoria, eu... – Ele começou.
– Você...? – Ela perguntou, após uma longa pausa.

Ele olhou para o chão.
– Nós.

Nós.

Ele falou isso como se fosse uma sentença completa, mas mesmo após vários momentos de reflexão, Penny não conseguiu entendê-lo.

Sacudindo a cabeça com irritação, ele abriu a porta mais uma vez, passou intempestivo por ela e a fechou atrás de si, batendo-a com tanta força que os quadros balançaram na parede.

Penny sorriu para si mesma.

Assim ela ficava satisfeita.

Toque. Toque. Toque

No dia seguinte, Gabe se viu sentado em seu escritório. Na verdade, ele estava sentado ali há horas. Sem examinar nenhum dos muitos documentos, contratos ou balancetes que aguardavam sua atenção, mas apenas olhando para o vazio e batendo uma moeda na escrivaninha.

Toque. Toque. Toque.

Ela teve intenção de beijá-lo. Ela *quis* beijá-lo. Foi o que dissera, explicitamente, e depois ela pareceu muito contente em ser beijada por ele. Mais do que contente.

Ele não tinha se aproveitado dela.

Ele tinha sido um colosso de estupidez.

Com um grunhido rascante, deixou a cabeça pender para a frente até sua testa tocar no borrador sobre a escrivaninha. Então ele ficou assim, tentando não se lembrar do doce frescor daquele beijo, nem da alegria quente que o chamuscou quando os seios dela tocaram seu peito.

Um colosso. De estupidez.

– Sr. Duke, não imagina o que...

Gabe levantou a cabeça.

Hammond hesitou, constrangido, à porta.

– Tenho algo para lhe mostrar, mas talvez não seja um bom momento.

– Não, não. – Gabe se levantou de repente. – É um ótimo momento.

Era, de fato, o melhor momento possível. Ele nunca se sentiu tão bem por ser interrompido.

Hammond o levou ao banheiro no andar de cima, onde gesticulou entusiasmado para a banheira.

– Observe o que há de mais recente em conforto moderno. Água quente encanada.

– Tem certeza desta vez?

– O encanador consertou o aquecedor ontem. Testei esta manhã. Água chiando de quente.

Enquanto o arquiteto abria a torneira, Gabe cruzou os braços e manteve uma distância segura. Hoje ele deixaria que Hammond corresse os riscos.

Felizmente, a bica não explodiu como um canhão de fragmentos de gelo.

Infelizmente, o que escorreu na banheira foi um fio de ferrugem lodosa.

– Com os diabos! – Hammond fechou a torneira e bateu o pé nos ladrilhos do chão. – Juro por tudo o que é sagrado, estava funcionando uma hora atrás. Burns deve ter lançado uma maldição.

– A governanta? Não recomece com esse desatino.

– Estou lhe dizendo, ela é sobrenatural. Não sei se é fantasma, bruxa, demônio ou algo pior. Mas essa mulher é do diabo.

– *Rã-rã*.

Assustados, Gabe e Hammond deram meia-volta.

Lá estava a Sra. Burns. Até Gabe tinha que admitir que essas aparições repentinas começavam a se tornar inquietantes.

Hammond levantou os dedos formando uma cruz.

– Eu te repreendo.

– Boa tarde, Sra. Burns – Gabe disse. – Nós não ouvimos a senhora se aproximar.

– Fui ensinada, Sr. Duke, que criados devem atrair o mínimo possível de atenção para si.

Bem, a Sra. Burns tinha atraído a atenção deles.

Sem falar nada, Hammond levantou o braço, estendeu um dedo e cutucou o ombro da governanta.

– Forma corporal sólida – ele balbuciou. – Interessante.

Gabe deu-lhe uma cotovelada nas costelas, fazendo a "forma corporal" do arquiteto cambalear na direção da banheira com lodo enferrujado.

– Podemos fazer algo por você, Sra. Burns?
– Só vim para lhe informar que o senhor recebeu uma carta. Acabou de chegar.
– O correio passou esta manhã.
– A carta não veio pelo correio, Sr. Duke. É de Lady Penélope Campion.

Prezado Sr. Duke,

Como solicitado, segue uma relação dos animais sob meus cuidados:

Bixby, um terrier de duas pernas.
Marigold, uma cabra de caráter impecável, que, com toda certeza, não está grávida.
Angus, um boi Highland de 3 anos.
Regan, Goneril e Cordélia – galinhas poedeiras.
Dalila, uma papagaia.
Hubert, uma lontra.
Freya, uma porco-espinho.
Treze gatinhos de várias cores e personalidades.

Gabe folheou o relatório sem acreditar no que lia. Eram muitas páginas. Ela não tinha apenas lhe dado os nomes, as raças e idades de cada uma das criaturas, mas também tinha incluído uma tabela de temperamentos, horários de dormir, cama preferida e uma lista de exigências alimentares que arruinaria um profissional razoavelmente bem-sucedido. Além dos esperados feno, milho, alfafa e grãos, os animais exigiam vários quilos de carne moída por semana, litros diários de leite fresco e um número impossível de sardinhas.

O boi e a cabra, ela insistia, precisavam ir para a mesma casa. Ao que parecia, os dois tinham uma ligação muito forte, o que quer que isso significasse, e recusavam-se a comer quando separados.

As galinhas poedeiras, na verdade, não punham ovos com regularidade. Seus donos anteriores tinham ficado frustrados com a ínfima produção das aves, e assim, elas foram parar sob os cuidados de Sua Senhoria.

E o felizardo que aceitasse uma porco-espinho de 10 anos? Bem, teria que não apenas providenciar um suprimento contínuo de larvas de besouro, mas também se lembrar de certas "experiências traumáticas na juventude" da porco-espinho.

Ele precisou ler essa parte três vezes para acreditar.

Experiências traumáticas na juventude.

Inacreditável.

O mundo pululava de crianças que recebiam menos comida e menos atenção do que ela dava para cada uma dessas criaturas. Gabe sabia muito bem disso. Ele tinha sido uma dessas crianças. No orfanato, ele subsistia à base de caldo de carne, pão e alguns pedaços de queijo por semana – isso quando sua alimentação não era diminuída como punição por mau comportamento, e normalmente era.

Ele não tinha tempo para isso e também não confiava em si mesmo para desempenhar a tarefa. Isso significaria visitar Lady Penélope pelo menos tantas vezes quanto animais havia na lista. Considerando que tinham menos de um mês para realocar os animais, ele teria que ver Penny praticamente todos os dias. Oportunidades demais para bancar o estúpido.

Lares afetuosos uma ova! Ele se sentiu tentado a levar todas as criaturas para o açougueiro mais próximo. Se Sua Senhoria não descobrisse, não ficaria magoada.

Por outro lado, se Sua Senhoria ficasse sabendo, era provável que isso acabasse por prejudicá-lo. Além do mais, nem Gabe era tão cruel a ponto de mandar uma porco-espinho inocente para o matadouro.

Nada de açougueiro, então. Mas devia haver algum lugar onde ele pudesse levá-los todos de uma vez. Ele não acreditava que um zoológico pudesse se interessar por uma porco-espinho idosa ou três galinhas não poedeiras. Soltar uma cabra comprometida e seu melhor amigo, Angus, o boi Highland, no meio do Parque Hyde...? Era improvável que ninguém reparasse.

Uma cidade do tamanho de Londres oferecia poucas, se alguma, possibilidades.

Ele precisava era de uma fazenda.

{ *Capítulo sete* }

— O que aconteceu depois? — Emma estendeu a fita métrica do pescoço ao punho de Penny, e esperou a resposta.
— Depois eu o beijei — Penny respondeu em voz baixa. — E ele me beijou de volta.
— *Não*. — Emma recuou três passos e encarou a amiga na sala matinal da Casa Ashbury. — Oh, Penny.
— Eu me deixei levar pelo momento. Ele tinha acabado de resgatar o Bixby e eu me senti grata. E quando ele contraiu o ombro debaixo da minha mão, a sensação dos músculos dele...
— Você estava sentindo os *ombros* dele?
— Só um dos ombros — Penny protestou, como se isso tornasse a situação menos indecorosa.
Penny desceu do banquinho de prova, afundou-se no divã e escondeu o rosto nas mãos. Emma recolheu a fita métrica e foi se sentar ao lado dela. Penny deitou a cabeça no ombro da amiga.
— É um alívio ver você. Não tinha ninguém para desabafar. Obrigada por vir para Londres.
— Mas é claro que viemos. Você disse que precisava de nós. Além do mais, *eu* é que devo agradecer. Fazia anos que eu morria de vontade de lhe dar um novo guarda-roupa. Vou fazer os desenhos, criar padrões. Então, vamos cuidar para que tenha os melhores tecidos e as costureiras mais talentosas de Londres.

Uma costureira tornada duquesa, Emma pôde abandonar o trabalho com as agulhas em favor de uma vida de confortos. A maioria das mulheres na mesma situação que ela certamente teria feito o mesmo.

Contudo, Emma não era um tipo normal de mulher e Penny sentia-se grata por isso. A condição das duas, na periferia da sociedade elegante, foi o que as tornou boas amigas.

– Não sei o que deu em mim – Penny gemeu. – Sempre que ele está perto, me sinto um animal em temporada de acasalamento. Acho que sucumbi ao desejo.

– Se for verdade, não é a pior coisa do mundo. Muitas mulheres já sucumbiram vítimas da mesma aflição. Inclusive eu. Se não deseja mais ver o Sr. Duke, é só evitá-lo.

– Não posso evitá-lo. Ele se ofereceu para me ajudar com as exigências da minha tia e, mesmo que não me ajudasse, ele mora na casa ao lado.

– Bom Deus, Penny – disse o Duque de Ashbury, irrompendo na sala. – Você sabe o tipo de salafrário que está morando na casa ao lado da sua?

– Gabriel Duke – ela respondeu.

– Gabriel Duke é o nome dele. – Ash olhou furioso pela janela.

Ele sempre era assustador, em razão das cicatrizes de guerra que retorciam metade de seu rosto. Não fosse pela criança risonha grudada em sua perna, pareceria realmente intimidante.

– Richmond, querido – Penny estendeu os braços e o garoto veio tropeçando para seu abraço. – Como você está grande.

– Seu vizinho é um canalha infame – Ash continuou. – E a Emma me disse que você está andando com ele?

– Não estou *andando* com ele. Minha tia me deu um ultimato. Se eu não cumprir as exigências dela até o fim do mês, meu irmão vai me levar de volta para Cumberland.

Penny sentiu o estômago revirar. Desde a visita da tia, a possibilidade de retornar a Cumberland pairava sobre ela como uma nuvem de tempestade, opressora e sombria. A mera ideia de morar naquela casa, dormir naquele quarto...

Ela não podia voltar. Não iria voltar.

– O Sr. Duke se ofereceu para me ajudar com algumas tarefas. Ele tem um interesse financeiro para que eu continue aqui na Praça Bloom.

– Oh, tenho certeza de que tem seus interesses. Você soube o que ele fez com o Lorde Fairdale?

Penny balançou Richmond no joelho.

– Não soube, na verdade.

– Pois eu lhe conto. Primeiro, ele comprou toda a dívida do homem. E eu falei toda. Foi atrás de cada credor, de apostas não pagas no clube White's até a dívida com o vendedor de luvas. Consolidou todos os débitos em uma dívida impagável. Em seguida, fez cair a cotação de uma empresa de transportes, deixando Fairdale sem nada de valor para vender. Ele ficou sem nada, exceto por uma gleba de terra improdutiva e a casa dos antepassados, em ruínas.

– Piedade – exclamou Penny.

– Não houve nada de piedade nisso. Pura vilania. Ele não apenas arrasou essa família como salgou a terra debaixo dela. E Fairdale não foi sua única vítima. Esse homem pretende reunir as melhores famílias da Inglaterra como um feixe de gravetos para quebrar no joelho. Você não pode ter nada a ver com ele. O perigo é muito grande.

– O perigo do quê?

– Não é óbvio? – Ele abriu os braços. – Esse homem quer *arruinar* você.

– Por favor, Ash. – Emma cobriu as orelhas do filho.

– Ele não tem nem 2 anos. Não é como se conseguisse entender. – De qualquer modo, Ash cedeu ao pedido da esposa: – Esse homem quer A-R-R-U-I-N-A-R você.

Penny se endireitou no divã.

– Você está sugerindo que o Sr. Duke pretende me S-E-D-U-Z-I-R? Que absurdo!

Era mesmo absurdo, ela disse para si mesma. O beijo do outro dia não tinha sido um ato de sedução, mas um acidente. Um momento de loucura.

Mais precisamente, *ela* o tinha beijado.

Fosse o que fosse, ela que tinha se aproveitado dele. Penny meneou a cabeça.

– Ele A-R-R-U-I-N-A a fortuna de lordes, não a reputação de ladies.

– Ninguém sabe quando ele vai começar a diversificar. Se o vilão estiver de olho no seu dote, você é muito inexperiente para lidar com ele.

– Oh, eu acho que Penny sabe lidar com ele – Emma disse com inocência. – Ela tem lidado muito bem com ele até aqui.

Penny olhou feio para a amiga. *Por favor, não.*

– Não vou aceitar isso – Ash disse, decidido. – E Chase também não.

– Chase?

– Como de hábito, parece que não preciso ser apresentado. – Chase Reynaud entrou na sala de braço dado com sua extremamente grávida esposa, Alexandra, seguidos por suas pupilas Rosamund e Daisy.

– Alex. – Penny entregou Richmond para Emma e correu para dar um abraço apertado em sua amiga; ou o mais apertado possível, dado o obstáculo entre elas. Quando Rosamund e Daisy a atacaram com beijos, Penny ajudou Alexandra a chegar até o divã. – Eu pensei que você já estivesse em confinamento.

– Estou cansada de ficar confinada. – Alexandra se deixou cair no divã com um baque. – Além do mais, Ash disse que precisavam de nós neste momento. Não sei bem por quê.

– Conte-lhe, Chase – Ash disse.

Chase empertigou-se e apontou um dedo para Penny com uma severidade não muito convincente.

– Você não pode viver ao lado desse homem. Sabe o que ele fez com Lorde Fairdale? O vilão...

– Comprou suas dívidas, destruiu seus investimentos e o deixou sem quase nada.

– Isso mesmo. E se o bast...

– Chase – Alexandra o repreendeu e o marido suspirou.

– E se o B-A-S-T-A-R-O puser os olhos em você? – Ele perguntou.

– DO – a pequena Rosamund o corrigiu. – B-A-S-T-A-R-D-O.

– Garotas – Penny interveio –, vocês não gostariam de dar uma corrida até minha casa, do outro lado da praça, e dar uma olhada no Angus? Ontem ele espirrou. Pode estar resfriado.

– Quem sabe ele está com a peste! – Daisy ficou animada.

– Acho que não – Penny disse. – Mas é melhor vocês irem dar uma olhada.

– É possível que ele esteja morrendo? Não *quero* que ele morra, claro. Mas é sempre tão divertido quando existe a possibilidade.

– Daisy, ele não está morrendo. – Rosamund puxou a irmãzinha pela mão. – Eles estão tentando se livrar de nós para poderem conversar coisas de adulto.

– Ah – exclamou a pequena, decepcionada, fazendo beicinho.

Depois que as crianças estavam longe, Ash continuou seu sermão:

– Penny, você não precisa acreditar em nós. Leia os jornais. Começaram a chamá-lo de Duque da Ruína.

– Há não muito tempo – Penny observou –, os jornais chamavam *você* de o Monstro de Mayfair. Sei que não dá para acreditar nos jornais de fofocas.

– Não são meros boatos. – Chase puxou uma cadeira. – Esse homem está em uma missão pessoal de levar boas famílias à beira da falência.

– Não só até a beira – Ash disse. – Ele as empurra no precipício. Quem sabe ele não está pensando em fazer o mesmo com você?

– Ele perceberia que é impossível. Bradford, meu irmão, conduz as finanças da propriedade com mão de ferro.

– Mesmo que ele não possa tocar no dinheiro de sua família – Chase disse –, você tem um dote.

– Se não se proteger, precisaremos tomar medidas protetivas por você – Ash ameaçou.

Nicola entrou apressada na sala. Fios de cabelo ruivo flutuavam acima de sua cabeça, formando uma auréola despenteada. Na mão, ela trazia um pacote de papel pardo.

– Eu trouxe os biscoitos envenenados – disse Nicola, ofegante. – Ainda estou aperfeiçoando a armadilha à mola para a porta dela.

Maravilha. Mais uma para a brigada "Protejam Penny".

– É muita gentileza sua, Nicola. – Penny pegou o pacote de biscoitos das mãos da amiga, escondeu-o atrás de si e, dando uma volta na sala, discretamente jogou-os na lareira.

– Talvez os homens tenham razão – disse Alexandra. – Talvez haja motivo para nos preocuparmos.

– Alex! Você também, não.

– Desculpe, querida. Mas todos nós sabemos como seu coração é mole. É uma qualidade admirável e nós a adoramos por isso. Mas, às vezes, você confia demais.

– Sempre – Chase acrescentou.

Penny não conseguia acreditar.

– Então, vocês não apenas acham que ele vai tentar me seduzir, mas que eu vou cair na suposta armadilha dele.

– Nenhum de nós quer que se magoe – disse Nicola. – Só isso.

Penny se virou e olhou pela janela. Ela começava a se ofender com os amigos e sua completa falta de confiança na capacidade de discernimento dela. Penny era uma mulher adulta, não uma criança. Dali a pouco começariam a soletrar palavras na sua frente.

Então, ela ouviu outra batida na porta.

Senhor, quem mais eles teriam recrutado para a brigada? Dessa vez, Penny não se deu ao trabalho de se virar para ver quem era.

– Eu sei – ela disse, exasperada. – Meu novo vizinho é Gabriel Duke. Sim, eu soube o que ele fez com Lorde Fairdale. Sim, sei que os jornais o chamam de Duque da Ruína. Não, não preciso de proteção. Tudo o que o Sr. Duke quer é vender a casa *dele*. Tudo o que eu quero é permanecer na *minha* casa. Nós fizemos um acordo mutuamente benéfico e *temporário*. Ele não está tentando me seduzir e eu de modo nenhum vou me apaixonar por ele.

O silêncio que se seguiu foi tão esclarecedor quanto uma enciclopédia. E a enciclopédia se chamava *Piores Momentos da Vida de Penny, volumes I-XIII.*

O calor viril de Gabriel preencheu a sala, deixando Penny toda arrepiada. Ela não precisou se virar para saber que ele estava ali. Ela não *precisava* se virar, mas eventual e tragicamente, teria que o encarar. Não podia se esconder atrás das cortinas até ele ir embora.

Ou será que podia? Ela considerou essa opção por um bom momento antes de abandonar a ideia.

Enfim, Penny se obrigou a dar meia-volta.

Lá estava ele, parado na entrada da sala matinal, sombrio e devastador. Quando falou, sua voz era grave e dominante.

– Vim falar da cabra.

Ninguém teve a menor noção de como reagir.

– E sobre o boi e as galinhas – continuou ele, dirigindo-se a Penny. – Sua governanta me disse que eu a encontraria aqui. Encontrei a solução.

– Minha nossa! Foi rápido.

Penny sentiu um aperto no coração. Não estava preparada para se despedir de Bem-me-quer e Angus tão cedo.

– Eu lhe disse que não perco tempo. Volto amanhã à tarde. Poderemos, então, discutir os detalhes.

– Espere um pouco. – Ash se sacudiu, voltando à vida. – Ela não vai discutir nada com você.

– Isso mesmo. – Chase se levantou. – Nem a cabra dela.

Gabriel alternou seu olhar impaciente entre os dois homens.

– Eu sou o Duque de Ashbury – Ash disse, estufando o peito.

– Ora essa, Ash – Penny interveio. – Nós não usamos títulos. Nosso convidado é seu vizinho também. Todo mundo, este é Gabriel. Gabriel, aqui temos Alexandra, Chase, Nicola, Emma e Ash. São meus bons amigos.

– Amigos, você disse? Parecem acreditar que são seus guardiões.

– Escute aqui, seu B-A-S-T... – Ash engoliu as letras, mastigando-as com irritação, e recomeçou: – Escute aqui, seu bastardo.

– Não – disse Gabriel.

A resposta simples deixou Ash confuso. E furioso.

– Só vou escutar uma pessoa nesta sala – Gabriel disse, com calma. – E não é você. A lady pode falar por ela mesma.

Oh! O coração de Penny falseou dentro de seu peito.

Se, por acaso, ele *quisesse* seduzi-la repetindo aquela frase cinquenta vezes, o Sr. Duke poderia ter sucesso.

Ele dirigiu-se diretamente a ela. Apenas a ela.

– Amanhã à tarde. Estamos combinados?

– Estamos combinados. – Ela aquiesceu.

Ele saiu da sala sem a habitual cortesia de se despedir. A batida da porta da frente anunciou sua saída.

Enfim, Chase interrompeu o silêncio, incrédulo.

– Bom Deus! O homem é intolerável.

– É – Penny concordou. – É mesmo.

Alexandra se endireitou no divã, o que não foi fácil, em sua condição, e a observou com preocupação.

– Oh, Penny.

– Que foi?

– O modo como falou com ele. Você estava... sonhadora.

– Eu não estava sonhadora – ela desconversou. – Chase disse que ele era intolerável e eu concordei. Se quiser, posso acrescentar que ele é mal-educado e desagradável.

– Exatamente – Nicola disse. – É o que nos preocupa. Ele é o tipo de homem que atrairia você. Todos sabemos como adora um desafio.

– Podem acreditar, tenho desafios suficientes na vida neste momento. Não estou procurando mais um.

– Pelo menos prometa uma coisa – Alexandra pediu. – Prometa que não vai ficar a sós com ele.

– Está bem – Penny cedeu. – Eu prometo.

{Capítulo oito}

Penny não teria dificuldade em manter a promessa feita a seus amigos. Ela nunca ficava sozinha. Sua coleção de animais de estimação incomuns tinha conseguido muito sucesso em manter os homens à distância por uma década. Ela não via nenhuma razão para isso mudar agora.

Na tarde seguinte, quando acabara de voltar do passeio na praça com Bem-me-quer, o rugido de rodas de carroça se aproximando fez ela sair dos estábulos para ver o que acontecia na ruazinha de acesso.

A carroça era puxada pelos mais imensos cavalos de tração que Penny já vira. Um casal de meia-idade, vestindo roupas simples, vinha na boleia. De pé sobre o leito da carroça, como um marechal em seu próprio desfile, estava Gabriel Duke.

Os animais pararam de repente. Duke pulou por sobre a lateral da carroça e aterrissou diante dela.

– O que é isso tudo? – Perguntou Penny.

Ele apontou para o condutor e sua acompanhante, que se levantavam na boleia.

– Permita-me lhe apresentar o Sr. e a Sra. Brown.

– Prazer em conhecê-los – ela disse, embora ainda não soubesse *por que* os estava conhecendo.

O Sr. Brown tirou o chapéu e o segurou sobre o coração enquanto fazia uma reverência.

– É uma verdadeira honra, Vossa Senhoria.

A mulher dele fez uma mesura completa.

– Nunca pensei que fosse conhecer uma lady de verdade.

– Os Brown's são donos de uma fazenda encantadora em Hertfordshire – disse o Sr. Duke. – E ficarão encantados em tirar todos os animais das suas mãos.

– Todos eles?

– Todos eles. – Duke sorriu. – Hoje.

Penny não conseguia acreditar.

– Como isso aconteceu? Como vocês se conhecem?

– Foi Hammond quem os encontrou hoje, no mercado. Eles chegaram a Londres com uma carga de... O que era, Brown?

– Pastinaca, meu senhor.

– Pastinaca – repetiu o Sr. Duke. – O Hammond adora uma pastinaca fresquinha. Conte à Sua Senhoria sobre sua fazenda, Sra. Brown.

– É uma gleba de terra linda, milady. Não é muito grande, mas é nossa. Pasto para os cavalos e campos de aveia, alfafa e trevo.

– E pastinaca – Penny acrescentou.

– Ora, é claro. E pastinaca. – A Sra. Brown sorriu. – Temos até um laguinho.

– Diga-me, Sra. Brown – o Sr. Duke começou –, você acredita que esse laguinho que vocês têm seria um bom lar para uma lontra? – Perguntou ele.

– Arrisco dizer que seria o lar ideal para uma lontra, meu senhor.

– Muito bem, então. Que conveniente! Ouviu isso, Vossa Senhoria? Eles podem ficar com a lontra, também. Vamos lá, então. Pode empacotar os bichos.

Penny estreitou os olhos, desconfiada.

– Imagino que o Sr. Duke aqui explicou para vocês que muitos desses animais precisam de cuidados especiais?

A Sra. Brown juntou as mãos.

– Deus nunca nos abençoou com filhos, milady. Seria uma verdadeira alegria cuidar dos animais. Precisamos de criaturas para amar.

– Isso mesmo. – O Sr. Brown deu um tapa na anca de Angus. – Aposto que esta garota é uma bela leiteira.

– Esse é um boi Highland – Penny disse.

– Oh! – O fazendeiro (caso fosse mesmo um fazendeiro) olhou por baixo do rabo de Angus. – É mesmo. Lá em Herefordshire...

A Sra. Brown deu uma cotovelada nas costelas do marido.

– Hertfordshire.

– Lá em Hertfordshire não costumamos ver essa raça.

Penny poderia ter observado que os órgãos reprodutores do gado continuavam sendo basicamente os mesmos, independentemente de raça. Mas não se deu ao trabalho. Quem quer que fossem aquelas pessoas, não eram agricultores que plantavam pastinaca em Hertfordshire. Não eram nenhum tipo de agricultor.

– Muito bem, então. – O Sr. Duke bateu as mãos. – Vamos começar a carregar os animais?

Até onde ele pretendia ir com aquela farsa? Ele achava que Penny tinha caído de cabeça de uma carroça de pastinaca?

– Com certeza – ela disse. – E enquanto vocês carregam, vou pegar minhas coisas.

– Suas coisas?

– Ora, é claro. Sem nenhuma ofensa ao Sr. e à Sra. Brown, preciso ir ver e avaliar eu mesma o local.

– A viagem demora dois dias. – A voz dele tinha perdido a animação. – Para ir. E dois para voltar.

Ela sorriu.

– Vou levar isso em conta ao fazer as malas.

Antes que ela pudesse chamar o blefe dele, o "Sr. Brown" interveio.

– Espere um pouco, meu senhor. Que gracinha é essa? Uma viagem de dois dias? Para ir, mais dois para voltar? Inconcebível.

O sotaque amistoso de homem do campo tinha se transformado em contundente declamação shakespeariana, completa com "erres" guturais e floreios de mão.

A mulher que interpretava a Sra. Brown voltou-se para o Sr. Duke.

– Senhor, nós concordamos com uma apresentação única – ela disse, com leve sotaque irlandês. – Uma única tarde interpretando um fazendeiro humilde e sua esposa. O que é isso de viajar até Hertfordshire? Temos uma apresentação em Drury Lane dentro de algumas horas. Não vou dar nenhuma chance para minha substituta ardilosa interpretar Lady Macbeth.

– O senhor fique sabendo que eu apareço no primeiro ato! – Rugiu o "fazendeiro". – Não posso perder a cortina.

– Como se alguém fosse dar por sua falta, Harold. Você não é nada além de cenário.

– No teatro – Harold exclamou, estufando o peito –, não existem papéis insignificantes.

– Ah, claro que não. Tamanho não importa. Repita isso para si mesmo até acreditar.

O Sr. Duke pegou umas moedas no bolso.

– Vão embora, vocês dois!

Penny esperou até os atores saírem.

– Você é inacreditável. E não tem imaginação. Uma fazenda de pastinaca?

– Muito bem, não tem nenhuma fazenda. Mas, em minha defesa, minha intenção era comprar o primeiro pasto que aparecesse.

– O *primeiro* que aparecesse? Você me prometeu que eles ficariam no *melhor* pasto disponível. Com pessoas que se preocupassem com eles.

– Você me deu uma lista quilométrica de animais. Onde é que eu vou achar um asilo para animais velhos?

– Essa foi uma péssima ideia. Eu nunca deveria ter aceitado sua ajuda. Se vai debochar de mim, isso tudo não faz nenhum sentido. Você concorda com a minha tia. Sou tola e patética. E está na hora de eu desistir. – Ela se virou para ir se refugiar na casa. – Talvez tenham razão.

– Ah, não. Pare com isso. – Ele a pegou pelo pulso. – Nós dois... Somos de raças diferentes. De *espécies* diferentes, até. Não posso fingir que entenda o que você faz com todos esses animais. Por outro lado, duvido que aprove o modo como eu levo minha vida.

Era algo justo de se dizer, ela pensou.

– Existe, porém, uma coisa que temos em comum. Sou teimoso como o diabo e tive a impressão de que você também não entrega os pontos com facilidade. Ou me enganei muito?

– Não se enganou.

– Está decidido, então. – O olhar dele capturou o dela. – Não vou desistir. Nem você.

Um rubor se espalhou nas faces dela. Seu olhar desceu para a boca dele e ficou ali. Bom Deus. Ela estava pensando em beijá-lo. Não apenas pensando no beijo da outra noite, mas pensando em beijá-lo de novo.

Ela era uma tola. Uma tola ingênua e crédula.

E Gabe queria tanto corrompê-la que seus ossos chegavam a doer.

Ele precisava terminar aquela tarefa absurda, e logo.

– Vou comprar alguma propriedade no interior. Precisamos encontrar um lugar para pôr todos eles de uma vez. O que você acha de Surrey?

– Surrey? Não sei se gosto de Surrey.

– Ninguém sabe se gosta de Surrey. Não sei se existe outro modo de se sentir a respeito de Surrey.

– Não importa. Nós não vamos colocá-los em uma propriedade qualquer. Precisamos encontrar lares para eles. Lares com gente de verdade.

– O problema é que gente de verdade precisa comer. Não tem tempo de acolher animais com restrições dietéticas e patas a menos.

– Acha que não sei disso? É por isso mesmo que estão todos aqui, comigo. Ninguém mais quer ficar com eles. Angus, por exemplo. – Ela foi até o boi Highland. – Algum comerciante tolo viajou até a Escócia em um feriado e resolveu, por impulso, trazer um bezerro das Highlands como animal de estimação para a esposa. Nem parou para pensar que o animal ia crescer.

– As pessoas não podem ser tão estúpidas.

– Ah, mas acontece o tempo todo. Normalmente, cometem esse erro com cachorrinhos ou pôneis. Não com bezerros. – Ela meneou a cabeça. – Tiraram os chifres dele da pior maneira, a mais dolorosa. Quando chegou para mim, o pobrezinho estava com as feridas infectadas. Infestadas, também. Ele poderia ter morrido só da berne. Aquele homem era muito estúpido, de fato. A única coisa que fez certo foi escolher o bezerro. Angus *é* mesmo um amorzinho.

Um amorzinho?

Gabe olhou para o animal. Sua altura chegava no ombro de Gabe e o cheiro dele... cheiro de gado. O pelo vermelho desgrenhado lhe cobria os olhos como uma venda, e seu focinho preto, esponjoso, brilhava.

– Ele é o melhor boi Highland do mundo – ela disse. – Venha conhecê-lo.

– Não é necessário.

Ela não lhe deu escolha, puxando-o pelo braço até ficar perto do animal gigante e peludo.

– Ele adora um carinho atrás das orelhas. – Penny acariciou o topete de Angus. – São poucas as criaturas que não gostam de uma coçada atrás das orelhas. Vamos lá! Experimente.

– Não quero acariciar a vaca.

– É um boi.

– Eu não quero acariciar o b...

Ela pegou a mão dele e a colocou sobre a cabeça chata de Angus, fazendo-a ir para a frente e para trás. Como se Gabe fosse uma criança que precisasse ser ensinada.

– Está vendo? Mais macio do que parece.

Gabe estava menos interessado na textura do pelo de Angus do que na textura da pele de Lady Penélope. Sua mão, sobre a dele, era pequena e graciosa, mas não macia e delicada como se podia esperar da mão de uma lady. Sua pele era riscada aqui e ali por linhas e cicatrizes – algumas esmaecidas, outras ainda rosadas. Eram mordidas e arranhões cicatrizados, recebidos ao longo dos anos. Ela parecia ter o hábito de oferecer cuidado a animais selvagens demais, ou assustados demais, para aceitá-lo, o que a tornava o tipo mais corajoso de tola.

Gabe quis beijar cada uma daquelas feridas cicatrizadas, o que o tornava o tipo mais comum de tolo.

Angus fungou e inclinou a cabeça.

– Acho que ele gostou de você – ela falou, sorrindo.

Gabe se afastou, limpando a mão nas calças.

– Eu não inventei uma fazenda ou contratei aqueles atores por pura crueldade. É uma questão prática. Arrumar um lar para cada animal significa passarmos muito tempo juntos. E isso não é uma boa ideia.

– Se está preocupado com a minha reputação, não precisa. Ninguém vai notar. Ninguém presta muita atenção em mim.

A injustiça naquela declaração o deixou confuso. Como era possível ninguém prestar atenção nela? Nos últimos dias, ele não tinha conseguido prestar atenção em nada ou ninguém a não ser nela.

– Nós somos adultos – ela disse. – É óbvio que conseguiremos nos comportar. Prometo que não vou beijá-lo de novo.

– Não é um simples beijo que deveria preocupá-la.

– O que mais pode acontecer que o preocupa?

Bom Deus! O que poderia acontecer que *não* o preocupava? Ele tinha passado metade da noite inventando possibilidades.

– Veja sua cabra – ele disse. – Você não prestou atenção e agora ela está grávida.

– Bem-me-quer *não* está grávida.

– Vê? Você confia demais. É o que torna isso perigoso. Se vamos passar tanto tempo juntos sem ninguém de olho, é grande a chance de...

– É grande a chance de quê?

Ele se aproximou, deixando a tensão crescer entre seus corpos.

– Disto.

Os cílios dela agitaram-se, tocando a pele corada.

– Você está se preocupando à toa. Meus animais são incompatíveis com atração, corte, romance ou casamento. Fui lembrada disso com regularidade ao longo dos anos. Eles têm um talento excepcional para desencorajar cavalheiros.

– Eu não sou um cavalheiro. E se pudesse ser desencorajado, não teria juntado a fortuna que tenho hoje. Quando me convenço de que quero algo, não deixo nem uma manada de elefantes ficar no meu caminho.

Um raio de luz solar iluminou a poeira suspensa no ar, transformando-a em um halo brilhante ao redor da cabeça de Penny. Esse brilho invadiu o corpo de Gabe, fluindo por suas veias até cada célula dele ficar ciente da beleza dela.

Gabe inclinou a cabeça para beijá-la.

Ela se esticou para encontrá-lo no meio do caminho.

Então, Angus espirrou, borrifando Gabe com as substâncias úmidas e pegajosas contidas em um nariz bovino. Gabe não queria saber dos detalhes. Ele apenas ficou ali, tremendo de horror e...

E *pingando*.

Limpando o rosto com a manga, ele xingou os bois, as Highlands e o mundo em geral.

Lady Penélope riu. É claro que sim.

Ela desamarrou o lenço que trazia no pescoço e tentou enxugar a camisa dele, sem se dar conta da quantidade de decote que tinha exposto à visão dele. Os lábios dela se curvaram em um sorriso encantador.

– Acho que Angus demonstrou o que eu queria dizer.

– De agora em diante, vamos nos comunicar por escrito – ele resmungou, meneando a cabeça.

– Isso é absurdo! Nós somos vizinhos.

– É necessário. Esta será a última vez que nos encontramos sozinhos. Animais não servem de acompanhantes. Nem mesmo os catarrentos. Está me entendendo?

– Você está subestimando enormemente a capacidade dos meus animais em prevenir escândalos.

Praguejando baixo, ele a pegou pelo queixo e inclinou seu rosto até o dele.

– Vossa Senhoria está subestimando enormemente a si mesma.

{ *Capítulo nove* }

Dois dias depois, os planos de Gabe já tinham ido para o brejo.

A mulher era impossível. Quando lhe escreveu a respeito da lontra, ele tinha dado instruções específicas no bilhete: esteja pronta para partir às 7h30 em ponto. Vista-se de acordo com o clima. E, o mais importante, leve uma acompanhante.

Ela levou a papagaia.

A *papagaia*.

Eles estavam quilômetros além de Londres e Gabe ainda não conseguia acreditar. Preso em uma carruagem com uma mulher, um papagaio e uma lontra. Ele tinha ido parar no meio de uma piada absurda que terminaria com uma gargalhada estrondosa às suas custas. Ele se remexeu, incomodado, no assento da carruagem.

– Você tinha mesmo que trazer essa ave?

– Tinha. – Ela acariciou o pelo castanho e brilhante da lontra. – Acho que Alexandra e Chase vão ficar com ela. As duas filhas deles adoram brincar de pirata. Mas, como bem observou, o vocabulário da Dalila precisa ser refinado, então, vou tentar instilar algumas frases salutares no repertório dela. Considerando que só tenho quinze dias, não posso perder nenhum dia. – Ela se aproximou da gaiola e arrulhou com alegria, como tinha feito pelo menos cem vezes desde que saíram da Praça Bloom. – Eu a amo.

A ave assobiou.

– *Garota linda.*

– Eu a amo.

– *Quer uma foda, amor?*

– Eu a *amo*.

A ave arrepiou sua plumagem exuberante.

– *Sim! Sim! Sim!*

Mas Lady Penélope não se deixou abater:

– Eu a am...

– É inútil – ele a interrompeu. – Uma perda de tempo. Mesmo que consiga ensinar uma ou duas frases novas para a papagaia, ela nunca vai se esquecer das antigas. Anos de sujeira não vão ser levados por uma boa chuva. É como dizer que você poderia perder sua pose de escola preparatória com um único ato de moderada rebeldia.

Um beijo ardente, de revirar a alma, ela pensou.

Lady Penélope endireitou sua postura, deixando a coluna reta como um poste.

– Não tenho pose de escola preparatória.

– Claro que não – ele resmungou. – Continue repetindo isso para si mesma, Vossa Senhoria.

– Quer parar de me chamar assim? Todo mundo de quem sou próxima me chama de Penny.

– Não somos próximos.

– Nós somos a exata definição de próximos.

Bom Deus! Ela precisava lembrá-lo disso? Eles estavam próximos demais na carruagem, de um modo que o fazia ansiar estar mais próximo. Seu corpo tinha uma consciência dolorosa do dela.

Gabe desprezava a aristocracia. Tinha dito para si mesmo que nunca poderia desejar uma lady.

Aparentemente, tinha dito mentiras para si mesmo.

– Nós somos vizinhos – ela disse. – Nossas casas ficam uma ao lado da outra. Isso nos torna próximos.

– Não nos torna amigos.

Ela voltou a atenção para a papagaia, retomando sua tortura em forma de declamação:

– Eu a amo. Eu a *aaaamo*.

– Chega. – Gabe se desvencilhou do paletó, algo nada fácil dentro de uma carruagem, e o colocou sobre a gaiola. – A ave precisa descansar.

Eu preciso descansar.

Lady Penélope fez beicinho, mas ele não se comoveu.

Menina linda, quer uma foda? Eu a amo. Eu a amo, eu a aaamo...

As palavras começavam a se confundir na cabeça dele – e sua mente era um lugar em que "foda", "amor" e uma "menina linda" em especial precisavam continuar como conceitos separados.

– Você pode parar de me encarar – ele disse.

– Desculpe. Eu me perguntava se seria possível ver sua barba crescendo. Quando saímos de Londres, você estava bem barbeado. Ainda não é meio-dia e já está com uma sombra no rosto. Parece erva daninha depois da chuva. Fascinante. – Ela estremeceu. – Diga-me para onde nós estamos indo.

– A propriedade de campo de um cavalheiro que conheço. O filho dele tem implorado por um furão.

– Hubert não é um furão! É uma lontra.

– No que interessa ao garoto, é um furão. Apenas concorde com o que eu disser para ele.

– Você deve estar brincando.

– Ele tem 5 anos. Não vai saber a diferença.

– Ele não vai continuar com 5 anos para sempre.

– Não, mas depois não vai importar. É como aquela história infantil com o ovo de cisne no ninho da pata. Hubert vai ser *O Furãozinho Feio*.

– Uma criança de 5 anos não vai saber cuidar de uma lontra. Nem de um furão, aliás.

– Então, você vai ter que deixar instruções bem claras.

Ela meneou a cabeça.

– É melhor você fazer a carruagem voltar. Isso viola os termos do nosso acordo.

– Você queria um lar amoroso. Ele vai ser adorado.

– Talvez – ela disse. – Mas não por ser ele mesmo. Não por ser a lontra que, no fundo, ele é.

Gabe apertou a ponte do nariz.

– Nós viemos até aqui. Não vou voltar agora.

– Desperdice seu tempo como quiser. Não vou deixar Hubert lá.

– Eu acho que vai. Você pode dizer que pretende recusar, mas depois que estivermos lá, com você diante de um garotinho ansioso, com os olhos brilhantes? Não vai conseguir dizer não. Seu coração é mole demais.

O corpo dela também. Macio demais.

Ela se inclinou para a frente, segurando a lontra em uma das mãos enquanto estendia a outra para a cesta; uma pose que dava a ele uma grande visão do corpete dela. De seus seios doces, provocantes, apertados contra a barreira de musselina do corpete.

Gabe fechou as mãos em punhos dos lados do corpo.

Bem no momento em que ele conseguiu parar de babar nos seios dela – embora ainda não tivesse conseguido parar de pensar neles –, a carruagem parou bruscamente.

Lady Penélope foi jogada para a frente, bem no colo dele.

Com seios e tudo.

Com relação à aterrissagem, a de Penny não foi lá muito graciosa. Ela gostaria de poder dizer que, quando a carruagem parou bruscamente, deslizou com elegância nos braços musculosos e heroicos de Gabriel Duke.

Infelizmente, a verdade foi bem diferente.

Quando a carruagem foi detida, ela estava inclinada, pegando um petisco para Hubert. A força a arremessou de seu assento, jogando-a na direção de Gabriel. Ela aterrissou com o nariz no peito dele, e os seios esparramados sobre seu baixo-ventre.

Maravilha. Que maravilha! Que lady era ela!

Ele passou as mãos por baixo dos braços dela e a levantou, tirando seu rosto do colete de cetim que ele vestia. Ele a pôs sentada em seu joelho.

– Bom Deus! Diga-me que não está machucada.

– Não estou machucada.

– Consegue mexer todos os dedos da mão? E do pé?

– Acho que sim.

Aparentemente, ele não se satisfez com a resposta dela. Gabriel desamarrou a touca dela e a jogou de lado. Seus olhos escureceram de preocupação enquanto examinava o rosto dela. Segurando-a pelo queixo, ele virou a cabeça dela para os dois lados, observando as faces e as têmporas em busca de ferimentos. Então, passou as mãos pelos ombros e braços dela, até chegar aos dedos, que apertou com firmeza.

Inspeção completa, ele colocou a palma da mão no rosto dela, passando o polegar por seu lábio inferior.

– Tem certeza de que não está machucada?

Ela sacudiu a cabeça.

Machucada? Não.

Eletrizada? Era possível.

Com certeza, sem fôlego.

Ela ficou tonta com a proximidade, com o toque e, acima de tudo, com a gentileza inesperada. Um raio de luz adentrava a carruagem, dividindo-a entre quente e fria. Ela sentiu as batidas furiosas de um coração. Provavelmente do dela, mas não podia ter certeza.

Penny estava tão desorientada, na verdade, que fez o impensável.

Ela se esqueceu por completo dos animais. No mínimo por vários segundos. Talvez por um minuto. Ou até mesmo dois.

Um grasnido a fez recobrar os sentidos.

– Dalila! – Ela se ergueu e vasculhou a carruagem. – Hubert!

Felizmente, ela encontrou tanto a papagaia quanto a lontra a seus pés. Pelo modo como Dalila pulava e batia as asas dentro da gaiola revirada, ela estava agitada, mas não ferida. Penny pegou Hubert nos braços, revirando-o em busca de machucados ou sangramentos.

Não encontrando nada, ela suspirou de alívio.

A essa altura, Gabriel tinha descido da carruagem, sem dúvida para investigar o motivo da parada súbita. Em poucos momentos, ele voltou, parecendo ter recuperado sua típica personalidade desagradável.

– Essas malditas estradas do interior. A carruagem caiu em uma vala, e agora uma das rodas precisa de conserto.

Ele lhe ofereceu a mão, que Penny aceitou. Ajeitou o vestido desalinhado enquanto descia do veículo e seus pés tocavam a estrada de terra esburacada.

– Nós passamos por uma vila há cerca de três quilômetros. O cocheiro vai até lá para procurar um ferreiro ou carpinteiro de rodas. – Ele olhou ao redor, observando a paisagem ensolarada. – Acho que este é um lugar tão bom quanto qualquer outro para fazermos uma parada. De qualquer modo, os cavalos precisam descansar e tomar água. Parece que ali adiante tem um riacho. – Ele apontou o queixo para uns arbustos e umas árvores não muito longe da estrada.

– É melhor, então, aproveitarmos o atraso. – Penny retirou uma cesta de dentro da carruagem e passou um braço pela alça, ajeitando Hubert sob o outro. – Você está com fome?

– Estou sempre com fome.

– Trouxe sanduíches. Só espero que não tenham sido destruídos na confusão.

Ela caminhou até o riacho e escolheu um lugar que ficava em uma sombra gostosa da copa das árvores, mas onde o solo não estava muito úmido. Pegou na cesta uma toalha com estampa alegre e a estendeu sobre o chão.

– Podemos fazer um piquenique.

– Como assim? – Ele franziu a testa. – No chão?

– É onde se costuma fazer um piquenique – ela disse. – Você nunca foi a um?

Ele não respondeu, o que era em si uma resposta. Ele nunca tinha ido a um piquenique antes. Ocupado demais destruindo fortunas e tomando propriedades, ela imaginou.

– Então você precisa se aproximar e participar deste – ela afirmou.

Penny se pôs à vontade, escondendo os tornozelos debaixo das saias ao se sentar no chão. Hubert se espalhou ao lado dela, virando a barriga para ganhar um carinho. Ela não teve como recusar.

Por sorte, os sanduíches estavam só um pouco amassados. Penny os tirou da embalagem de papel pardo e os dispôs com elegância numa tábua de madeira.

– Também trouxe limonada gasosa. – Ela pegou uma garrafa com rolha. – Mas, levando em conta a sacudida que levamos, talvez seja bom esperar um pouco para abrir. – Penny estendeu a tábua com sanduíches para ele. – Aqui.

Ele pegou um e o virou, inspecionando-o.

– Que tipo de sanduíche é este?

– Apenas experimente.

Penny sabia, por experiência, que revelar suas receitas de antemão não era uma boa ideia. As pessoas tendiam a ficar desconfiadas diante dos ingredientes pouco convencionais. Mas quando eram degustados com isenção, seus sanduíches nunca deixavam de conquistar até os paladares mais exigentes.

– Coma, vamos – ela insistiu. – Fui eu mesma que fiz. Experimente.

Oh, Deus! O *sabor*.

Quando seus dentes afundaram no sanduíche, Gabe experimentou uma sensação que, para ele, era extremamente rara.

Arrependimento.

O sabor o atingiu como um soco no rosto. Os músculos de sua mandíbula pararam de funcionar. Eles recusaram-se a mastigar. Era óbvio que esse... o que quer que aquilo fosse, não se qualificava como alimento. A coisa ficou parada na língua dele, cada vez mais macia e viscosa.

– O que – ele disse, enfim engolindo o bocado – é isso?

– Minha última receita. – Ela exultou. – Feixe assado.

– Está diferente. Não se parece com nenhum sanduíche de peixe assado que eu já tenha provado.

– Não, não. Não é peixe. É *feixe* assado. Um feixe de vegetais.

Ele ficou olhando para ela.

– Sou vegetariana – ela explicou. – Não como animais. Então, crio minhas próprias substituições com vegetais. Feixe assado, por exemplo. Começo com quaisquer vegetais que encontrar no mercado, cozinho e amasso com sal. Depois, coloco numa assadeira para ir ao forno. De acordo com o livro de receitas, é tão satisfatório quanto peixe de verdade.

– Seu livro de receitas é um livro de mentiras.

Pelo menos ela aceitou a crítica.

– Ainda estou aperfeiçoando o feixe assado. Talvez precise de mais tempero. Experimente os outros. No pão preto, é rosgume – com cogumelos no lugar da carne. E no pão branco, temos vegesunto, que é o favorito de todos. A cor não parece igualzinha à do presunto? O segredo é beterraba.

Gabe experimentou os dois. O rosgume era, talvez, um pouco melhor do que o feixe assado. Quanto ao vegesunto... podia ser o seu favorito dentre os três. Mas levando em conta as opções, isso não era muita coisa. Ele enfiou o resto do sanduíche na boca e mastigou.

– Então? – Ela perguntou.

– Está querendo saber minha opinião sincera?

– Mas é claro.

– Eles são nojentos. – Ele engoliu com relutância. – Todos eles.

– Eu gosto deles. Minhas amigas também gostam.

– Não, não gostam. Suas amigas também acham que seus sanduíches são nojentos. Só não querem lhe dizer isso porque têm medo de ferir seus sentimentos. – Ele meneou a cabeça enquanto pegava outro triângulo de pão branco com vegesunto.

– Se os sanduíches são tão nojentos, por que está pegando mais?

– Porque estou com fome e não desperdiço comida. Ao contrário de você e suas amigas, nunca tive o luxo de poder rejeitar comida.

Ele arrancou metade do sanduíche com uma mordida ressentida. Quando era um garoto nas ruas, teria implorado pelas migalhas que ela joga para o cachorro. No orfanato, nos dois dias da semana que recebiam carne, ele chupava as cartilagens e o tutano de cada um dos ossos.

Essa mulher – não, essa *lady* – podia cobrir sua mesa, até fazê-la ranger, com o peso de assados, pernas de carneiro, aves e lagosta.

Só que ela comia *isso*. De *propósito*.

Essa ideia o deixava visceral e irracionalmente furioso.

Ele pegou o xelim no bolso do colete e o bateu na coxa.

– Não sei por que me dou ao trabalho de explicar. Você nunca entenderia. Não tem como entender. Você nunca soube o que é a verdadeira carestia.

– Tem razão – ela concordou.

Gabe não queria que ela concordasse. Queria continuar bravo.

– Eu nunca soube o que é esse tipo de fome. Optei por não comer animais e sei que é um privilégio poder fazer essa opção. É um privilégio poder fazer qualquer opção. Também sei que as pessoas me consideram ridícula.

– Ridícula, não. – Ele lançou o xelim no ar e o pegou com uma das mãos, os dedos prendendo a moeda contra a palma. – Protegida. Crédula e ingênua.

– Não sou tão protegida e ingênua como você pensa.

Ele só conseguiu rir.

– Estou sendo sincera. – Ela pegou uma folha de grama. – Minha juventude também não foi tão idílica.

– Deixe-me adivinhar. O bonitão Brummell esnobou você em uma festa, uma vez. Só posso imaginar os pesadelos que a assombram até hoje.

– Você não sabe nada da minha vida.

– Então, você sofreu mais provações, não é? – Ele lançou a moeda no ar outra vez, pegando-a com facilidade. – A loja de aviamentos ficou sem fita cor-de-rosa?

– Pare de ser cruel.

– O mundo é cruel. *Este* mundo, pelo menos. Diga-me, Vossa Senhoria, como é no seu mundo de contos de fadas?

Lady Penélope arrancou o xelim da mão dele. Enquanto ele a observava, irritado, ela se levantou, flexionou o braço e arremessou a moeda com toda força.

Ele se pôs de pé.

– Você acabou de jogar fora um xelim em ótimo estado. Não consigo imaginar exemplo melhor da sua existência mimada. Isso é quanto ganha um trabalhador por um dia de labuta.

– Você tem milhões de xelins, como adora falar para todo mundo.

– Sim, mas eu nunca me esqueço que venho de muito menos. Eu não conseguiria esquecer mesmo que tentasse.

– Pois *eu* tenho tentado me esquecer de onde venho, negar o passado. Você não faz ideia do quanto eu tentei. – A voz dela começou a desmoronar. – Posso não saber o que é pobreza, mas isso não quer dizer que eu não saiba o que é dor.

Gabe passou a mão pelo cabelo. Ele reconheceu o tom de verdade na voz dela. Lady Penélope estava sendo sincera e ele, um cretino.

Gabe começava a compreendê-la. Ele não sabia o que ou quem a tinha machucado, mas a ferida era profunda. O mundo não tinha gatinhos suficientes para preencher essa ferida – mas isso não a impedia de tentar.

Gabe suavizou a voz.

– Escute...

– Oh, não! – Ela olhou em volta. – Hubert sumiu.

– Quem sumiu?

– Hubert! A lontra. A razão pela qual estamos encalhados aqui em Buckinghamshire, lembra?

Ah, sim. *Esse* Hubert.

– Como eu pude ser tão descuidada? – Ela fez sombra nos olhos com uma das mãos e vasculhou o entorno. – Aonde ele pode ter ido?

– Levando em conta que é uma lontra de rio, eu arrisco o palpite maluco de que ele foi para o rio.

Ela parecia ter chegado à mesma conclusão. Gabe a seguiu enquanto ela corria na direção da margem do riacho.

– Hubert! – ela gritou com as mãos ao redor da boca, como uma corneta. – Huuuu-bert! – Ela se jogou na grama úmida e começou a puxar os cadarços de suas botinas.

– O que você está fazendo? – Gabe perguntou.

– Eu vou procurá-lo.

Depois que tirou as botinas, ela levantou as saias, soltou uma liga rosa e começou a enrolar a meia branca pelos contornos tentadores de sua perna.

Nossa Senhora!

Gabe se sacudiu. Imaginou que esse seria o momento em que ele deveria desviar os olhos. Na verdade, um cavalheiro teria olhado para outro lado vários segundos atrás, mas ele não seguia as regras dos cavalheiros e tirar os olhos daquele tipo de beleza não era algo fácil de fazer. Ele se sentia atraído por aquela visão do mesmo modo que a lontra era atraída pelo rio.

Depois que se livrou das duas meias, Lady Penélope levantou e segurou as saias com uma das mãos, mantendo-as acima dos tornozelos enquanto descia pela margem do rio.

Gabe suspirou. Ele precisava ir atrás dela. Não porque se importasse com Hubert, mas porque ela provavelmente tropeçaria nas pedras e quebraria o pescoço.

– Deixe-o ir. – Ele a alcançou e ofereceu sua mão como ponto de apoio. – Você queria que ele tivesse um bom lar. Pois ele mesmo encontrou, economizando trabalho para nós.

– Ele mora comigo desde filhote. Não vai conseguir sobreviver na natureza selvagem.

– Selvagem? Estamos nas Midlands da Inglaterra. Aqui não tem nada de selvagem.

Ela ficou mais animada.

– Estou vendo Hubert. Ali adiante!

Perto da margem oposta, uma cauda marrom serpenteou e desapareceu sob a superfície, levantando água.

– Venha. – Ela puxou Gabe pela mão. – Nós temos que resgatar Hubert!

– Ele não precisa ser resgatado.

Ignorando-o, ela levantou as saias até o joelho e mergulhou os pés no rio.

– Não. – Gabe firmou o pé na margem lamacenta e a segurou. – De jeito nenhum. Nós não vamos entrar na água.

Ela se lançou à frente.

Eles iam entrar na água.

Droga, estava fria. No segundo passo, o rio o engoliu até o joelho, enchendo suas botas de água. Suas botas novas da-melhor-qualidade-que-uma-quantia-indecente-de-dinheiro podia comprar.

Destemida, ela continuou em frente. Logo estava submersa até a cintura. Quando Gabe a alcançou, suas bolas se recolheram com tanta rapidez que ele podia jurar que elas tinham ido parar em seu tórax.

Ele a segurou com firmeza pelo pulso. Dessa vez, não aceitaria discussão.

– Nem mais um passo.

– Ele está logo ali do outro lado. – Ela apontou. – Consigo vê-lo. Você não precisa vir comigo. Se eu cruzar o riacho...

– Está louca?

– Não é tão fundo. Minha cabeça vai ficar acima da água.

– Isso deixa parte suficiente do seu corpo para contrair pneumonia, tuberculose ou gripe.

– Acho que estou disposta a correr esse risco.

– Bem, eu não estou. – Ele passou um braço pela cintura dela, o outro por baixo dos joelhos, e a tirou da água, segurando-a contra seu peito. Como uma droga de sereia. Uma sereia brilhante, de cabelos dourados, com lábios de rubi. – Não posso perder você.

Não posso perder você, ele disse.

Não consigo sentir meus cotovelos, Penny pensou.

Ela não pôde evitar de soltar um suspiro demorado, lânguido.

Aquele homem era tão perigoso. Ele tinha o hábito de disparar essas declarações possessivas, pontuadas por olhares intensos e acentuadas por demonstrações de pura virilidade.

Mas também tinha o hábito de, logo em seguida, estragar tudo.

– Se alguma coisa acontecer com você, minha...

– Eu sei, eu sei. – Ela se desvencilhou dos braços dele. – Sua propriedade vai diminuir de valor. Minha nossa. Não podemos permitir isso.

– Não reclame. Se eu não tivesse um interesse financeiro na sua vida, a esta altura você já estaria fazendo as malas para ir morar em Cumberland.

Isso Penny não podia contestar.

– Não vou atravessar o rio, mas não vou desistir.

Ela saiu marchando com água pelos joelhos, chamando Hubert.

Gabriel marchou atrás dela.

– Pelo amor de Deus, deixe o animal ganhar a liberdade. Ele é um... seja lá como se chama o macho da lontra... de sangue quente.

– Lontra macho.

– Ele vai construir sua própria casinha...

– Chama-se toca.

– ...e encontrar uma Sra. Hubert...

– Lontras são polígamas. Os machos acasalam com várias fêmeas.

– Então ele vai encontrar muitas Sras. Hubert. Melhor ainda. Nunca pensei que invejaria uma lontra, mas aqui estou eu.

Ela deu um suspiro sofrido e pesado.

– Não demora muito e ele terá uma colheita inteira de lontrinhas.

– Filhotes. – Ela se virou para encará-lo. – São filhotes. Pare de fingir que sabe o que uma lontra quer. Você não sabe nada a respeito delas.

– Eu sei que ele está fazendo o que nasceu para fazer. E que você está sendo egoísta.

– Egoísta?

– Aquele animal não é sua propriedade. Ele não existe para seu divertimento. Ele tem necessidades, instintos. Desejos.

O modo como ele disse isso, com um grunhido profundo, quase obsceno, fez arrepios eriçarem sua pele.

Ela engoliu em seco.

– Desejos?

— Sim. *Desejos*. — Ele foi, decidido, na direção dela. Tanto quanto um homem é capaz de andar com decisão tendo água pelos joelhos. — Mas o que uma lady como você pode entender disso?

— Ah, eu entendo de desejos. Neste momento, tenho um grande desejo de fazer isso.

Ela pôs as mãos no peito dele e o empurrou com força, com a intenção de jogá-lo de costas na água.

Ele não cedeu. Nem um passo. Nem um dedo.

Nem mesmo uma unha.

Penny não desistiu. Ela recuou um passo e tentou de novo, pondo todo o peso de seu corpo no esforço.

Dessa vez, ele a estava esperando, e a segurou pelos pulsos, detendo-a antes mesmo que Penny pudesse encostar nele.

— Ora, ora, Vossa Senhoria. Esse comportamento é indecoroso.

— Eu sei disso. — Ela fechou os punhos. — Você é enlouquecedor. Tem uma capacidade de me provocar diferente de qualquer um que eu já tenha conhecido. É como se eu me tornasse uma pessoa diferente quando estou perto de você e não sei se gosto dessa pessoa.

— Eu gosto dela. — Ele a puxou para si.

Penny ficou esperando-o estragar essa afirmação.

Eu gosto dela – pausa escaldante –, *de seu potencial para aumentar o retorno do meu investimento na propriedade.*

Mas dessa vez, não.

Ele baixou a cabeça até sua boca roçar a dela.

E provocar seus lábios, fazendo-os se abrir, até a língua roçar a dela.

Então eles caíram juntos na margem do rio, e tudo dele roçou nela.

Gabe não queria querê-la. Mas quis. Por Deus, como ele quis. Ainda que isso não fizesse sentido. Ainda que tudo nele fosse contra.

— Eu não deveria estar fazendo isso.

Ela empurrou o peito dele, afastando-se apenas o suficiente para fitá-lo nos olhos.

— Nós dois estamos fazendo isso.

Ele a beijou intensamente, explorando sua doçura com a língua e pressionando seu corpo contra a margem. As costas dela esmagaram a grama verde, formando um colchão sobre a umidade fria da terra. As saias dela se enrolaram nas botas dele e o prenderam em um abraço apertado. E o corpo dela... Suas curvas se moldavam a ele, acolhendo todos os seus ângulos duros, dando-lhes um lugar para descansar.

Ela passou os dedos pelo cabelo dele, fazendo um arrepio de felicidade escorrer pela coluna de Gabe.

Penélope passou os braços ao redor do pescoço dele e o segurou com firmeza.

– Gabriel.

Que paraíso!

Não, não. Estava mais para "que inferno".

Ele sabia muito bem o que aquela aventurazinha na margem do rio podia lhe custar, não só em dinheiro, mas também em orgulho. Ele sabia também quanto podia custar a ela. Mas, ainda assim, não conseguiu se deter.

Penny tinha um gosto tão bom, estava tão macia debaixo dele.

Gabe não devia estar ali. Seu lugar não era nos braços dela. Ele era um garoto de rua invadindo uma casa elegante; não tinha o direito de tocar em nada. Mas era por isso mesmo que ansiava por tocá-la – toda ela. Tomar o que sempre lhe tinha sido negado.

Mas, de novo, ela inverteu todo o raciocínio dele. Nem mesmo o homem mais infame podia roubar o que lhe era oferecido de graça.

Enquanto se beijavam, ela arqueou o corpo contra o dele em uma súplica instintiva, silenciosa. Ele deslizou a mão pelas costelas dela até roçar a parte debaixo do seio. Ela ficou tensa debaixo dele e suas unhas morderam o pescoço de Gabe.

Ele interrompeu o beijo, encarando-a em meio à respiração ofegante, até Penélope relaxar o corpo e lhe dar permissão, com os olhos azuis, para que continuasse.

– Sim? – Ele perguntou.

– Sim. – Ela aquiesceu.

Quando envolveu o seio dela com a mão, foi ele que suspirou de prazer. Ele vinha querendo isso, sonhando com isso acordado e dormindo. A pele dela estava fria e o riacho gelado tinha feito o mamilo ficar duro. Por um momento, ele apenas segurou aquela maciez fria em sua mão, querendo aquecê-la, espantar o frio.

Mas não se satisfez por muito tempo com o simples contato. E massageou o monte macio, encontrando o mamilo com o polegar, acariciando-o com delicadeza. Ela arfou. O som foi uma fagulha que incendiou o desejo dele, espalhando-o como uma labareda, esquentando cada um de seus nervos.

Gabe começou a murmurar tolices junto à pele dela – palavras como "querer", "precisar", "Penny" e "Deus" – e enterrou o rosto na curva suave de seu pescoço, para manter essas confissões em segredo. Até de si mesmo.

Com os dedos trêmulos, ele foi tirando a musselina molhada de cima da pele dela, passando a manga por sobre o ombro até conseguir espaço suficiente para passar os dedos por baixo do seio e levantá-lo, libertando-o da roupa de baixo.

A pele nua de Penélope era como seda e o mamilo teso era do mesmo tom de rosa que seus lábios. Um raio de Sol atravessou a copa das árvores acima, iluminando-a com um brilho quente. Baixando a cabeça, ele pegou o mamilo com a boca, arrastando a língua sobre ele e – como se isso não fosse o bastante – arranhando-o delicadamente com os dentes. O sabor dela era de água corrente na fonte. Fresca, pura, doce... Ele a sorveu, querendo mais.

Mais.

Quando ele entrou na água, suas bolas tinham se retraído tanto que Gabe imaginou que dias se passariam antes de elas descerem. Mas tinha subestimado o poder daquela mulher. Seu pau estava duro dentro da calça, esticando os botões e pressionando com insistência o quadril dela. Penélope inclinou a pelve, colocando-o em delicioso contato com sua intimidade. Uma aguda sensação de prazer quase acabou com ele.

Ele enviou a mão em uma jornada para baixo, explorando a paisagem ondulante da cintura, dos quadris e das coxas dela. A saia ensopada grudava em suas pernas, revelando os contornos de seu corpo. Quando alcançou a bainha da saia, ele envolveu o tecido entre os dedos e o polegar. Gabe pensou nas meias dela, que jaziam jogadas na grama.

Não devia.

Mas pensou.

Levantando o tecido pegajoso da pele dela, ele passou a mão por baixo, envolvendo o tornozelo nu.

Quando ele chegou à panturrilha, ela se contraiu, surpresa. A mão de Penélope segurou a dele, mantendo-a pouco abaixo do joelho. Ele parou no mesmo instante.

– Cócegas? – Ele mal conseguiu extrair a palavra de sua garganta.

Ela negou com a cabeça.

– O que foi, então? – Ele perguntou.

– Eu... – Os lábios intumescidos pelos beijos se curvaram em um sorrisinho recatado. – Acho que são os desejos.

Ele não pôde evitar de sorrir em resposta.

Aquelas sugestões provocantes de um lado sensual de Lady Penélope deixaram-no louco de curiosidade. Ele quis abrir as delicadas intimidades rosadas dela e explorar a mulher sensual que havia por dentro.

Mas no centro dessa mulher havia um coração. Vulnerável, mole, feito para ser partido. Com os diabos, ele não confiava em si mesmo perto daquele órgão, e se ela fosse minimamente cuidadosa, não permitiria que ele chegasse nem perto.

– Sr. Duke! – O grito veio da estrada. – Sr. Duke, está por perto?

– Oh, não! – Empurrando-o com as mãos no peito, Lady Penélope saiu de baixo dele. – O cocheiro voltou.

– Um instante – Gabe gritou de volta. Ele ofereceu a mão e a ajudou a se levantar. – Fique aqui. Vou na frente e invento alguma desculpa por você.

– Que desculpa?

– Sei lá. Eu digo para ele que você foi se aliviar.

– Sério? – Ela franziu o nariz. – Você não consegue, pelo menos, dizer que fui colher flores ou algo assim? – Ela olhou para o vestido molhado e enlameado. – E que, então, escorreguei, fui rolando pelo barranco e caí no rio?

– Se você prefere... – Ele deu de ombros.

– É tão constrangedor. Como se eu já não criasse montes de situações constrangedoras para mim mesma. Agora tenho que tomar algumas emprestadas de você.

– Você, ahn... – Ele hesitou. – Não que eu me importe, mas talvez seja melhor você ajeitar o vestido.

Ela olhou para baixo. Vendo o seio exposto, rapidamente Penélope o guardou sob a roupa.

– Está vendo? Montes de humilhação. Montes.

Gabe se perguntou se os últimos quinze minutos entravam na conta dos montes de humilhação ou se ela os via como outra coisa.

Ele se perguntou, mas não ia perguntar para ela.

Por sua vez, ele não guardaria essa lembrança no arquivo de "Humilhações". Ah, não! Iria direto para o estoque de "Fantasias" que todo homem guarda debaixo do colchão – figurada ou literalmente.

Ele nunca se esqueceria do sabor dela, puro e doce. O modo como a pele dela se movia sob suas mãos, parecendo cetim, esquentando sob seu toque.

E o modo como ela reagiu a ele? Isso já estava gravado em seu cérebro.

Acho que são os desejos, ela disse.

A parte preocupante disso tudo era que os desejos deles dois ficaram insatisfeitos.

E continuariam assim, Gabe disse para si mesmo. Esta tarde tinha sido um erro. Um erro agradável, mas errado ainda assim. Estava na hora de ele recuperar o discernimento. Gabe podia suportar todo tipo de privação, incluindo *esse*.

Ele nunca mais recolocaria suas mãos em Lady Penélope Campion.

Absolutamente não.

Definitivamente não.

Provavelmente não.

Droga.

{ Capítulo dez }

Para tornar sua história plausível, Penny decidiu que deveria colher algumas flores silvestres enquanto esperava que os homens consertassem a roda da carruagem.

Foi assim que ela passou os próximos quinze minutos: colhendo flores silvestres, ficando em lugares ensolarados na inútil tentativa de secar a roupa, permanecendo atenta ao Hubert e pensando na língua de Gabriel em seu mamilo.

Lambendo. Rodopiando. Chupando.

Suspiro.

Outras ladies – e, sem dúvida, muitos cavalheiros – veriam esse interlúdio confuso e passional como um erro. Penny? Nunca. Ela não tinha nem um fio de arrependimento.

Ela se sentia desperta. Viva.

E bastante orgulhosa de si mesma, na verdade.

Ela nunca sonhou que experimentaria essas sensações tão primais, carnais. Suas amigas experimentavam um misto de amor e desejo em seus casamentos – duas tiras firmemente trançadas, formando uma corda resistente. Mas Penny sempre acreditou que não seria assim para ela. A chance tinha sido roubada dela há muito tempo, quando ainda era muito nova para conseguir compreender o que tinha perdido.

Mas hoje...

Pensou em como ele parou quando ela tocou sua mão. Quando ela não sabia se desejava puxar a mão dele para cima ou afastá-la. Mas Gabriel não foi crítico nem a pressionou para satisfazer seus próprios desejos – apenas esperou que ela decidisse. Foi uma revelação.

Após guardar as coisas do piquenique – Gabriel podia não querer seus sanduíches, mas as formigas quiseram –, ela lançou um último olhar para a margem do rio, vasculhando a vegetação em busca de algum sinal de uma lontra castanha.

Nada.

Se Hubert quisesse voltar para ela, Penny imaginava que já o teria feito. Talvez Gabriel tivesse razão. Hubert estava buscando a vida para a qual tinha nascido. Uma vida que não incluía Penny.

Adeus, Hubert. Desejo muitos anos de felicidade para você.

Quando se virou na direção da carruagem, seus pés rangeram dentro das botinas. Ela tinha pegado as meias, mas parecia não fazer sentido vesti-las, pois suas saias molhadas as ensopariam em um instante.

Penny não era nenhuma carpinteira, mas ao voltar para a carruagem, até ela pôde ver que a roda da carruagem ainda não tinha sido consertada. Sua primeira pista foi que a roda continuava jogada na estrada.

– É a parte que prende a roda no eixo que quebrou. – Gabriel enxugou o suor da testa com o antebraço. – Pode demorar horas para consertar.

– Que azar! – Penny exclamou.

– Nós dois podemos ir caminhando até a vila – ele disse. – Podemos esperar na estalagem.

– Por que não podemos esperar aqui?

– Não posso levar você para casa desse jeito. – Ele passou os olhos pelo vestido enlameado, cheio de grama. – Nós dois precisamos nos lavar.

– Posso me lavar em casa.

– E você também podia descansar.

– Se está tão preocupado com o meu cansaço, por que está insistindo para eu caminhar três quilômetros até a estalagem?

– Porque. Eu. Estou. Com fome.

Penny arregalou os olhos para ele.

– Pronto. Está satisfeita? Não consegui engolir o suficiente dos seus sanduíches. Preciso comer alguma coisa. Alguma coisa que um dia tenha tido um rosto.

Ela franziu o nariz.

– É um jeito horrível de falar.

– Você perguntou. Tentei poupar seus sentimentos desta vez. Me dê algum crédito por isso.

– Vá você, então. Posso esperar aqui.

– Não vou deixá-la largada no meio da estrada.

– Não vou ficar sozinha. Estarei com o cocheiro e o carpinteiro.

– Você não é tão importante para eles como é para mim. Não vou deixar você aqui. – Gabriel pegou a gaiola da papagaia e começou a andar em direção à vila. – Do mesmo jeito que não vai me deixar ir embora com sua droga de papagaio.

Homem impossível.

A tarde tinha ficado mais quente. Dalila, uma ave tropical, parecia se animar com o calor. Penny, não. Ela se sentia cansada e sedenta, e ficava mais irritada a cada instante.

– Pensei que a vila ficasse a apenas dois ou três quilômetros.

– Não pode faltar muito, agora. Acredito que depois daquela curva da estrada.

– Você disse isso duas curvas atrás. Imaginei que o cocheiro já teria nos alcançado a essa altura. Talvez eles não possam consertar a roda.

– Mais uma razão para irmos até a vila. Se o pior acontecer e a carruagem não puder ser consertada, vamos precisar de outro meio de transporte. Posso alugar um... – Ele parou no meio da estrada. – Que foda!

Seu palavrão pareceu animar Dalila. *"Quer uma foda, amor? Oh! Oh! Sim! Menina linda."*

– Meu casaco – ele disse. – Deixei na carruagem.

Penny fez uma pausa e olhou para o céu limpo e o Sol alegremente escaldante.

– Acredito que não vai precisar dele.

– Eu não preciso do casaco. Preciso do dinheiro que está nele. – Gabriel pôs a gaiola no chão e esfregou o rosto com as duas mãos, praguejando dentro delas.

– O que vamos fazer?

– Não sei. Mas de um jeito ou de outro, vou levá-la de volta para Londres até o anoitecer. Não precisa se preocupar; você não ficará arruinada.

– Não estou preocupada em ficar arruinada. Não posso ser arruinada.

Ele baixou a voz, embora não houvesse ninguém, a não ser Dalila, para escutá-lo.

– Se isso é por causa do que aconteceu antes, no rio... Existe uma distância enorme entre o que nós fizemos e a cópula. Você não perdeu a virtude.

– Pelo amor de Deus, eu sei como funcionam as coisas entre um homem e uma mulher. – Ela enxugou o suor da testa. – Não posso ser arruinada porque para isso seria necessário que, em primeiro lugar, eu tivesse algo para arruinar. Continuo solteira, apesar de ser filha de um conde, apesar de ter um dote considerável. Nenhum pretendente tem batido na minha porta.

– De jeito nenhum que continua solteira por falta de interesse dos homens.

– Por favor, esclareça-me, então, qual seria o motivo.

– É muito simples. Você tem se escondido e é boa nisso. Uma mestra em camuflagem.

– Camuflagem? – Ela riu.

– É a única explicação possível. Você fez um vestido do mesmo tecido que reveste as paredes da sua sala de visitas, enfeitou-o com pelo de gato e penas. Então, quando os cavalheiros aparecem, você fica imóvel e desaparece no cenário.

– Você tem uma imaginação surpreendente.

– O que eu tenho é experiência. – Ele se virou para ela, no meio da estrada. – Fiz minha fortuna reconhecendo coisas subvalorizadas, dando uma polida nelas e revendendo-as pelo valor correto. Sei reconhecer um tesouro escondido quando vejo um.

– Oh.

Ele desviou o olhar e passou a mão pelo cabelo.

– Isso de novo, não – ele falou.

– Isso o quê?

– Toda vez que eu falo três palavras, você parece que vai desmaiar nos meus braços.

– Eu não – Penny contestou, sabendo muito bem que era verdade.

– Você suspira como uma tola, ficar vermelha como uma beterraba. Seus olhos são o pior. Eles se transformam nesses... lagos. Lagos vítreos azuis com tubarões devoradores de homem sob a superfície.

– Espero que você não pretenda seguir carreira na poesia.

– Pelo nosso bem conjunto, você tem que parar de me encarar.

– Então você tem que parar de me cortejar.

– *Cortejar* você. – Ele fez uma careta, como se as palavras fossem picles de limão na sua língua. – Eu não *cortejo*.

– Claro que corteja. – Ela fez a voz mais grave, para imitar o timbre rascante dele. – "Eu preciso de você", "Não vou deixar você ir". Uma mulher não consegue evitar de amolecer por dentro. Esse tipo de declaração é inerentemente romântica.

– Você sabe muito bem que não falo com essa *intenção*.

Ela revirou os olhos.

– Acho que se ainda não soubesse, agora eu saberia.

– Isso mesmo. Então, pare de desmaiar quando eu falo.

– Posso lhe garantir que não precisa se preocupar com isso. Se eu desmaiar, vai ser de calor.

Um tropel de cavalos atrás deles anunciou a possibilidade de salvação. Penny se virou na esperança de ver a carruagem.

Não era o veículo de Gabriel, mas a segunda melhor coisa. Uma diligência passando por eles. Penny correu para o meio da estrada, abanando os braços até o condutor fazer os cavalos pararem.

– Você é um anjo – Penny disse. – Pode nos levar até a vila?

O condutor olhou indeciso para eles, observando as roupas imundas.

– Nesse estado? Vocês terão que ir lá em cima, com as malas.

– Nós podemos fazer isso. – Penny estendeu a mão para o condutor. – Você me ajuda a subir?

O condutor não pegou a mão estendida de Penny.

– Não tão rápido. Preciso da passagem adiantada.

– Quanto é? – Gabriel perguntou.

– Vamos ver. – O condutor apertou os olhos. – Passagem para vocês dois, mais dois pence pela bagagem...

– Oh, isto não é bagagem. – Penny levantou a gaiola para ele ver. – É uma papagaia.

– Então, são duas passagens para vocês mais *três* pence pela papagaia... Um xelim no total.

Penny levou a mão à bolsa.

Só que ela não estava com a bolsa.

Tinha ficado na carruagem. Com o casaco de Gabriel.

– Maldição! – Gabriel disse, dramático. – Se pelo menos eu tivesse um xelim.

Ela suspirou.

– Eu estava certo de que tinha um em algum lugar. – Ele apalpou todos os seus bolsos, exagerando nos gestos. – Oh, é verdade! Alguém o jogou longe.

– Por favor – Penny implorou ao condutor –, tenha pena de nós. Tivemos um acidente. É só até a próxima vila.

– Desculpe, moça. – O condutor agitou as rédeas, colocando os cavalos em movimento. – Sem passagem, sem condução.

Em silêncio, Penny e Gabriel ficaram observando a diligência se afastar pela estrada até fazer uma curva e desaparecer.

Eles continuaram andando. Não havia mais nada a fazer.

– Sempre ando com um xelim no meu bolso – Gabriel murmurou após alguns minutos de silêncio furioso. – Sempre. Sabe *por que* eu sempre ando com um xelim no meu bolso? Porque o que eu sou hoje, tudo que conquistei... começou com um xelim. Lá atrás, tudo que eu valia era um único xelim. Agora eu valho centenas de milhares de libras.

– Não, não vale.

– Quer que eu pegue os extratos bancários para provar?

– Extratos bancários não querem dizer nada. Colocaram um valor em mim, sabe. Um dote de quarenta mil libras. Mas se eu perder minha virtude, algumas pessoas diriam que sou desprezível.

– Você nunca será desprezível.

– Com certeza eu faria o valor da sua casa diminuir. Você nunca perde a oportunidade de me lembrar disso.

Ele sacudiu a cabeça.

– Não é essa a questão.

– Esta é a questão. – Ela se pôs na frente dele, obrigando-o a encará-la. Os olhos com tubarões devoradores de homens e tudo mais. – Ninguém pode ser reduzido a números em um extrato, ou a uma pilha de notas, ou a uma moeda de prata. Somos humanos, com coração e alma, com paixões e amor. Cada de um de nós é inestimável. Até mesmo você.

Penny pôs a frustração de lado e segurou o rosto dele em suas mãos.

Ele precisava ouvir isso. Todo mundo precisava, incluindo ela própria. Talvez por isso que ela falasse essas palavras com tanta frequência, para tantas criaturas. Para ouvir o eco delas.

– Gabriel Duke. Você é inestimável.

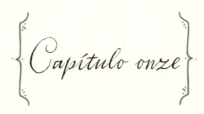

Você é inestimável.

O coração de Gabe deu um murro nas próprias costelas.

Havia respostas que ele tinha preparado em sua vida – e guardado para o dia em que pudesse precisar delas, ainda que fosse improvável. Ele tinha um discurso de vitória pronto para o prêmio da Câmara de Comércio de Londres. E tinha ameaças de morte bem ensaiadas para o caso de algum dia seu caminho cruzar com o do bastardo cruel que cuidava do orfanato em que ele ficou.

Gabe sabia até mesmo o que diria para sua mãe, se um dia ela voltasse da cova para ouvi-lo.

Mas não fazia ideia de como responder a isso. Ele nunca poderia ter se preparado. Nada em sua vida o ensinou a imaginar essas palavras.

Você é inestimável.

– Minha nossa, não precisa fazer essa cara de pânico. – Ela sorriu e sacudiu de leve a cabeça dele. – Eu falo a mesma coisa para o Bixby todos os dias.

Certo. Claro que não era. Ela só estava se vingando um pouco de ele ter debochado dela por corar e tudo mais. Bem que merecia. Gabe odiou se sentir decepcionado. Até mesmo traído.

Ele afastou as mãos dela.

– Entendi seu recado. Vou fazer o meu melhor para não desmaiar.

– Gabriel, espere.

Ele seguiu andando.

– Não precisa se preocupar com nenhuma outra declaração da minha parte. Nós nem precisamos conversar.

Até que enfim, eles chegaram à vila e à sua única estalagem.

– Como pode ver, tivemos um infortúnio na viagem – Gabe disse ao estalajadeiro pasmo. – Vamos ficar com sua maior suíte. Minha irmã vai precisar de uma ajudante para se despir e tomar banho.

Ele pôde sentir o olhar questionador de Sua Senhoria. *Irmã?*

– Enquanto ela descansa, sua roupa precisa ser lavada, seca e passada. E queremos jantar, o quanto antes puder ser servido.

– O senhor pode escolher. – O estalajadeiro apontou para uma lousa que listava, com um giz esfumaçado, os pratos do dia.

Gabe passou os olhos pela lista. Torta de rins, picadinho, perna de cordeiro, coelho refogado. Carne, carne, carne e carne. Maravilhoso.

– Um de cada – ele disse. – Não, dois de cada.

Lady Penélope o cutucou.

– Você não pediu nada para mim.

– Não mesmo.

– *Homem grosseiro* – ela murmurou entredentes.

– Você não é criança. Pode muito bem ler o que está na lousa, como eu fiz. Não precisa que eu escolha por você.

– *Homem nem tão grosseiro* – ela murmurou desta vez.

– Melhor assim.

– Torrada e manteiga, por favor – ela disse ao estalajadeiro. – Um pedaço de queijo e algumas geleias, se tiver.

– Mais uma coisa – Gabriel disse. – Preciso de papel de carta, caneta e tinta. Preciso enviar uma carta. Há um garoto de 5 anos em Buckinghamshire que vai ficar de coração partido por não receber seu furão.

– Pelo amor de Deus – ela resmungou. – Ele nunca ia ganhar um furão.

O estalajadeiro rabiscou uns garranchos em um pedaço de papel gorduroso.

– Tudo junto, incluindo a hospedagem... Fica em seis xelins e oito pence.

– O dinheiro não está comigo – Gabe disse. – Vou pagar quando meu cocheiro chegar com a carruagem.

– Claro que sim. E eu vou lhe dar o jantar quando meu *chef* parisiense chegar.

Gabe praguejou e passou a mão pelo cabelo.

– Fique com minhas botas como caução.

O estalajadeiro baixou os olhos para as botas que estavam encharcadas e enlameadas.

– Parece que elas estiveram na guerra.

– Paguei doze libras por elas. Com certeza valem seis xelins e oito pence em qualquer estado. Fique com elas até eu lhe pagar em dinheiro.

– Muito bem. Vou ficar com as botas... *e* a roupa da senhora. Ela vai receber o vestido lavado e passado depois que você pagar.

Justo.

Eles pegaram a maior suíte que a estalagem tinha para oferecer. Um quarto para Sua Senhoria se banhar e descansar, uma sala de estar onde ele poderia comer e escrever uma carta e – o mais importante – uma antessala entre os dois aposentos.

Dentro da suíte, eles se separaram. As criadas levaram água quente para o quarto dela e bandejas de comida para o dele. Tudo como deveria ser. Completamente separado.

Quando se viu sozinho, Gabe tirou a camisa pela cabeça e a pendurou no encosto de uma cadeira perto da lareira para secar. Depois que se lavou na bacia, sentou-se para comer sua refeição.

Um jantar *decente*. Comida *de verdade* em vez de falsificações em um prato. Nada de torta de rimoide nem assadelho ou qualquer nome infeliz que ela pudesse inventar. Ele pegou uma faca e espetou um pedaço de picadinho com um golpe gratificante.

Ele estava no segundo prato de torta de rim escaldante quando sua mastigação ficou lenta. Foi quando Gabe ouviu. Sons muito baixos escapando do quarto dela, deslizando pela antessala e passando por baixo da porta para chegar até ele.

Sons de banho.

Água respingando.

Escorrendo.

Gotejando.

Tudo junto era uma tortura. Tortura limpa, líquida.

Ele afastou o prato e apoiou os cotovelos na mesa, enterrando o rosto nas mãos com um gemido. Nem tapar as orelhas adiantou.

Quando fechou os olhos, conseguiu imaginá-la. Nua em uma banheira rasa. Os pés pendurados em uma das bordas, a cabeça reclinada na outra.

E toda aquela água envolvendo-a com calor, rodeando sua nudez, visitando suas curvas e reentrâncias mais secretas.

Ele ficou, imediata e surpreendentemente, duro.

Gabe tamborilou na mesa com os dedos. Esse seria o momento ideal para uma tempestade. Um tumulto, uma explosão, um coral de crianças desafinadas. Alguma coisa, qualquer coisa estridente.

Nada.

Nada além de sons suaves, devastadores... eróticos.

Quem sabe ele conseguia enganar sua mente? Podia se convencer de que os sons não eram de banho. Imaginaria que ela estava... fazendo sopa. Uma sopa sem graça. Sopa de orfanato. Um caldo aguado com uns pedaços minguados de...

Ela soltou um suspiro demorado e lânguido.

Maldição. Estratégia destruída. Ninguém suspira daquele jeito fazendo sopa.

Por Cristo, mulheres tomam banhos ridiculamente demorados. Seria possível que ele morresse de priapismo? Ele pensou em se oferecer para algum médico estudar o caso.

Depressa, ele suplicou em silêncio. *Acabe logo com isso.*

Em sua mente, ele a viu mergulhando a esponja abaixo de uma cobertura de bolhas de sabão e depois pressionando-a no pescoço – logo abaixo das madeixas douradas, em sua nuca. Ela apertou a esponja com firmeza, despejando uma cascata morna em suas costas. Uma gota danada se desviou, escapando por sua clavícula, deslizando entre os seios, escorregando até seu umbigo antes de desaparecer em um tufo de cachos cor de mel.

Chega.

Ele afastou a cadeira e desabotoou as calças. Pegando o pau na mão, ele espalhou a umidade que se acumulava na ponta por toda a extensão.

Fechando os olhos, ele a imaginou nua. Ela continuava no banho, mas agora ele também estava na água. Aquecendo-a. Acariciando-a. Lambendo-a toda. Ele não precisava se contentar com um único mamilo rosado. Não desta vez. Ele juntou os seios dela e se lambuzou nos dois, mordiscando e chupando. Ela gemeu e arqueou o corpo debaixo dele, agarrando seu cabelo e levando-o até embaixo, onde Gabe deslizou a língua pela abertura de sua doce e úmida...

Ele apertou mais forte, com movimentos mais rápidos.

Agora ela o abraçava. Envolvendo-o com as pernas e trançando os tornozelos às suas costas, puxando-o para si. Para dentro. Para o fundo.

E enquanto ele a penetrava, de novo e de novo, ela o mantinha perto de si. Bem perto e apertado. Ela sussurrou seu nome.

Gabriel.

Gabriel.

– Gabriel?

Os olhos dele se abriram de repente e Gabe quase caiu da cadeira. Agarrando o papel de carta que a estalagem tinha lhe trazido, ele se pôs de pé, segurando o papel bem à frente de seu púbis, rezando com fervor para que suas calças soltas não deslizassem até seus tornozelos.

Ela abriu a porta só o suficiente para esticar a cabeça pela borda e espiar.

– Nada – ele declarou.

Ela franziu a testa, confusa.

– Nada o quê?

– Nada nada.

Ele era um tolo e sua pulsação acelerada o lembrava disso várias vezes por segundo. *Tolo, tolo, tolo* e *tolo.*

Ela olhou para o papel.

– Está escrevendo sua carta?

– Estou. – Ele pigarreou. – Estou escrevendo minha carta. – Escrevendo com a ponta do pau, ao que parecia.

– Está ficando escuro – ela disse.

– Percebi.

– A carruagem... mesmo que o condutor e o carpinteiro cheguem logo, os cavalos vão precisar descansar.

– Eu sei. – Gabe praguejou para dentro. Ele não tinha dinheiro para pagar o estalajadeiro, muito menos para alugar outra carruagem. Graças à sua imprevidência, estavam confinados àquela suíte até o amanhecer. – Já que estamos presos aqui, é melhor você ir dormir.

– Não vou conseguir dormir.

– Você deve estar exausta.

– Estou, mas... – Ela mordeu o lábio. – Preciso de um animal na minha cama.

Ele só conseguiu arregalar os olhos para ela.

– Em casa, pelo menos um fica na cama comigo. Normalmente, mais de um. Bixby, é claro, e um ou dois gatinhos. Não consigo dormir sozinha.

– Que tal a ave? Ela pode lhe fazer companhia.

– Dalila? Ela está dormindo na gaiola. E mesmo que não estivesse, não dá para se aninhar em uma papagaia. – Ela passou os olhos pela sala de estar. – Eu esperava que pudesse haver um jornal ou livro por aqui, para eu passar o tempo.

– Bem, não tem nada disso aqui.

Ela empurrou a porta um pouco mais, revelando vestir apenas um arranjo de inspiração grega com lençóis. Os ângulos graciosos de seus braços e ombros nus destacavam-se contra a escuridão do fundo. O coque do cabelo úmido pelo vapor de água poderia ser facilmente solto. Um estalo de seus dedos o libertaria, fluindo como ouro líquido em sua mão.

E aquele lençol... um único puxão e acabaria amontoado no chão.

Ela estava tentando matá-lo. Gabe teve certeza disso.

– Que diabos você está vestindo?

– Você falou para eles levarem todas as minhas roupas para lavar.

– Não imaginei que você fosse entregar também a roupa de baixo.

– A bainha estava toda enlameada. Eu não podia usá-la daquele jeito.

Ele esfregou a ponte do nariz.

– Está querendo me dizer que você não tem roupa nenhuma? – Ele perguntou.

Não me diga isso.

Por favor, diga-me isso.

Ela deu um passo à frente, arrastando o lençol branco atrás de si como se fosse a cauda de um vestido de noiva.

– Tem certeza de que não há nada para ler? Achei ter visto algum tipo de revista na cornija da lareira.

– *Não.*

Ela se escondeu atrás da porta de novo, parecendo um cachorrinho chutado.

– Não precisa gritar comigo.

– Volte para o seu quarto. Cubra-se com algo além de lençóis.

– Eu tenho o espartilho e as meias. Devo vesti-los?

Jesus Cristo.

Mantendo as calças fechadas com uma das mãos, ele se inclinou para o lado e pegou sua camisa de onde estava secando, perto do fogo. Gabe atirou a camisa para Penélope, atingindo-a no rosto.

Enquanto a vestia lentamente, ela lhe lançou um olhar ofendido.

– Isso foi mesmo necessário?

– Foi. Vá indo. Eu vou depois que terminar a carta.

Depois que ela se retirou e fechou a porta atrás de si, Gabe expirou, aliviado. Ele guardou o pau, agora mole, dentro das calças. Não havia como recomeçar de onde tinha parado. Só Deus sabia quando ela poderia aparecer de novo, e o que estaria vestindo – ou não vestindo – se aparecesse.

Então, ele se sentou e escreveu a carta – com caneta e tinta. Demorou-se, escolhendo bem cada palavra. Sua caligrafia nunca foi muito legível. Mas os poucos parágrafos se recusaram a lhe tomar horas. Enfim, ele não teve mais desculpa e atravessou a antessala. Ao entreabrir a porta, fez uma oração.

Por favor, que ela esteja dormindo na cama, coberta.

Ela não estava dormindo. Nem coberta.

Ela estava *sobre* as cobertas. Vestindo sua camisa. E ele percebeu que tinha sido uma porcaria de imbecil por ter-lhe emprestado a roupa.

Enrolada nos lençóis, antes, ela era uma deusa grega. Uma divindade distante, para ser adorada, quem sabe temida, mas nunca abraçada.

Vendo-a à deriva nas ondas tremulantes de sua camisa, contudo, com o cabelo solto sobre os ombros...? A intimidade da visão o abalou por dentro.

Ela não parecia apenas desejável, mas necessária. Uma parte dele. A melhor parte, claro. A parte onde suas qualidades redentoras poderiam estar escondidas – se ele tivesse alguma. Gabe duvidava que tivesse, mas se viu desejando revistar Penélope por completo, por dentro e por fora, só para ter certeza.

Era uma situação perigosa. Nada de lontras. Nada de carruagem. Nada de cocheiro. Só um homem, uma mulher e uma cama.

– Gabriel? – A voz dela ecoou rouca, doce. – Não vai entrar?

Não entre, ele ordenou a si mesmo. *Deixe-a sozinha. Ela está mais segura sem você. Feche a porta, vire o trinco, passe o ferrolho e pregue uma tábua, só para garantir. Vá embora.*

Então, ele entrou.

Capítulo doze

Quando a silhueta dele apareceu no vão da porta, Penny engoliu em seco. De modo audível.

A estalagem era um antigo ponto de parada de diligências, com séculos de existência. As tábuas do chão estavam gastas, formando um sulco polido e o piso se inclinava em ângulos bêbados onde as paredes tinham afundado no chão. O teto dos quartos era baixo e os batentes das portas, ainda mais.

Quando Gabriel entrou no quarto dela, tudo isso conspirou para criar um efeito impressionante. Ele ocupou todo o vão da porta, alto e grande, e enquanto caminhava na direção da cama, o chão gemia e rangia debaixo de seus pés.

Por puro instinto de autopreservação, ela rastejou até o lado mais distante da cama e puxou a colcha até o pescoço. Racionalmente, ela sabia que não tinha nada a temer. Não vindo dele, pelo menos. Mas quando Gabriel despejou seu formidável corpo masculino na outra ponta da cama, ela teve um pouco de medo de si mesma.

Ele era tão quente e grande. Cheirava a sabão e água limpa, e quando deu uma olhadela para ele, percebeu que os pelos que adornavam seu peito eram visíveis à pouca luz da lareira. Seus dedos doeram de vontade de tocá-lo.

– Pronto. – Ele cruzou os braços sobre o peito e entrelaçou os tornozelos. – Você tem um animal na sua cama. Agora, durma.

Dormir? Impossível.

Como ela poderia dormir com aquele barulho todo? Sua pulsação era um tambor. Todo seu *corpo* pulsava. O coração, os tímpanos, os pulsos, a parte de trás dos joelhos – e, latejando mais do que tudo, a pulsação íntima entre suas pernas.

Desejo à primeira vista já era ruim o bastante. Naquela tarde, Penny tinha mergulhado em um rio repleto de desejo, até o pescoço. Agora, ela se afogava em um mar de sensualidade. Tudo aquilo a confundia, causava até um pouco de pânico – mas ele a atraía assim mesmo.

Porque Gabriel sabia como nadar.

E ele também podia ensiná-la a nadar.

Penny cobriu o rosto com as mãos e gemeu dentro delas.

– O que foi?

– Os animais – ela mentiu. – Eles vão ficar sem jantar esta noite. E a menos que a Sra. Robbins leve-o para fora, o que é improvável, Bixby vai fazer xixi no tapete até eu voltar para casa.

– Não há nada que você possa fazer a respeito hoje. Poupe sua energia. A lontra foi só um dos animais. Ainda temos que nos livrar de uma dúzia ou mais. Além disso, ainda precisa se ocupar de seu guarda-roupa e de suas obrigações sociais.

Ela fitou as vigas enegrecidas do teto.

– Isso nunca vai dar certo. Mesmo que consiga encontrar lares para os animais – e você precisa admitir, nosso começo não foi muito auspicioso –, nunca vou estar à altura das expectativas da minha tia no que diz respeito a frequentar a sociedade.

– Ah, mas você vai estar, sim. Farei isso acontecer. Tenho dinheiro e influência ao meu dispor.

– Não tenho dúvida disso. Mas todo dinheiro e toda influência do mundo não vão mudar minha personalidade.

– Não existe nada de errado com a sua personalidade. Sua personalidade é ótima.

Só por essa frase, ela poderia tê-lo beijado.

– Sou como um quadro na parede – ela disse. – Não, nem isso eu sou. Em uma festa, um quadro se destaca na parede. Eu não consigo nem passar pela porta.

– Por que não? – A cama rangeu quando ele se virou de lado. – Isso não faz sentido. Além da coisa de ser filha de um conde, você é uma pessoa amável. Amável demais, na minha avaliação. É a multidão? O barulho?

– Não, é... – Encolhendo-se, ela virou-se para encará-lo. – É o porco-espinho.

Para isso ele não teve resposta, só um olhar inexpressivo. Ela pensou que não deveria ter esperado resposta.

— Eu tinha 16 anos quando debutei. Fazia anos que receava esse momento. Na escola preparatória, eu não combinava com as outras garotas. Sempre me senti mais à vontade com animais do que com pessoas. Enquanto as outras alunas pintavam flores em suas aquarelas, eu devolvia passarinhos para seus ninhos. Fazia amizade com porcos-espinhos. Como Freya.

Ela pegou um fio solto na colcha.

— Como pode imaginar, as outras meninas debochavam de mim. Riam às minhas custas. Você sabe como as garotas são nessa idade.

— Na verdade, acho que não sei.

— Não importa. Enfim, acabei encontrando amigas de verdade. Mas logo que cheguei a Londres, me senti muito só e despreparada. Meus pais estavam na Índia e minha tia Caroline era, e é, uma mulher assustadora. Ela insistiu que eu fosse apresentada à sociedade. Eu não queria um debute formal, então, chegamos a um acordo: eu seria apresentada no clube Almack's.

— No Almack's? — Ele fez uma careta.

— Eu sei, é horrível. Você sabe que agora só servem limonada e biscoitos? Ouvi dizer que nem são bons. De qualquer modo, eu estava nervosa. Achei que não conseguiria encarar essa provação sozinha. Então, levei Freya no bolso.

— Seu vestido tinha bolsos?

— Todo vestido deveria ter bolsos. Minha tia Caroline sempre insistiu nisso, e é uma coisa com a qual concordamos. — Ela franziu o rosto, concentrada. — Onde eu estava?

— No Almack's para seu grande debute social, comendo biscoitos secos e escondendo um porco-espinho no bolso do vestido.

— Isso. Bem, não há muito mais para contar. Minha primeira dança foi com Bernard Wendleby. Ele me tirou para dançar por pura obrigação familiar, é claro. Ele não queria dançar tanto quanto eu. Nossos passos se cruzaram durante a quadrilha e ele bateu o quadril no meu. Você deve estar vendo como isso vai acabar.

Gabriel anuiu com um movimento lento de cabeça.

— Estou começando a formar uma imagem.

— Ótimo — ela disse, alegre. — Então, não preciso descrever para você.

— Ah, mas precisa! Quero ouvir cada detalhe.

Ela receava que ele diria isso.

— Freya se assustou e espetou Bernard com seus espinhos. Bernard deu um pulo, espantado, e pisou no meu pé. Eu caí para a frente e me esparramei no chão. E...

— E...?

— E Freya caiu do meu bolso. Ela rolou pelo chão como uma bola de bocha de grama. As pessoas saíram correndo apavoradas.

Um ronco grave começou no peito dele.

— Não ria! — Ela bateu nele com um travesseiro. — Não é educado.

Ele arrancou o travesseiro da mão dela.

— Eu nunca disse que era educado.

— Eu me senti humilhada. Não foi engraçado.

— Na hora, talvez não. Mas agora, aqui? É muito engaçado e você sabe que é.

Penny pensou que talvez fosse mesmo. Fazia anos, não é?

Quando tudo isso aconteceu, suas amigas tentaram confortá-la. Elas lhe disseram que, com o tempo, a humilhação passaria e o episódio se transformaria em uma história divertida para ser contada em jantares.

Só que ela não foi a muitos jantares depois disso.

Agora, tão distante do mundo esnobe de Mayfair, Penny conseguia olhar para aquela cena e apreciar o humor absurdo. Depois que começou a rir, não conseguiu mais parar.

— O pior de tudo... — Ela limpou as lágrimas de riso. — O pior de tudo foi que uma das minhas patronesses (não me lembro qual) desmaiou na limonada. Ela estava parada atrás de mim quando eu caí. Ao ver o porco-espinho rolando pelo chão... — Penny escondeu uma risada na mão. — Ela pensou que fosse minha cabeça. Que de algum modo eu tivesse sido de-captada ao cair no chão e minha cabeça tivesse saído rolando.

— Espantoso. — Ele meneou a cabeça. — Nunca sonhei em dizer isso a respeito do Almack's, mas bem que eu queria estar lá para ver a cena.

— Se quiser visitar o clube, vai ter que encontrar alguém para levá-lo. Meu título foi cancelado — ela disse, orgulhosa. — Para sempre.

— Que pena! — Ele descansou a cabeça no braço dobrado e a observou com atenção. — Então, qual é o verdadeiro motivo?

— O verdadeiro motivo do quê?

— De sua saída da sociedade. De sua vida como um quadro na parede.

— Acabei de contar.

— Você me contou a história de um momento constrangedor. Que aconteceu anos atrás. Quer que eu acredite que a filha de um conde foi exilada da sociedade por causa de um porco-espinho? — Ele balançou a cabeça. — Não. Tem mais alguma coisa aí.

Um nó de pânico subiu pela garganta dela. Penny não tinha outra história preparada. Todo mundo aceitava o incidente com o porco-espinho como motivo suficiente.

Todo mundo menos ele, aparentemente.

– Acredito que seja sua vez – ela disse, desviando da pergunta. – Se você quer saber mais da minha trágica juventude, precisa me contar uma história da sua.

– Não tenho histórias adequadas aos ouvidos de uma lady.

– Ora, ora, homem misterioso. Conte-me algo. Qualquer coisa. Sua família, sua vida na escola. Onde foi criado. Você deve ter uma cicatriz, em algum lugar, com uma história interessante. – Com um sorriso atrevido, ela o cutucou nas costelas. – Aqui, talvez?

Ele se retraiu, indignado.

– O que você acha que está...

Então, ela fez cócegas do lado de baixo do braço dele.

– Ou será que é aqui?

– Abusada.

Ele a agarrou pelo punho e passou a cabeça por baixo do braço dela, erguendo-a sobre o ombro. Penny deu um gritinho, rindo, enquanto ele a puxava de sob a colcha. Por um instante, ela conseguiu se livrar das mãos dele, mas Gabriel a puxou de volta pelo tornozelo, colocando-a sobre seu joelho. Penny lhe fez cócegas na barriga e, quando Gabriel se encolheu e praguejou, ela ficou em vantagem.

Penny sentou-se sobre as coxas dele. Quando Gabriel esticou as mãos em sua direção, ela as prendeu com firmeza debaixo de seus joelhos. Em seguida, apoiou as mãos no peito dele.

Pronto. Ela o tinha prendido na cama pelos quadris, mãos e peito. Ele poderia reverter a situação com facilidade assim que recuperasse o fôlego, mas, no momento, era prisioneiro dela.

Seu cabelo caía solto pelo pescoço e a camisa dela – a camisa *dele* – foi puxada para o lado, deslizando sobre o ombro enquanto ela se regozijava pelo triunfo.

– Toda criatura tem um ponto fraco – ela disse. – Eu vou encontrar o seu.

– Vossa Senhoria pode procurar à vontade. Mas vou avisando que não é fraqueza que vai encontrar.

Pode procurar à vontade.

Penny não conseguiu resistir ao convite.

Ela passou os dedos de leve pela clavícula dele. Mantendo suas mãos presas com os joelhos, ela desceu pelo peito, sulcando os cachos de pelo preto e delineando os contornos dos músculos. Ela apertou os polegares nos mamilos firmes e chatos dele.

Anos atrás, a mãe de Penny tinha lhe trazido uma caixinha de música da Áustria. A cena era de um pastor e uma mocinha no alto de uma montanha. A caixa tinha manivelas e alavancas em todos os lados. Era apertar uma e o pastor se curvava. Girar outra e a mocinha rodopiava. Virar a chave produzia um tilintar acolhedor.

Enquanto ela explorava o corpo de Gabriel, este não se curvou nem rodopiou. E, com certeza, não cantarolou nenhuma música. Ele grunhiu, gemeu, retraiu-se e praguejou. Ainda assim, apesar de todos esses sons de aparente desconforto, Gabriel não fez nenhum esforço para desencorajá-la. Deixou que Penny explorasse seu corpo à vontade, do modo que ela queria desde que ele apareceu diante dela, naquela primeira noite, molhado, com uma toalha na cintura.

Com um dedo, ela desenhou uma linha provocante do meio do peito até o umbigo dele.

Gabriel arqueou os quadris. Sua ereção roçou o sexo dela e Penny arfou com o contato repentino. Seus corpos estavam separados apenas pelo tecido fino da camisa que ela vestia e pela lã das calças dele, mas Penny podia senti-lo – seu comprimento, seu calor e sua dureza.

Seu desejo.

Ela tinha se sentido triunfante ao prendê-lo à cama, mas aquilo não era nada comparado ao pico de poder que experimentava no momento. Aquela coluna grossa, quente de excitação acomodada entre suas coxas... era para ela. Toda só para ela. A excitação ricocheteou por seu corpo e foi se acomodar em seu sexo, fundindo-se em uma dor difusa, latejante.

Desesperada para aliviar essa dor, ela começou a se balançar de encontro a ele. A fricção lançou uma erupção de êxtase por todo o seu corpo. A julgar pelo grunhido torturado dele, Gabriel sentiu o mesmo. Sua cabeça caiu no colchão.

– Por Deus. Isso. De novo – ele pediu.

– Peça com educação. – Ela apoiou seu peso nos joelhos, pressionando as mãos com mais força no colchão de palha para levantar a pelve e interromper o contato. – Peça usando meu nome.

Após um gemido de contrariedade, ele cedeu.

– Lady Penélo...

– Penny – ela o corrigiu. – Me chame de Penny.

Ela estava tão desesperada quanto ele por mais contato, mas não podia deixar a oportunidade escapar. Havia dias que ela vinha pedindo que Gabriel a chamasse pelo apelido, e essa podia ser a única chance que ela teria de fazê-lo obedecer.

Ele rilhou os dentes.

– Pelo amor de Deus, mulher!

– Penny.

– Tudo bem. Penny. Pronto. Está feliz, Penny? Quantas vezes deseja ouvir, Penny? Droga, Penny! Estou querendo isso o maldito dia inteiro, Penny. Estou ficando louco de desejo, Penny. Penny, Penny, Pen... – Ela baixou o quadril até o dele. – *Cristo.*

– Assim está bom, por enquanto.

– Graças a Deus.

Ela se moveu com delicadeza, para a frente e para trás até a dureza dele se acomodar em sua abertura.

O instinto tomou conta. Penny apoiou as mãos espalmadas no peito de Gabriel enquanto balançava o corpo sobre o dele em um ritmo vagaroso e contínuo.

– Assim – ele murmurou, também se mexendo debaixo dela. – Assim mesmo. Está bom?

Ela aquiesceu, embriagada demais pela sensação para afetar recato ou timidez.

– Bom demais.

– Vá em frente, então.

– Vá em frente e o quê? – Ela perguntou.

– Me cavalgue – ele sussurrou. – Me use. Tenha seu prazer.

Ela hesitou.

– Você nunca...? Acho que não ensinam isso na escola preparatória. – Ele se moveu como se fosse soltar os braços. – Eu mostro para você.

– Não. – Ela segurou os bíceps dele, mantendo-o imobilizado. – Não preciso de ajuda.

Penny tinha um homem grande e lindo à sua mercê e não cederia o controle. Oh, ela não tinha nenhuma ilusão de que o dominava fisicamente! Ele poderia inverter as posições a qualquer instante.

Ela não tinha tomado as rédeas. Ele tinha lhe *dado* as rédeas. E isso tornava tudo ainda melhor.

Ela decidia quando começar e parar. Se apenas provocaria a ambos com uma fricção leve ou levaria a ação a outro nível, esmerilhando os quadris. Ela ditava o ritmo. Cabia a ela conceder ou negar misericórdia quando Gabriel suplicou, em um sussurro:

– *Mais rápido.*

Com cada movimento – lento ou rápido, firme ou delicado – o prazer dela crescia mais. Sua respiração ficou irregular e um calor a fez corar.

Ela caiu para a frente, para beijá-lo, buscando sua boca. Explorando-o. Quando as línguas se enrolaram, a barba por fazer arranhou os lábios e o queixo dela. Seus mamilos viraram pontas tesas, deliciosamente sensíveis. A cada movimento, os bicos roçavam as superfícies duras do peito dele.

Êxtase a assaltava de todos os lados, impulsionando-a em direção à distante promessa de satisfação. Seu ritmo perdeu toda a elegância. Seus quadris convulsionavam e pulavam conforme a urgência crescia.

– Isso. – A voz dele soou apertada. – Não se segure. Quero senti-la gozando em mim. Quero ouvir os sons que você faz.

As palavras de encorajamento tiveram o efeito oposto. Pela primeira vez, ela sentiu um momento de hesitação. Nunca tinha chegado ao clímax com outra pessoa. Penny precisou de anos para se sentir confortável consigo mesma, imagine com um homem. Quando o prazer irrompesse, ela estaria exposta a ele. Mais nua do que nua. Ela deixou a testa cair no ombro dele, escondendo o rosto.

– Me abrace – ela choramingou junto à pele dele.

Num instante, ele soltou as mãos e passou os braços ao redor dela, acariciando seu cabelo e massageando suas costas, dando-lhe a segurança de que ela precisava.

– Estou com você, amor. Estou com você.

Quando ela recomeçou a se mover, as mãos dele deslizaram por suas costas. Ele segurou e apertou sua bunda, orientando-a. Apressando-a. Puxando-a sobre sua ereção uma vez e mais outra e outra... Segurando-a durante aquele último momento desconcertante, para depois empurrá-la à felicidade do outro lado.

Alegria estremeceu sua pele e pulsou em suas veias. Ela enterrou os gritos de prazer na curva do pescoço dele.

Conforme o clímax passava, a tensão foi deixando o corpo dela, derretendo-se no calor dele. Uma linda sensação de paz vagou pelo seu corpo. Como se estivesse sentada em uma sala quente em um dia frio, observando os flocos de neve caindo no peitoril da janela.

Ele não compartilhava da mesma languidez. Sua ereção pressionava o ventre dela, ainda furiosamente dura e insatisfeita. Ele enfiou a mão entre seus corpos e abriu os botões da calça.

– Desculpe – ele disse. – Não dá para esperar mais.

Penny rolou para o lado. Será que ela devia oferecer ajuda? Parecia justo retribuir o favor. Mas ela não tinha ideia de *como* ajudar. Talvez sua falta de jeito mais atrapalhasse do que ajudasse.

Quando ele enfiou a mão dentro das calças, ela tomou uma decisão inabalável. Quer Gabriel desejasse a ajuda dela ou não, Penny ficaria observando.

Infelizmente, não houve muito o que ver. Antes que os olhos dela pudessem se ajustar à luz da lareira, Gabriel já tinha envolvido o objeto de sua curiosidade com a mão. Depois, movimentou o punho com tanta rapidez que Penny não viu nada além de um borrão. Em questão de momentos, o corpo dele arqueou e Gabriel soltou um som grave, gutural. Com a mão livre, ele pegou um canto do lençol solto, puxando-o sobre o púbis enquanto estremecia e terminava com movimentos mais lentos.

– Essa – ele desabou na cama – foi por pouco. Quase gozei nas calças. E aí nós não teríamos nenhuma peça de roupa limpa.

Eles ficaram deitados de costas, fitando o teto. Conforme a respiração dos dois foi se acalmando, um silêncio constrangedor desceu sobre eles.

Penny imaginou que, quando duas pessoas se amam ou, pelo menos, quando são verdadeiramente amantes, elas passariam esse momento abraçadas, preparando-se para um sono profundo e restaurador. Mas eles não se amavam e, apesar do que tinha acabado de acontecer, não eram verdadeiros amantes. Eram vizinhos com pouca coisa em comum, a não ser pelo interesse compartilhado de não serem mais vizinhos. Quais eram as regras para isso? Quais *ela* queria que fossem?

As perguntas pairavam sobre os dois como uma nuvem.

Ele ofereceu, possivelmente, a pior sugestão:

– Acredito que eu deveria pedir desculpas.

– Se tiver a ousadia. Vou espancá-lo sem piedade com o travesseiro.

Uma batida forte sacudiu a porta da suíte.

– Com licença, o senhor pediu para ser acordado assim que o cocheiro chegasse.

– O diabo que pedi – Gabriel murmurou. – Ele só quer ter certeza de que vai ser pago. – Ele se levantou e abotoou as calças. Então, pigarreou. – Eu, ahn... vou precisar da minha camisa.

– Oh. É claro. – Penny tirou os braços das mangas, puxou-a pela cabeça e se escondeu debaixo da colcha antes de jogá-la na direção dele. Apesar de toda a sua coragem havia poucos minutos, ela começava a se sentir vulnerável e tímida.

Ele passou as mãos pelo cabelo em uma fútil tentativa de ajeitá-lo e saiu, deixando-a sob o peso daquela pergunta sem resposta:

E agora?

Eles retornaram à Praça Bloom muito tarde. Ou muito cedo, dependendo de como se encarasse o horário.

Durante a maior parte do percurso, Gabe ficou em um estado de sonolência. Sentia-se como um covarde evitando a conversa, mas não tinha a menor ideia do que dizer e cochilar lhe deu a oportunidade de organizar suas lembranças e fixá-las em sua mente antes que pudessem escapar.

Ele lembrou-se do modo como Penny o tocou, com uma curiosidade encantadora, sem vergonhas. As curvas cheias da bunda dela enchendo suas mãos e o abraço do sexo dela em seu pau. A canção cadenciada dos gemidos dela quando atingiu o clímax.

Como se tudo isso não fosse tortura o suficiente, o prazer dela estava gravado em sua camisa. O aroma dela continuava à volta dele, quente e inebriante.

O cocheiro diminuiu a velocidade dos cavalos quando entraram em Mayfair, para manter o barulho no mínimo. Enquanto amanhecia, uma neblina escondia as ruas e envolvia a cidade em um cobertor de silêncio.

Gabe olhou para os dois lados da viela antes de estender a mão a ela, ajudando-a a descer da carruagem. Como esperado, mesmo após ser lavado e passado, o vestido com rendas, que um dia já tinha sido rosado, estava um trapo.

— Vou acompanhá-la.

Eles entraram pelos estábulos — ou, no caso de Penny, pela casa da cabra e do boi — e, claro, ela teve que se deter para mimá-los com carinhos e generosos forcados de feno e alfafa. Quando passaram pelo jardim dos fundos, ela parou para jogar milho para as galinhas e lançar um olhar pesaroso em direção à banheira vazia de Hubert.

– Venha. – Ele a puxou pelo braço e a empurrou na direção da casa. – Se ficar mais tempo aqui fora, alguém poderá vê-la.

– E se alguém nos vir? Somos apenas dois vizinhos em uma conversa matinal no jardim. Como isso pode ser escandaloso?

Ele exalou.

– Talvez você tenha razão.

– De qualquer modo, ninguém presta muita atenção em mim.

Normalmente, Gabe teria parado para lhe dar um sermão a respeito de quão errada era aquela afirmação. Ou, pelo menos, como era injusta, se fosse verdade. Contudo, nesse momento a invisibilidade dela poderia ajudá-los.

Talvez, apenas talvez, eles conseguissem se safar.

Ao acompanhá-la pela escada da cozinha até o *hall* de entrada, contudo, Gabriel percebeu que estava enganado. Os dois foram interpelados instantaneamente.

Os amigos dela estavam à espera. Todos eles. A duquesa, a sardenta, a grávida, o duque cheio de cicatrizes e o sujeito insuportável de encantador.

Cinco indivíduos que causariam dificuldades até ao observador mais atento para encontrar algum traço em comum entre eles. A não ser, é claro, uma qualidade muito importante: todos se preocupavam com Penny.

– Penny, é você?

– Graças a Deus você está bem!

– Nós enlouquecemos de preocupação.

– Onde diabos você esteve?

– Bixby fez xixi no tapete da sala de jantar.

Quando terminaram de externar suas preocupações com a amiga, todos se voltaram para Gabe. Vejam só que coisa, essas cinco pessoas diferentes tinham mais um traço em comum: estavam furiosas com Gabriel.

As três mulheres puxaram Penny de lado e a submeteram a um interrogatório severo, mas carinhoso.

Os dois homens empurraram-no contra a parede.

– Que diabos você fez com ela? – Ashbury rosnou. Seu rosto deformado retorceu-se de raiva. – Eu exijo respostas.

– Eu também exijo – disse o outro, o que Penny chamara de Chase.

– Nós estávamos levando a lontra para o interior. O eixo da carruagem quebrou e acabamos nos atrasando.

– Ah, por favor – Chase exclamou. – Um acidente com a carruagem. Eu já inventei muitas desculpas na vida e essa é a história mais batida do livro.

– Do livro? – Gabe perguntou. – Não tem livro.

– Sim, tem sim – Chase estrilou na defensiva. – E se não tiver, vou escrever um.

– Esqueça o livro – Ashbury o sacudiu pelas lapelas, fazendo chacoalhar os quadros pendurados na parede. – Quero a verdade.

– Essa *é* a verdade. O eixo da carruagem quebrou. Nós paramos e esperamos um carpinteiro vir consertá-lo.

– Então por que o vestido dela está nesse estado?

Gabe suspirou.

– A lontra fugiu para o rio. Lady Penélope insistiu em ir atrás do animal. Ela entrou na água, caiu na margem lamacenta e se enroscou no junco.

Chase pareceu contrariado.

– Bem, isso tudo parece... bem plausível, no que diz respeito à Penny.

– Então, acredito que terminamos por aqui. – Gabe fez menção de se afastar.

– Não tão depressa. – Ashbury o empurrou de novo contra a parede, sacudindo os quadros mais uma vez. – O que aconteceu com o vestido dela não é importante. Eu quero saber onde estiveram a noite toda.

Do outro lado do *hall*, Penny contava a mesma história para suas amigas.

– Nós fomos andando até a vila e, depois disso... Oh! Aí está você, querido.

Bixby encostou o focinho no tornozelo dela e Penny se abaixou para sufocá-lo com amor.

– Depois disso, o quê? – Insistiu Nicola.

– Depois disso nós paramos em uma estalagem.

Com isso, Emma e Alex trocaram olhares de preocupação.

Nicola não foi tão delicada:

– Uma *estalagem*?

Penny fez um sinal pedindo discrição, pois não queria que Ash nem Chase ouvissem.

– Era isso ou esperar na carruagem. Você está fazendo isso parecer algo terrível.

– Porque *foi* terrível!

– Não foi, não. Na verdade, foi... – *Erótico. Maravilhoso. Confuso.* – ...perfeitamente seguro.

– Você deveria ter dado os biscoitos envenenados para ele.

— Nicola — Alexandra sussurrou, repreendendo a amiga. — Penny está dizendo que considerou tudo muito aceitável.

— Bem, eu não acho aceitável. — Nicola ergueu a voz. — Como você pode ficar tão calma assim? Ela passou a noite com um *homem*, Alex. *Aquele* homem. Em uma *estalagem*.

— Uma estalagem? — Ashbury rugiu. — Vocês passaram a noite em uma estalagem?

— Sua Senhoria precisava se alimentar, descansar e se aquecer. Era a melhor opção, a menos que você preferisse que eu a trouxesse para casa com pneumonia.

— Imagino que só havia um quarto disponível. Com uma cama. — Chase cruzou os braços. — Essa também está no livro.

— A suíte tinha três quartos.

— Vocês ficaram na mesma suíte? — Ashbury deu outra sacudida violenta nele.

— Ash, já chega. — Chase interveio. — Deixe-o em paz.

Relutante, o duque soltou Gabe e recuou alguns passos.

— Agora é a minha vez. — Chase ocupou o lugar de Ashbury, agarrando Gabe pelas lapelas e empurrando-o contra a parede.

Jesus Cristo. O homem era mais forte do que parecia. Dessa vez, um dos desenhos emoldurados caiu no chão.

— Sabe — Gabe começou —, pode ser que Lady Penélope goste de alguns destes quadros. Seja um pouco mais cuidadoso.

Ash pegou o quadrinho oval do chão, que continha um desenho excepcionalmente feio de um cãozinho *pug* vesgo de cara amarrotada.

— Isto é horrível — ele exclamou.

— Sim — Chase concordou. — Deve ser o favorito dela.

Gabe pegou o desenho das mãos do duque e o pendurou no prego.

— Eu não ia deixá-la sozinha em uma estalagem desconhecida. Ela precisava de proteção.

— E nós devemos acreditar que ela ficou em segurança com você? — Ashbury perguntou, incrédulo. — É de você que ela precisa de proteção.

Gabe percebeu que era difícil contestar essa afirmação.

— Não compreendo — Chase disse. — Penny tinha nos prometido que levaria uma acompanhante.

Gabe riu, irônico.

— Oh, mas ela levou!

— Penny — Emma ralhou de um modo maternal. — Uma papagaia não é uma companhia aceitável.

Penny lançou um olhar para a ave em sua gaiola.

— Dalila é mais valiosa do que vocês podem acreditar. Com certeza, ela é uma acompanhante melhor do que a Sra. Robbins.

— Infelizmente, é verdade — Alex disse.

— Conte-nos a verdade — Nicola pediu. — Ele se aproveitou de você?

— Não — Penny disse com toda honestidade. — Ele não se aproveitou nem um pouco de mim.

Ao contrário, ele tinha dado liberdades a *ela*. A liberdade de explorar seu corpo. A liberdade de se expressar. Parte dela desejava contar todos os detalhes para as amigas... mas não queria confessar ali, naquele momento.

— Alguma coisa aconteceu — Alex disse. — Posso ver no seu rosto.

— O que você está insinuando? — Penny podia ser péssima mentirosa, mas seu talento para guardar segredos tinha sido desenvolvido ao longo de anos. Havia coisas que nunca contara a ninguém.

— Você está sorrindo. — Nicola pareceu ficar desanimada. — É horrível.

— É horrível que eu esteja sorrindo?

Emma pegou a mão de Penny.

— Nós a amamos. Se houver alguma coisa que deseje nos contar, qualquer coisa, sabe que pode confiar em nós.

— Eu sei.

Mas será que Penny podia confiar *completamente* nelas? Algo que Gabriel tinha dito continuava no fundo de sua mente, incomodando-a.

— Sejam honestas — ela disse. — Vocês acham meus sanduíches nojentos?

— Você disse que os sanduíches dela são nojentos? — Chase ficou vermelho de raiva. — Como teve essa ousadia?

— Eu só falei a verdade. Eles *são* nojentos.

— É claro que são. — Ele pôs um dedo junto ao rosto de Gabe. — E é por esse motivo que nunca dizemos isso para ela.

Gabe afastou o dedo dele.

— Então, vocês mentem para ela.

— É melhor do que partir o coração de Penny.

— Partir o *coração*? Por Deus, homem! São apenas sanduíches.

— Não são meros sanduíches — Chase disse por entre os dentes cerrados. — São um teste. No qual você não passou.

Ashbury andava de um lado para o outro no estreito *hall* de entrada, murmurando, furioso.

— Se alguma coisa aconteceu entre vocês na noite passada, que Deus me ajude...

Gabe endireitou suas lapelas.

— Se alguma coisa aconteceu entre nós na noite passada, não seria da conta de nenhum de vocês.

— Escumalha desumana! — Ashbury gritou. — Seu gobião ossudo e fedorento.

Gabe não fazia ideia de como responder a isso.

— Ele xinga em shakespeariano — Chase explicou. — É irritante, eu sei. Mas a gente se acostuma.

Gabe esfregou o rosto com a mão, exausto. Ele nunca conseguiria se acostumar com esse tipo de loucura aristocrática e não pretendia tentar. Uma dor começava a se formar em seu crânio e sua paciência tinha chegado ao limite com aquela demonstração exagerada de petulância.

— Dê-nos sua palavra de que não tocou nela — Ashbury exigiu.

— Eu não lhe devo satisfações. Nem ela.

— Penny é nossa amiga.

— Lady Penélope é uma mulher adulta — Gabe afirmou com decisão. — Se querem saber o que ela fez noite passada, aqui vai uma sugestão: perguntem para ela.

— *Ooh! Ooh! Sim! Sim!*

Todos no *hall* ficaram em silêncio. Ao mesmo tempo, viraram a cabeça em direção à origem dos gritos: a gaiola. Dentro desta, a papagaia se agitava alegremente em seu poleiro.

Maldição! Gabe sabia como aquilo terminaria e não era nada bom. Na primeira oportunidade, ele iria depenar aquela ameaça penosa e assá-la para o jantar.

— *Garota linda* — Dalila entoou. — *Sim! Sim!*

Não diga, Gabe implorou mentalmente. *Não diga.*

Dalila trinou para chamar atenção, arrastando o suspense.

— *Quer uma foda, amor?*

Penny fechou os olhos, derrotada. Que perfeita síntese de sua vida. Traída por uma papagaia.

– O que... – Emma inclinou a cabeça para o lado. – O que essa ave disse?

Alex franziu o nariz, pensativa.

– Quer uma soda?

– Não. – Chase sacudiu a cabeça. – Não é isso.

– Que é uma fossa, bolor? – Nicola sugeriu.

– Errado de novo – Chase afirmou.

– Bem, o que mais pode ser? – Emma perguntou.

– Foda – Ash declarou, exasperado. – A ave disse "foda". F-O-D-A. Foda. "Quer uma foda, amor?" Foi o que ela disse.

Chase emitiu um ruído de censura.

– Sério, Ash? Em que peça de Shakespeare essa palavra aparece?

– Ela aparece em *Cale a porra da boca, Reynaud: Tragédia em Um Ato*. Dalila agitou as asas.

– *Quer uma foda, amor? Quer uma foda, amor? Ooh! Sim! Ooh! Garota linda.*

Ash e Chase voltaram seus olhares assassinos para Gabriel.

– Nós vamos conversar lá fora – disse Chase. – Agora!

– Esperem! – Penny correu para se colocar à frente de Gabriel, protegendo-o. – Não é o que estão pensando. Dalila não aprendeu isso conosco.

– Você disse que ela pertencera a uma senhorinha.

– Uma velha senhorinha que morava em um bordel. – Penny levou a mão à testa ao perceber que tinha acabado de criar o pior verso de ninar de todos os tempos. – Não que isso importe.

– Agora, chega, todos vocês! – Gabriel tocou as costas dela e se colocou no centro do grupo. – Nós não estávamos nos divertindo no campo. E mesmo que estivéssemos, não seria da conta de nenhum de vocês.

O modo vigoroso como ele a defendia fez o coração de Penny inchar.

– Sua Senhoria deseja permanecer em Londres, nesta casa. Todos aqui querem o mesmo. Depois que a tia e o irmão dela forem convencidos a deixá-la ficar, vocês terão o prazer de se livrar de mim. Só temos quinze dias. Então, em vez de ficarem por aí recitando Shakespeare e interrogando um papagaio de bordel, sugiro fortemente que se ofereçam para ajudá-la.

– Ele está certo – Nicola concordou. – Nós deveríamos fazer um plano.

– Até que enfim! – Gabriel jogou as mãos para cima. – Pelo menos uma de vocês tem bom senso.

– Eu só quero que você vá embora – Nicola retrucou. Para o resto do grupo, ela disse: – Nós deveríamos começar com os animais.

– Hubert já encontrou um lugar mais feliz – Penny disse. – Bixby e Freya vão ficar. Com certeza eu posso ter um cachorro. E Freya não incomoda ninguém.

– Isso nos deixa Dalila – Gabriel foi contando nos dedos enquanto falava –, os gatos, Bem-me-quer e Angus, e ainda Regan, Goneril e Cordélia.

Penny ficou tocada. Ele sabia o nome de todos? Acalme-se, coração.

– Chase, Alexandra... eu esperava que pudessem ficar com Dalila – Penny disse. – Daisy e Rosamund ainda gostam de brincar de piratas? Não dá para ser um pirata sem um papagaio no ombro.

– Se fosse qualquer outro papagaio, eu concordaria – Chase disse. – Mas *essa* papagaia? Em breve vamos ter um bebê na casa e as garotas já são terríveis.

– Eu sei, eu sei. O vocabulário dela precisa melhorar. Estou trabalhando nisso. Vocês pensariam no assunto, se eu conseguir?

– Tenho certeza de que as meninas ficariam felizes – disse Alex. – Mesmo que Chase não fique.

– Nossa propriedade de verão fica a uns quinze quilômetros da cidade. – Emma lançou um olhar significativo para o marido. – É um lugar lindo. Muito pasto.

– Muito bem – Ash resmungou. – Eu fico com a vaca.

– É um boi – Gabriel o corrigiu. – E a cabra vai com ele.

– Tudo bem. Eu fico com a cabra também.
– Já que você está fazendo tudo isso, podia também ficar com as galinhas.
– Pelo amor de...
– Nós ficaríamos muito felizes com as galinhas – Emma interveio.
– Sobraram os gatinhos – Penny disse. – E eu posso arrumar lares para eles. Gatinhos são algo que consigo compreender. A sociedade, por outro lado? Essa é a parte difícil. Não posso ir a lugar nenhum sem um vestido, posso?
– Eu já fiz alguns desenhos – Emma disse. – Mas ainda temos muito o que fazer. Escolher os tecidos, as fitas, a renda... Novos sapatos e luvas.
– Para não mencionar que não costumo receber convites.
– Receio que nós também não – Emma disse.
– Nem me dou ao trabalho de abrir os envelopes – Nicola observou.
– Eu ficaria feliz de me oferecer como acompanhante – disse Chase. – Mas com Alexandra em resguardo...
– Você não pode – Penny se apressou a dizer. – Precisa ficar perto de casa. Eu nunca lhe pediria isso. Vamos pensar em algo. Ou em alguém.
Todos se viraram para o único "alguém" que restava no recinto.
– Não olhem para mim – Gabriel apressou-se a dizer. – Ninguém em Mayfair me quer em suas festas e Sua Senhoria não pode ser vista em público com o Duque da Ruína.
– Acho que tive uma ideia – disse Chase. – Um dos clubes vai promover uma festa amanhã. Será em um parque em Southwark. Dança, jantar e fogos de artifício. Não precisa de convite nem de vestido novo e, com algum planejamento, até mesmo o Duque da Ruína pode acompanhá-la sem causar um escândalo.
– Parece ideal – Penny disse.
– Parece impossível – Gabriel retrucou. – Não existe evento seguro o bastante para isso. Não um que vá aparecer nas colunas sociais.
– Posso lhe garantir que existe, sim. – Um sorriso se abriu lentamente no rosto de Chase. – Mas você não vai gostar.

Gabe detestava admitir, mas Chase estava certo.
Ele não gostou daquilo nem um pouco.
Gabriel parou com Penny à margem do parque, observando passar a multidão de lordes e ladies mascarados, contemplando um tema que raramente ocupava seu pensamento: história medieval.

– Como diabos a Inglaterra ganhou alguma cruzada? Eu nem consigo andar com esta coisa. Nem enxergar, nem comer, nem beber. – Ele ficou mexendo no visor do elmo até conseguir abri-lo. – E esta saqueira é pequena demais.

– Pare de reclamar. Não é tão ruim assim.

– É fácil para você falar. Suas bolas não estão penduradas entre duas placas de metal.

A armadura rangia enquanto ele passava o peso de um pé para o outro, com muito cuidado. Um criado de uniforme veio na direção deles, trazendo uma bandeja com taças de cristal.

– Champanhe? – Ele ofereceu.

Gabe aceitou, ansioso. Tão ansioso, na verdade, que se esqueceu das restrições de sua vestimenta. Com um movimento de sua manopla de metal, ele esvaziou a bandeja, lançando as taças de cristal ao chão e encharcando o criado com champanhe.

Magnífico.

Enquanto o criado se afastava, Gabe encheu de palavrões seu elmo abafado.

– Você insistiu que precisava de um bom disfarce, um que cobrisse seu rosto. Esse foi o melhor que conseguimos em tão pouco tempo. Seja grato ao Ash por tê-lo emprestado. Ele nos fez um favor.

– Grande favor – Gabe murmurou. – Acredito que Sua Graça não virá me fazer o favor de segurar meu pau quando eu precisar mijar.

Após o incidente com as taças de champanhe, Gabe não tentaria urinar nem se sua vida dependesse disso. Talvez beber não fosse uma boa ideia.

Ela lhe deu um olhar provocante.

– Se ajuda, você está bem imponente.

Ajudava um pouco. *Muito* pouco.

– Você pode estar se sentindo desconfortável agora – ela disse. – Mas sou eu que estou destinada a uma eternidade de danação. Usar meu traje de luto em um baile a fantasia? A última vez que usei este vestido foi no funeral do meu tio Jeremiah. É provável que ele venha me assombrar, com orelhas peludas e tudo mais.

Com grande esforço, ele girou o tronco para fitá-la. Penélope estava vestida de gata, naturalmente. Uma gata preta, sinuosa e sedutora. Sobre o cabelo louro preso para trás, um par de orelhas pontudas. Tinha pintado as pálpebras e a ponta do nariz com carvão, desenhando bigodes finos sobre as bochechas. Preso à parte de trás do vestido, havia um rabo preto flexível que ondulava quando ela andava.

Com toda certeza, a saqueira dele era pequena demais.

Ele baixou o visor do elmo.

Uma pequena orquestra reunida em um palco em forma de concha começou a afinar seus instrumentos.

– Você deveria dançar – ele disse.

– Não quero dançar.

– Eu não queria estar usando uma saqueira de metal, mas aqui estou. É melhor que tudo isso valha a pena.

Ela ficou um instante em silêncio.

– Como eu posso dançar se ninguém me convida?

– Como alguém pode convidá-la se está plantada no meio dos arbustos? Você está sendo um quadro.

– Não estou, não. Nem tem uma parede, aqui, para eu me pendurar.

– Um quadro pendurado nos arbustos, então – ele insistiu.

– Sabe, brigar comigo não está ajudando.

Gabe pensou em perguntar o que a ajudaria, mas isso pareceu inútil. O que quer que fosse, não poderia providenciar. Ele não podia apresentá-la a ninguém naquela multidão da elite, não podia fazê-la se sentir confiante quando ele próprio não tinha ideia do que estava fazendo. E ele nem mesmo podia tirá-la para dançar.

Nem mesmo envergando uma armadura brilhante ele conseguia ser o herói dela.

– Eu faria isso por você, se conseguisse – ele disse. – Mas não consigo.

– Eu sei.

– Você não vai convencer sua tia de que está circulando na sociedade se passar a noite se escondendo nos arbustos.

– Estou frustrada comigo mesma, acredite. Um baile a fantasia deveria ser uma chance de exibir um rosto diferente, não é? Uma oportunidade para ser outra pessoa por algumas horas. Mas parece que eu não consigo. Continuo sendo eu por baixo da fantasia.

– Eu entendo o que está dizendo. – Gabe também continuava a ser ele mesmo dentro da armadura. Um intruso em meio à aristocracia. Indesejado. Inadequado. – Nós somos quem somos, eu acho.

– Somos quem somos – ela concordou.

Gabe detestou o tom de derrota na voz dela. Ele *gostava* de quem ela era por baixo da fantasia. E quando estava na companhia de Penélope, quase se esquecia de quem *ele* era. A ideia de que alguém pudesse não a notar o fez ficar vagamente furioso.

– Você não precisa dançar. – Ele gesticulou, desajeitado, com o braço revestido de metal. – Comece a conversar com alguém. Com qualquer pessoa.

— Estou vendo alguém que eu conheço. – Ela ficou na ponta dos pés e esticou o pescoço. – Aquele homem ali. É um primo distante.

— Aquele vestido de príncipe russo?

— Aquele que é de fato um príncipe russo.

Mas claro que era. Como se Gabe precisasse de mais um alerta de como era imensa a distância entre suas classes sociais.

— Vá em frente, então.

Ela hesitou.

Ele rangeu enquanto se aproximava dela.

— O incidente com o porco-espinho foi há séculos. Todo mundo já se esqueceu.

— Não sei, não. – Ela ficou tensa.

— Ora, Lady Penélope Campion. É você mesma?

Penny se encolheu. Dentre todas as pessoas com as quais ela podia trombar no seu primeiro evento social em anos, tinha que ser com as gêmeas Irving.

— Minha cara Lady Penélope. – Thomasina pegou as mãos de Penny e as apertou. – Quanto tempo faz?

Não tempo suficiente.

Tansy e Thomasina Irving tinham sido uma maldição em sua vida na escola preparatória. Ao contrário de outras garotas, elas nunca foram abertamente cruéis – nunca se arriscariam a ser inimigas da filha de um conde. Porém, nunca desperdiçavam uma oportunidade de alfinetá-la e, como eram duas, espetavam dos dois lados.

Nessa noite, elas estavam vestidas como pavões. Os vestidos eram de cetim azulado cintilante, com luvas e sapatos combinando. Arranjos de penas de pavões em leque saíam de suas nádegas.

— Ora, nós não a vemos desde seu debute no... – Tansy olhou para a irmã. – No Almack's, não foi?

— Não posso afirmar que me lembre – Thomasina respondeu com alegria. E falsidade. – Não importa. É maravilhoso que você esteja aqui.

Penny sabia que a estavam provocando e se sentiu impotente para enfrentá-las. Com Gabriel, ela sabia ser mordaz e espirituosa; mas com essas garotas, era como se tivesse voltado para seu décimo sexto verão. Todos os antigos sentimentos vieram à tona. Não porque essas garotas fossem culpadas pela humilhação em seu debute, mas porque Penny não conseguia desconectá-las daquele tempo de sua vida. Os anos em que se esforçou para ser boa, ficar quieta, para se enrolar e formar uma bola impenetrável, que ninguém notasse.

Em vez de passar despercebida, ela deu um espetáculo, afugentando a multidão do Almack's.

– Não vai nos apresentar para o seu amigo? – Thomasina deu um olhar sedutor nada sutil para a figura de Gabriel. – Você deve ficar muito bem na Távola Redonda.

– Ou em qualquer lugar. – Tansy riu.

Penny ferveu de raiva.

– Não seria um baile a fantasia se eu dissesse quem ele é, seria?

– Acho que vamos ter que extrair a informação dele, então – Thomasina disse.

Foi imaginação de Penny ou o olhar dela se demorou na saqueira dele?

Tire seus olhos dele, urubu.

Penny logo se recriminou por ter um pensamento tão cruel. Ela foi maldosa com os urubus.

– Mas você deveria estar dançando, Lady Penélope – disse Tansy. – Nosso irmão está aqui. Tenho certeza de que ele dançaria com você.

– É muita gentileza sua, mas não quero dançar esta noite.

– Que pena. – Thomasina sorriu. – Como está aquele seu porco-espinho? Imagino que não esteja mais entre nós.

– Na verdade, ela está sim. Completou 10 anos.

– Aposto que agora ela está em boa companhia. Sua casa deve estar cheia de criaturinhas adoráveis.

Tansy agarrou o braço da irmã.

– Oh, Thommy!. Lembra-se do sapo?

Quando as irmãs riram, Penny teve vontade de andar para trás até desaparecer nos arbustos.

– Como você era doce – disse Thomasina. – Sempre tão amiga das criaturinhas de Deus. Eu me pergunto qual seria o último animal da sua coleção.

– *Eu.* – O metal rangeu quando Gabriel abriu o visor do elmo. – Sou o último animal dela.

As irmãs Irving engasgaram-se de tanto rir, depois engoliram em seco.

O metal estalando, ele deu um passo, pairando sobre elas.

– Pois vou lhes dizer. Lady Penélope anda muito ocupada. Eu sou cruel. Indomado. Não obedeço às ordens dela. – Ele se inclinou à frente e disse, a voz grave como um rugido: – E eu mordo.

Ele se virou e, diante da cerca-viva, atravessou-a como os otomanos atravessaram os muros de Tiro. Após ter aberto caminho com a armadura, ele estendeu a manopla, convidando Penny a segui-lo.

Ela pôs sua mão enluvada na dele, de metal reluzente.

Em vez de conduzi-la pelo caminho, ele a puxou para si, pôs a mão em sua bunda e a ergueu do chão, evitando que seus pés se embaraçassem nos arbustos pisoteados.

Seu animal em uma armadura reluzente.

Enquanto ele a carregava através da cerca-viva, Penny acenou para as irmãs Irving, que estavam com os olhos esbugalhados.

– Adorei reencontrá-las.

Após tê-la carregado por uma curta distância, ele a colocou no chão. Depois de vários momentos de uma dificuldade cada vez mais cômica, ele arrancou o elmo da cabeça e o jogou de lado, praguejando.

Penny foi pegar o elmo.

– Deixe-o aí – ele disse.

– Mas é do Ash.

– Por isso mesmo.

O rosto dele estava vermelho como uma beterraba e seu cabelo castanho lançava-se para cima em ângulos absurdos. Na escuridão, ele parecia selvagem e perigoso, como tinha acabado de se declarar.

Penny pegou o rosto dele com as duas mãos e lhe deu um beijo firme nos lábios.

– Obrigada. Isso foi magnífico.

– Foi uma estupidez. Se os boatos chegarem à sua tia... ou, pior, à coluna social...

Ela o ajudou a retirar a manopla.

– Não podemos fazer nada a respeito esta noite.

– Eu sabia que isso era um erro. Não consigo suportar essa merda de sociedade.

– As gêmeas Irving sempre foram intragáveis.

– Não é só elas. É tudo isso. – Ele observou a cena da festa com aquelas tochas. – É por isso que eu desprezo a aristocracia. O único modo de eles sobreviverem é se colocando acima do resto do mundo. E para eles não basta debochar dos pobres ou abusar da classe trabalhadora. Também precisam se voltar uns contra os outros. Zombam de você só porque não gosta de dançar e tem um porco-espinho de estimação.

– Você riu do porco-espinho – ela o lembrou. – Mas dá para entender. É engraçado.

– É uma história engraçada. Mas você não é só isso. – Ele soltou uma placa da canela e a jogou no chão com tanta força que a peça quicou na grama. – Você vale mil vezes mais do que qualquer lady nessa festa.

– Vamos embora. Precisamos arrumar uma roupa para você. E um jantar para nós. – Ela passou os dedos pela testa dele. – Dá para dizer, pela veia pulsando na sua testa, que você está com fome.

– Estou sempre com fome.

– Só é uma pena nós perdermos os fogos de artifício.

– Você quer fogos? – Ele arqueou uma sobrancelha. – Eu posso providenciar fogos para você.

Muito bem, então. Penny mal podia esperar.

Capítulo quinze

Podia não ser o investimento mais lucrativo de Gabe, mas havia momentos em que ser dono de um dos maiores hotéis de Londres tinha suas vantagens. Aquele foi um desses momentos. Ele mantinha roupas em sua suíte particular e, assim, conseguiu se livrar daquela armadura ridícula.

Além disso, o hotel proporcionava um local exclusivo e impressionante para jantar observando os fogos de artifício.

– Cuidado. – Ele a levou pela mão, ajudando-a a vencer os últimos degraus da escada e subir no terraço do telhado. – Vamos poder ver os fogos daqui.

– É, imagino que sim. – O tom de deslumbramento contido na voz dela o empolgou, assim como a maneira que ela agarrava seu braço. – Eu me sinto como se estivesse flutuando em um daqueles balões de ar quente.

– Os criados vão trazer o jantar daqui a pouco.

– Obrigada. – Ela ficou próxima dele. – Isso é muito melhor do que aquela bobagem de baile a fantasia.

Penélope foi até a balaustrada de ferro forjado e apoiou os antebraços no parapeito, fitando a cidade espraiada. A brisa soprava seu cabelo, soltando alguns fios dourados dos grampos.

Gabe se juntou a ela.

– Ainda não consigo acreditar na ousadia daquelas irmãs.

– Tenho pena dos pais delas – Penélope afirmou. – Uma Srta. Irving já seria demais. E eles tiveram duas de uma vez.

– Não tenho pena nenhuma deles. Se quiser, posso arruinar a família toda para você.

– *Como?* – Ela se virou para ele, que deu de ombros.

– Pode demorar alguns anos, mas eu tenho paciência. É só uma questão de algumas perguntas discretas aqui e ali, de prestar atenção a padrões. Em algum lugar haverá dívidas, impostos não pagos, maus investimentos... com sorte, pagamentos de chantagem. Não importa o quão impressionante seja a propriedade da família, sempre existe um tijolo solto em algum lugar. Todo homem tem suas fraquezas.

– Eu acredito nisso. – Ela arqueou uma sobrancelha. – Mas ainda estou procurando a sua.

Garota atrevida. Ela não fazia ideia de como o deixava sem fôlego.

Deus, ela ficava linda ao luar. A propósito, ela também ficava linda sob o Sol. E sob uma chuva torrencial. Gabe suspeitava que até na escuridão total ela seria radiante. Porque embora suas feições fossem lindas e seus lábios tivessem o tom das pétalas de uma rosa, a característica mais linda de Lady Penélope, de longe, era seu coração.

Nesse momento, pairando entre as estrelas sobre a cidade, a quilômetros de tudo que pudesse separá-los, Gabe estava perigosamente perto de dizer isso para ela.

Ele foi salvo por uma interrupção oportuna.

– Minha fraqueza é comida – ele disse.

Um desfile de criados apareceu, trazendo uma mesa para dois, cadeiras, uma toalha adamascada, porcelana e talheres de prata, castiçais, taças de cristal e bandejas carregadas de comida com um cheiro divino.

– Minha nossa! – Ela riu. – Esse foi um truque e tanto.

– Impressionada? – Ele puxou a cadeira para ela.

– Muito.

Gabe se acomodou no seu lugar e serviu vinho para ela antes de encher sua própria taça.

– Orientei o *chef* a preparar seus pratos sem nada de carne. Espero que estejam satisfatórios.

Ela destampou uma terrina e mergulhou uma colher no conteúdo fumegante. Enquanto mexia o caldo, o aroma de temperos exóticos se elevou no ar.

– *Curry* vegetariano? O cheiro é divino. Estou faminta.

A conversa foi deixada de lado por acordo tácito enquanto os dois faziam seus pratos e começavam a comer.

Alguns minutos depois, ela se recostou na cadeira com um suspiro satisfeito, segurando a taça de vinho.

– Então, me conte.

– Contar o quê? – Ele parou o garfo a caminho da boca.

Penélope deu de ombros.

– Tudo. Como você se tornou o Duque da Ruína? Onde aprendeu tanto sobre finanças e aprendeu a encontrar os tijolos soltos de uma fortuna?

Gabe engoliu lentamente a comida e pôs o garfo de lado.

– A verdade?

– Mas é claro.

Muito bem, então. Ele sabia que uma hora isso viria à tona e andou pensando em como ela reagiria. Esta noite os dois descobririam.

– Quando eu era um rapaz, trabalhei em uma loja de penhores que tinha a reputação de ser discreta e de atender uma clientela distinta. Aprendi, então, a julgar o valor de coisas finas. Mas, mais do que isso, aprendi a julgar as pessoas finas. Ao longo do tempo, você começa a observar certos padrões. A mulher que vem todos os meses, sem falta, trazendo mais uma pérola de um colar que está sempre encolhendo? Chantageada por um segredo que não pode permitir que o marido descubra. O camarada jovem que aparece cambaleando em uma manhã, cheirando a conhaque e disposto a aceitar uma fração do valor de seu relógio de bolso? Dívida de jogo. Aqueles que choram ao entregar relíquias de família? Estão à beira da falência.

– E você usa esse conhecimento a seu favor. Você aproveita a vulnerabilidade deles para tomar o que lhes restou.

– De modo perfeitamente legal.

– Você não sente nenhuma compaixão por eles?

– Nenhuma. – Ele se inclinou para a frente, apoiando os cotovelos na mesa. – De onde você acha que vem todo esse dinheiro? A propriedade da sua família, por exemplo. Glebas de terra concedidas com o gesto de um rei, séculos atrás. A terra aqui na Grã-Bretanha, é claro. Quando essa deixou de ser suficiente, eles pegaram mais em cada canto do mundo. A aristocracia construiu suas fortunas nas costas de servos, camponeses, arrendatários... Escravos. Eu não me envergonho, nem por um momento, quando tomo a fortuna deles.

– Você percebe que quando diz "eles", também está se referindo a mim. À minha família, aos meus amigos.

– Sei disso.

Ela cutucou um pavê de xerez com a colher.

– Antes da loja de penhores, onde você estava?

– Nas ruas. Roubando. Como acha que eu conheci o penhorista? Eu precisava vender os relógios e as bugigangas em algum lugar.

– E antes disso?

– No orfanato, basicamente.

– Orfanato? Que triste!

– Podia ter sido pior. Estava protegido do frio, pelo menos. Comida ruim é melhor do que nenhuma. E me ensinaram a ler e a escrever, a fazer contas... – Gabe também aprendeu a moer ossos com uma pedra até seus dedos sangrarem, e a como sobreviver a espancamentos selvagens que o diretor tinha o prazer cruel de distribuir. Mas era melhor não mencionar essas lições.

– E os seus pais?

– Nunca os conheci. – A única mentira em sua história.

– Sinto muito – ela disse.

– Eu não sinto.

– Então, você foi criado no orfanato. E está aqui, agora, no topo do mundo. – Ela apoiou o cotovelo na mesa e descansou o queixo na mão. – É admirável, Gabriel. Você deve estar orgulhoso.

Será que ele estava? Gabe sempre pensou que sim, mas agora não tinha tanta certeza. Uma sensação de orgulho implicava satisfação. A esta altura, tudo que ele tinha conquistado deveria parecer bastante – mas não era. A satisfação lhe escapava, uma vez após a outra.

A fome nunca era aplacada.

Ele afastou sua cadeira da mesa.

– Os fogos de artifício vão começar em breve.

Ele a levou até uma pilha de almofadas e colchas suntuosas. Veludo, cetim, seda bordada. Eles relaxaram em uma bagunça de luxo e fitaram o céu noturno claro.

– Alexandra saberia dizer o nome de cada uma dessas estrelas – Penny disse. – Ela descobriu um cometa, sabe. Recebeu o nome dela.

– É impressionante.

– Eu tenho amigas admiráveis de tão talentosas. Alex é nossa astrônoma. Emma é uma maga com agulha e linha, e Nicola... bem, Nicola tem uma dúzia de ideias brilhantes por dia. Só metade delas são novas receitas de biscoitos.

– E quanto a você?

– Sou quem as convida para tomar chá com gatinhos. E sanduíches nojentos. – Ela o cutucou nas costelas. – Não tenho nenhum talento notável. Só tento fazer minhas amigas se sentirem em casa.

– Esse *é* um talento notável. E bastante raro, também.

Ela riu de modo autodepreciativo.

– Não, é sério. Pergunte a qualquer profissional do ramo hoteleiro. Pessoas que sabem acolher as outras são uma raridade.

– É bom saber. Uma solteirona nunca sabe quando vai precisar de um emprego respeitável.

Eles ficaram em silêncio observando a noite vasta e estrelada. Ele tinha encarado a escuridão muitas vezes em sua vida. Nada fazia um homem se sentir tão sozinho.

Gabe arrastou a mão para o lado até seu dedo mínimo roçar no dela. Bastou esse toque leve para fazê-lo prender a respiração. Eles se deram as mãos, entrelaçando os dedos e segurando apertado. O coração dele estava batendo na garganta.

Um foguete assobiou no ar, explodindo acima deles com um estrondo e uma chuva de fagulhas douradas.

– Faça amor comigo – ela disse em voz baixa.

O coração apressado dele parou.

Ela se virou de lado, encarando-o. Seus dedos foram até os botões da camisa dele e os soltou. Um após o outro. Sua mão entrou por baixo do tecido, acariciando o peito dele.

Seus lábios roçaram os dele. A doçura do beijo de Penélope fez todo o corpo dele latejar.

– Não, não, não. – Com esforço heroico, ele se afastou. – Sua primeira vez deve ser especial.

– Gabriel, no momento estamos em um telhado, deitados em uma montanha de almofadas de cetim, olhando para o céu explodir em fogos de artifícios. Eu imagino que tudo isso atenda a exigência de "especial".

Uma explosão de vermelho cintilante se espalhou pelas estrelas, conspirando com ela contra ele.

– Sua primeira vez deve ser com *alguém* especial – ele insistiu.

– Não existe absolutamente nada de comum em você. Mais uma vez, pode riscar essa exigência da lista.

– Estou falando do seu marido.

Ela se deixou cair nas almofadas e grunhiu.

– Você deveria ser perigoso e passional. Não cheio de princípios.

– Eu fiz minha carreira arruinando fortunas, mas nunca arruinei uma mulher. E pode ter certeza de que não vou começar com você.

– Detesto essa palavra. Arruinada. Como se paixão fosse um crime imperdoável e a virgindade fosse a única medida do valor de uma mulher.

– Ela o encarou. – É nisso que você acredita? Que se fizermos amor esta noite eu seria desprezível amanhã?

– É claro que não.

– Mas isso pode tornar sua propriedade menos valiosa amanhã. É isso?

– Não. Eu nem estava pensando nisso.

De fato, ele tinha se esquecido por completo. Seus interesses financeiros não eram mais a razão do acordo que tinham. Em algum momento, ele tinha parado de se importar com a maldita casa e...

E começado a se importar com Penny.

– Nada poderia tornar você menos valiosa amanhã. Se comentários sobre isso se espalhassem...

– Depois do baile, pode ser que comentários já tenham se espalhado.

Ele praguejou.

– Nem me lembre.

– O que importa? – Ela se apoiou no cotovelo. – Talvez eu nunca me case. Talvez meu irmão corte meu dinheiro. Mas tenho um pouco guardado. Tenho amigas. Por que deveria me importar com o desaparecimento das minhas chances de me casar? Prefiro assumir o controle da minha vida, ser livre para fazer o que quiser. – Ela passou os dedos nos pelos do peito dele. – E fazer amor com você é o primeiro item da minha lista.

– Não me venha com essa bobagem de não ter chance de se casar. Você poderia ter todas as chances do mundo, se quisesse. E algo me diz que não quer. Em seu coração, você deve querer, algum dia, ter uma família. Crianças para amar, para fazê-las se sentir em casa. Esse talento não deveria ser desperdiçado. – Ele tocou o rosto dela. – Não exclua essa possibilidade. Você merece coisas boas. Promessas. Carinho. Amor. Tudo com que sempre sonhou.

– Ultimamente, todos os meus sonhos são com você.

Ela foi beijando o pescoço de Gabriel e descendo, roçando o nariz em sua pele.

Desejo e consciência se enfrentavam dentro dele e não havia dúvida de qual lado estava perdendo essa batalha. Ele deslizou a mão pela lateral do tronco dela, sentindo os fechos do vestido.

– Haveria consequências – ele murmurou junto ao ouvido dela. – Eu seria um canalha se ignorasse isso.

– Tenho plena consciência do risco para a minha reputação, bem como dos riscos ao meu corpo e ao meu coração.

Bom Deus! Ao coração?

Ao *coração* dela.

– Eu quero você, Gabriel.

Uma frase tão simples, mas que somava todos os anseios de uma vida. Todos esses anos de luta e raiva e ele nunca quis nada além disto: ser querido.

Desejo aqueceu seu peito com uma ferocidade que o espantou. Assustou.

Enquanto lutava para dominar essa ferocidade, Gabriel percebeu um lampejo de dúvida nos olhos dela. Foi o golpe final. Sua honra abanou uma bandeira branca de rendição. Ele nunca deixaria que ela ficasse em dúvida. Não se pudesse evitar.

– Isso, é claro... – ela mordeu o lábio. – Se você me quiser.

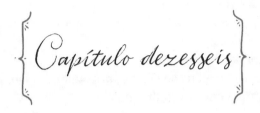

{ Capítulo dezesseis }

Penny esperou, em agonia silenciosa, pela resposta dele.
— *Se* eu quiser você — ele repetiu. — *Se*.
— A escolha é tanto sua quanto minha. Se você precisa de tempo para pensar, eu...
— *Se* eu preciso de tempo para pensar?
Em um instante, ele a colocou deitada de costas. Penny jazia debaixo dele, sem fôlego. Seus olhos foram capturados pelos dele.
— A única coisa que preciso pensar é como eu faço para retirar a palavra "se" do seu vocabulário.
— Oh.
— Primeiro, vou deixá-la nua. Vou acariciar cada parte do seu corpo com minhas mãos. Em seguida, vou pintar seu corpo com minha língua. Quando eu tiver acabado, você nunca mais vai me perguntar de novo *se* eu a quero.
— Muito bem. *Se* você insiste.
— Sua gatinha provocadora — ele grunhiu com um sorriso relutante.
Gabriel a beijou com mais intensidade do que tinha feito até então, chupando sua língua e mordiscando um lábio e, depois, o outro. Seu desejo ardente deixou claro que, em todas as interações que tiveram antes, ele tinha se contido. Agora Penny experimentaria a força plena e primitiva da paixão de Gabriel.
Ela mal podia esperar.

Ele a virou de lado e começou a soltar os botões do vestido. A impaciência dela era extrema. Penny não conseguia lembrar-se com exatidão quantos eram os botões, mas a julgar pelo quanto ele estava demorando, imaginou que deviam ser 78, no mínimo. Com os dedos, ele soltou os laços do espartilho, puxando-os pelos ilhoses um por um, até a peça aliviar a pressão no corpo dela.

– Pelo amor de Deus, depressa.

Gabriel ficou com pena de Penny e rasgou-lhe a *chemise* ao meio. Ela o viu jogar a camisa em uma pilha ao lado.

Ele a virou de novo e a ajudou a deslizar o espartilho solto pelo torso e passá-lo pelos quadris, para depois embolá-lo e jogá-lo de lado.

Ela jazia nua aos seus olhos, exceto pelas meias.

As meias pretas de seda.

Gabriel as observou, boquiaberto.

– Meu Deus. Onde você conseg...

– Emma as tingiu para o baile. Um gato preto não funcionaria com meias brancas, não acha? – Ela estendeu as mãos para soltar a liga.

– Não ouse – ele exclamou. – Ele passou os olhos pelo corpo dela. – Eu nunca tinha visto algo tão sedutor em toda minha vida.

Gabe subiu a mão pela perna dela, por trás do joelho, pela curva sensível da coxa, e cobriu-lhe o púbis com a palma. Ela arfou com o choque de prazer. Com os dedos, ele a acariciou delicadamente, deslizando para cima e para baixo na abertura do sexo, provocando-a com passadas ligeiras até ela ficar ofegante.

Penny pôs a mão entre os corpos, tateando os botões da calça dele e puxando-os com seus dedos ansiosos, inexperientes. Até que, enfim, a braguilha se abriu e a ereção pulou na mão dela. Quente, dura e pesada. Ela o investigou do mesmo modo que ele a tocava, deslizando a ponta dos dedos para cima e para baixo por toda a extensão, maravilhando-se com a maciez sedosa da pele e traçando o contorno intrigante, mas completamente desconhecido.

– Me deixe ver você – ela sussurrou.

Ele levantou, ficando de joelhos, e seu órgão viril apontou na direção dela.

Os pelos de seu peito formavam uma seta apontando para baixo, como uma placa de sinalização indicando um ponto de interesse turístico: MASCULINIDADE NESTA DIREÇÃO.

Como se precisasse disso para ser notado.

Rude, grande, emoldurado por pelos escuros e impressionantemente viril. Nenhuma surpresa, na verdade. Parecia, apenas, uma parte dele.

Uma parte intimidante de tão *grande*, considerando o que estava para acontecer e onde, ela esperava, ele iria colocar aquilo. Mas não era algo exótico ou amedrontador. Como era o caso com todas as outras partes do corpo dele, ela considerou *aquela* forte, ousada por natureza e extremamente excitante. Mais uma faceta de um homem que ela começava a conhecer e gostar.

Até mesmo, talvez, começava a amar.

Ela fechou a mão ao redor dele, massageando-o para cima e para baixo – do modo como o tinha visto fazer na estalagem. Ele fez uma careta, mas pareceu ser de prazer. Ele deixou que ela fizesse só alguns movimentos antes de tirar a mão dela.

– Se continuar com isso, vamos acabar antes de começar.

– Nós não podemos permitir isso.

Ele desceu as calças, jogou-as de lado e se voltou para ela, cobrindo a nudez de Penny com seu corpo e acomodando seus quadris entre as coxas dela. Penny arqueou o corpo, indo ao encontro dele, uma súplica silenciosa. Mais uma vez, ele a fez esperar.

Gabriel beijou seu pescoço, chupou seus seios.

Ele colocou a mão entre as coxas dela.

– Me deixe beijar você aqui.

– Por quê?

– Eu desconfio que você vá gostar, e quero lhe dar prazer. Se chegar ao clímax agora, a dor será menor depois. Mas também porque eu quero, de verdade, muito, muito, sentir o seu sabor.

– Então, fique à vontade. – Ela sorriu.

Ele baixou a cabeça e sua barba por fazer rasparam no lado interno das coxas enquanto ele se acomodava. Seus ombros largos afastaram os joelhos dela. Passando as duas mãos por trás do seu quadril, Gabriel a ergueu, inclinando-a no ângulo mais favorável para receber seu beijo.

Por um instante, a intimidade foi grande demais, incerta demais. Mas quando Penny ouviu o profundo gemido de satisfação que ele emitiu, sua incerteza desapareceu.

A língua dele deslizou pela abertura de seu sexo.

Oh! Oh, *Deus!*

Ela agarrou as almofadas dos lados de seus quadris, enterrando os dedos no brocado.

Os fogos de artifício acima deles não eram nada se comparados às sensações que explodiam através dela a cada passada de língua. Gabriel a abriu com os polegares, aprofundando sua investigação.

Ele concentrou a atenção no feixe de nervos no alto da abertura, trabalhando-o com sua língua ágil e flexível.

A cabeça de Penny se inclinou para trás e ela fechou os olhos, rendendo-se ao talento erótico de Gabriel e ao prazer crescente, delicioso. Ela enfiou a mão no cabelo dele e arqueou o corpo ao encontro dele, buscando mais contato, mais alegria. E foi subindo cada vez mais alto, até ficar tonta, com medo de olhar para baixo.

O prazer ricocheteou dentro dela, explodindo em fagulhas de felicidade. Ele se ergueu sobre os joelhos e segurou a ereção com a mão, conduzindo-a até onde os dois precisavam que estivesse. No centro dela, onde era seu lugar.

– Por favor – ela implorou.

Quando ele entrou nela, doeu. Gabriel a abraçou enquanto ela ofegava, distendida. Penny sentiu o conflito nele, a tensão em seu corpo.

– Você está... – Ele disse, a voz estrangulada. – Como é...

Como resposta, ela colocou as mãos nas costas dele e o puxou para dentro.

– *Penny* – ele gemeu.

Gabriel foi mais fundo, trabalhando sua extensão dentro dela em estocadas curtas, cuidadosas. Com a última arremetida, ele entrou todo, extraindo um grito de surpresa do peito dela.

– Estou bem – ela garantiu. – Está tudo ótimo.

– Tem certeza?

Ela confirmou com a cabeça.

– Estou bem.

Enquanto ele continuava num ritmo tranquilo, carinhoso, as palavras ecoaram na mente dela como um cântico.

Estou bem.

Está tudo ótimo.

Está bom.

Tão bom.

Sou sua. Sua. Sua.

O ritmo dele acelerou. Gabriel levantou os quadris dela, ajeitando-a para recebê-lo mais fundo. Cada uma de suas estocadas, acompanhadas de um som rascante, desesperado. Praguejando, ele saiu do corpo dela e continuou na mão até chegar ao clímax.

Então, ele desabou sobre o peito dela, mais pesado que um saco de pedras. Ela passou os braços ao redor dos ombros dele e o abraçou com firmeza, deslizando a ponta dos dedos pelas costas dele. Lágrimas afloraram aos seus olhos, mas ela as conteve. Gabriel pensaria que eram de tristeza, não de alegria.

Não havia mais fogos de artifício no céu. Nada de explosões retumbantes nem luzes iridescentes. Apenas respirações ofegantes e corações apressados.

O passado, o futuro, nada disso importava. Havia apenas o momento, esse homem. Esse batimento cardíaco e, então o próximo, coordenados para fazer esta vida.

Uma vida que pertencia a Penny. Finalmente.

Após rolar para o lado, Gabe observou-a através da névoa dos fogos de artifício que ainda pairava no ar. Ele acreditava que ela realmente desejou o que acabara de acontecer. Do contrário, não teria feito amor com Penélope.

Mas isso foi antes. Era necessário ver como ela se sentiria após o ato.

– Gabriel. – Ela se virou de costas e olhou para o céu. – Me pergunte qual é a sensação de estar arruinada.

– Qual é a sensação de estar arruinada?

Ele observou um sorriso se espalhar pelo rosto dela.

– Não tenho ideia.

Gabe exalou e o nó de temor em seu peito se desfez.

– Então, você não se arrepende?

– Arrepender-me? – Ela praticamente se colocou sentada de um pulo. – Nem um pouco. Estou encantada. Desejava isso desde... desde que nos conhecemos, eu acho. Mas não conseguia imaginar que um dia reuniria coragem para tanto. – Ela cobriu a boca com a mão e riu. – Acabo de perder minha virgindade em uma cobertura. Para... – Ela apontou para o corpo nu dele com ambas as mãos – você.

Gabe dobrou um braço sob a cabeça. Ele imaginou que deveria tomar aquilo como um elogio.

– Nunca que Emma, Nic e Alex vão acreditar nisso.

– Espere um pouco. – Foi a vez dele sentar-se de um pulo. – Com certeza você não pretende contar para elas.

– Eu conto tudo para elas. Quase tudo.

– É, mas...

– Por que não contaria? Você acha que devo me envergonhar do que fiz?

– Não – ele respondeu. – Mas elas vão achar que *eu* deveria me envergonhar.

– Na verdade, não sei se eu conseguiria esconder. Imagino que elas vão adivinhar no momento em que me virem.

Sim, ele pensou, era provável que adivinhassem. Penélope estava inebriada, corada. Radiante. Nada podia lhe dar mais prazer do que saber que a tinha ajudado a colocar essa expressão no rosto. Nem mesmo o clímax intenso, de sacudir a alma, ao qual ele mal tinha sobrevivido há poucos minutos.

– Não se preocupe – ela disse. – São minhas melhores amigas e não vão contar para ninguém. Não é como se eu pretendesse colocar um anúncio no *Times*.

Essa frase o fez pensar. Talvez ela esperasse um anúncio diferente no *Times*. Um anúncio de noivado. Ele pigarreou.

– Então, quais são as suas expectativas daqui para a frente?

– Expectativas?

– Sua esperança. Se é que tem alguma.

– Oh, mas eu tenho. – Ela baixou o queixo e o encarou por baixo dos cílios dourados. – Eu espero que possamos fazer tudo isso de novo.

Ele a fitou, maravilhado.

– Não necessariamente neste momento – ela se apressou a dizer. – Sei que você deve estar exausto. Outro dia seria ótimo.

Ele não pôde deixar de rir. Com um movimento do braço, ele a puxou para um beijo. Um beijo que ela retribuiu com paixão e um gemido fraco, erótico. Apesar da amável preocupação dela com sua "exaustão", ele teria aceitado sem hesitar o desafio de outra atuação.

– Bom Deus – ele disse. – O que foi que eu despertei?

– Eu. – Ela pegou a mão dele e a beijou. – Estou no controle da minha vida e do meu corpo, e você não sabe o que isso significa. Não estou certa de que *eu* saiba. Mas estou ansiosa para descobrir.

Eu também, ele pensou. *Com os diabos, eu também.*

Ele afastou o cabelo do rosto dela, admirando-lhe a beleza banhada pelo luar. Ela parecia uma mulher inteiramente nova.

– Bixby. – Ela teve um sobressalto. – Precisamos ir para casa. Bixby precisa sair para andar.

Bem, talvez não uma mulher *inteiramente* nova, afinal.

Capítulo dezessete

Alguns dias depois, Penny estava sentada à mesa da cozinha de Nicola, encarando um exemplar do semanário *Tagarela*, recém-saído da gráfica.

– Nem consigo olhar – ela disse.

– Quer que eu leia para você? – Nicola estendeu a mão para o jornal.

– Não. – Penny segurou o jornal com um tapa. – Eu mesma leio. Quando estiver pronta. – Ela fitou o prato vazio. – Você tem mais biscoitos?

– Você e Bixby raparam a cozinha.

– Oh! Você pretende assar mais? – Penny perguntou, esperançosa. – Pode ajudar.

Tudo parecia mais fácil de se encarar com um prato de biscoitos fresquinhos.

Ela tamborilou os dedos na primeira página do semanário.

– Não sei por que isso é tão difícil. Não é como se, esperando, eu pudesse mudar o conteúdo. O que está impresso, está impresso. Ou eu sou um escândalo ou uma solteirona, dependendo do que houver aí dentro.

– Na verdade – Nicola refletiu –, enquanto o jornal continuar fechado, você é as duas coisas.

– As duas?

– Neste momento, você é tanto um escândalo quanto uma solteirona.

– Desculpe. Receio não entender o que está dizendo.

Com frequência, Penny tinha dificuldade para acompanhar as voltas que a mente de Nicola dava. Todo mundo tinha.

Os olhos de Nicola perderam o foco, como se ela fitasse um horizonte distante. Um que só ela conseguia ver.

– Imagine que você pegasse um gato – ela disse devagar – e o trancasse em uma caixa.

– Trancar um gato dentro de uma caixa? – Penny ficou horrorizada. – Eu nunca faria algo assim.

– É claro que você não faria. Só estou tentando ilustrar um dilema filosófico.

– Que tipo de dilema filosófico exige que uma pessoa imagine sufocar um gato? Deve haver um modo melhor de ilustrar.

– Tem razão. Vou pensar em outra coisa. – Nicola resolveu ser mais direta. – Penny, se você precisa contar algo que aconteceu, estou aqui. Sempre. Eu sei que não sou tão agradável ou carinhosa quanto Emma e Alexandra.

– Nic...

– Não se preocupe. Não estou me menosprezando. Apenas conheço meus talentos e esses não estão entre eles. Porém, sempre estarei aqui para ouvi-la. E em se tratando de questões do coração, não sou completamente inexperiente.

– Você não... você não é?

Penny ficou encarando a amiga, espantada. Em todos os anos de amizade entre elas, Nicola nunca, nem mesmo uma vez, mencionou um namorado ou pretendente. Muito menos estar amando.

Meneando a cabeça, Nicola pegou uma engrenagem e a revirou nas mãos.

– Homens podem ser uma distração terrível.

Mil perguntas pipocaram na cabeça confusa de Penny, mas antes que ela pudesse formular qualquer uma delas, os relógios começaram a anunciar a hora. Elas foram bombardeadas por carrilhões, cucos, badalos e sinos vindos de toda a casa.

Nicola tinha muitos relógios. Ou, melhor dizendo, o pai de Nicola tinha muitos relógios e ela não conseguiu se desfazer de nenhum deles. Embora aquele caos pontual tivesse a capacidade de interromper qualquer conversa de hora em hora, Penny nunca reclamou. Como poderia? Uma mulher que acolhia gatos à baciada não podia criticar.

Poderia ser pior. Como ainda era três da tarde, os relógios não continuaram por muito tempo.

Nossa. Três da tarde? Penny estava sentada ali há séculos.

Bastava de enrolação.

Ela pegou o exemplar do *Tagarela*, abriu na página da coluna social e fechou os olhos por um instante. O estranho era que ela não sabia o que desejar. Talvez Nicola tivesse razão e Penny estivesse adiando isso porque gostava de ser invisível *e* uma sedutora, e se ressentia da sociedade porque esta não a deixava ser as duas coisas.

Os dias após o baile a fantasia tinham sido os mais empolgantes de sua vida. Enquanto aguardavam o veredicto, Gabriel e ela aproveitaram o tempo de modos variados, passionais e cada vez mais criativos. Era como se todos os relógios tivessem parado e eles, criado um porto seguro, livre de olhos curiosos e de consequências.

Quando ela abriu o jornal, os relógios pararam de badalar. O tempo tinha alcançado Penny e Gabriel e, de um modo ou de outro, seu momento de paixão às escondidas chegaria ao fim.

Penny não queria que acabasse.

Apesar de tudo, não podia continuar evitando a realidade. Se ela mesma não lesse a coluna social, ficaria sabendo tudo pela tia Caroline. E era melhor estar preparada.

– Leia em voz alta – Nicola disse.

– "Um relato da Festa de Primavera do Clube Maximus" – ela leu a manchete e passou os olhos pelo artigo, extraindo as palavras mais importantes. – Southwark, parque público, baile a fantasia, orquestra, champanhe...

Penny passou os olhos pela lista de nomes e títulos. Seu primo, o príncipe russo, era mencionado, claro. Mais abaixo, as gêmeas Irving eram citadas. Ela tinha quase chegado ao fim da coluna e nenhuma menção a Lady Penélope Campion.

Então, ela leu o parágrafo final:

– "À maneira usual dos bailes a fantasia, a identidade da maioria dos convidados era óbvia para todos. Contudo, um cavalheiro presente teve sucesso em gerar uma quantidade considerável de intriga. Conforme a noite se aproximava do fim, apenas uma questão restava nos lábios dos convidados: Quem era aquele cavaleiro de armadura reluzente? O mistério permanece. Ele foi visto pela última vez na companhia de..." – Penny grunhiu.

– Bem? – Nicola perguntou. – Qual o veredicto? Escandalosa ou solteirona?

– Nenhuma das duas coisas, aparentemente.

– Deixe-me ver. – Nicola pegou o jornal e encontrou o ponto onde Penny tinha parado. – "Ele foi visto pela última vez na companhia de uma mulher não identificada".

– *Mulher não identificada* – Penny repetiu, separando cada sílaba. Ela deixou a cabeça cair na superfície da mesa. – O que poderia ser mais deprimente?

– Um gato sufocando?

– Verdade.

Nicola virou a página do jornal.

– Espere um instante. Seu vizinho vai oferecer um baile?

– O quê?

Penny levantou-se de sua cadeira e correu para ler por sobre o ombro de Nicola. Lá estava, preto no branco.

> O *Tagarela* apurou que o Sr. Gabriel Duke, mais conhecido pelos leitores desta estimada publicação como o infame Duque da Ruína, vai oferecer um baile na antiga residência Wendleby, na Praça Bloom. De acordo com nossas fontes, o Sr. Duke convidou a melhor parte da sociedade londrina. Considerando a influência financeira do anfitrião, e o modo implacável com que ele a exerce, a pergunta não é quem vai aceitar o convite, mas quem ousaria recusar?

– Burns! *BURNS!*

Gabe estremeceu. Bem do que ele precisava – de outro conflito ridículo entre seu arquiteto e sua governanta. Levantou-se de sua escrivaninha e foi em direção aos gritos de Hammond na sala de jantar, na esperança de impedir o conflito antes que começasse.

Ele chegou tarde, infelizmente. A Sra. Burns já tinha aparecido.

– Pois não, Sr. Hammond? – A governanta endireitou a coluna. – Posso fazer algo pelo senhor?

– A senhora pode me explicar – ele gesticulou para o retrato pendurado na parede – por que estou olhando para o filhote incestuoso de um pudim de sebo e uma salamandra de queixo fraco?

– Esse é o retrato da Sra. Bathsheba Wendleby.

– Eu disse expressamente para os pedreiros retirarem estas pinturas dois dias atrás. E agora elas reapareceram. Como por magia. – A voz dele ficou ácida. – Bruxaria.

Burns não respondeu à acusação velada de bruxaria feita pelo arquiteto.

– Estes são retratos de família, representando gerações dos Wendleby.

– Essas gerações de Wendleby não moram mais aqui.

– Ainda assim, Sr. Hammond – ela disse em tom agourento –, esta casa tem um legado e este não será esquecido.

– Esta casa tem um endereço desejado – Gabe interveio. – Vou vendê-la para algum novo-rico que deseje se misturar com aristocratas. Os possíveis compradores não vão querer retratos mofados de um cavalheiro rabugento com seus cães de caça. Eles vão querer banheiros modernos e acabamentos dourados. Se Sir Algernon Wendleby se importasse com seu precioso legado, não o teria torrado no carteado e com amantes.

Quando terminou seu discurso, Gabe sentiu-se mal com a situação. Ele não estava frustrado com a governanta, mas consigo mesmo.

Após os últimos dias – e noites – com Penny, Gabe precisava se lembrar do que diabos ele estava fazendo em Mayfair. Estava ali para vender aquela casa pelo preço mais alto possível e se os novos ocupantes desagradassem a sociedade, melhor ainda. Ele não estava ali para ficar.

Gabe também não estava ali para ter um caso tórrido com a lady da casa ao lado. A cada encontro, ele prometia a si mesmo que seria a última vez. *Precisava* ser a última. Os riscos para Penny eram grandes demais.

Então, ela sussurrava seu nome, ou lhe dava um sorriso tímido, ou apenas respirava perto dele e todas as suas resoluções viravam pó.

– Como quiser, Sr. Duke – disse a governanta. – As pinturas serão retiradas hoje.

– Mais uma coisa antes de a senhora ir. – Hammond encarou-a, apertando os olhos. – Como ele morreu?

– A quem o senhor se refer...?

– Ao Sr. Burns. Seu marido. A senhora é viúva, imagino.

– É costume as governantas serem chamadas de Sra., quer sejam casadas ou não. Nunca houve um Sr. Burns. – Ao som da campainha, ela inclinou a cabeça. – Se me dá licença, vou atender a porta.

Depois que a governanta saiu da sala, Hammond aproximou-se de Gabe e baixou a voz, sussurrando.

– Nunca houve um Sr. Burns? Não acredito nisso nem por um instante. Ela está escondendo o corpo dele em algum guarda-roupa.

Gabe cheirou o ar perto do arquiteto.

– Que cheiro é esse?

– Alho. – Hammond tirou um bulbo branco do bolso. – Comecei a carregar alho o tempo todo e você deveria fazer o mesmo. Para se proteger. Elas não gostam de alho.

– Governantas?

– Vampiras.

– Pelo amor de Deus, isso tem que acabar! Burns *não* é uma vampira.

– Ela é bem pálida. Mas, de fato, anda por aí durante o dia. Talvez seja um espírito maligno errante que possuiu o cadáver reanimado de uma bela virgem.
– Hammond foi se afastando, coçando a cabeça grisalha com as duas mãos.

Gabe ficou olhando o arquiteto se distanciar. Uma bela virgem? *Burns?*

Se fosse possível ignorar a roupa sempre sombria e a expressão facial perpetuamente sisuda, Gabe imaginou que, talvez, a mulher não fosse *repulsiva*. Mas bela? Talvez ela tivesse mesmo enfeitiçado Hammond.

Passos leves se aproximaram pelo corredor.

– Um *baile*? Vai oferecer um *baile*? Você planejava me contar isso?

Penny. Por falar de belezas encantadoras.

Gabe se virou para cumprimentá-la, mas não encontrou palavras.

Por Deus, ela era linda!

Ao longo do breve período em que se conheciam, tinham criado o hábito de destruir os vestidos dela – primeiro, salvando Bixby no depósito de carvão; depois, procurando Hubert no rio... Depois do baile a fantasia, até o vestido preto de luto nunca mais seria o mesmo.

Como resultado, ela estava pegando suas roupas nos fundos do guarda-roupa, escolhendo vestidos que provavelmente não usava há algum tempo. Cada um pintava um retrato de uma Penny diferente, mais nova. De um modo estranho, ele a estava conhecendo ao contrário. Houve um ano em que ela escolheu tons mais brilhantes e decotes mais baixos, e um ano em que preferiu uma renda recatada. Alguma costureira deve tê-la convencido, em algum ano, a usar um número absurdo de babados.

O vestido desse dia devia ter sido feito vários anos atrás, quando não era apenas mais jovem, mas também mais esguia. Seu corpo tinha amadurecido desde então e agora a musselina grudava nele como o cal grudava na pedra. Louvado seja, ele conseguia distinguir os *mamilos* dela!

Sua consciência o cutucou. Há poucos minutos ele estava se lembrando de algo. Algo a respeito de vender a casa, deixando Mayfair para trás – junto com Lady Penélope Campion. Ele devia se lembrar disso.

Mas Gabe não se lembrava de nada. De nada a não ser das coxas sedosas dela enroladas em seus quadris, e da manta grosseira de montaria arranhando seus joelhos quando a possuiu ontem, no palheiro do estábulo. Ele tinha inspirado tanta poeira que os espirros o mantiveram acordado boa parte da noite.

Ele não se arrependia.

– Estou aqui, Gabriel – ela disse, azeda, fazendo-o tirar os olhos de seus seios. Com a testa franzida de preocupação, ela mostrava um jornal dobrado. – Nós precisamos conversar sobre isto.

Capítulo dezoito

— O que significa? Você vai dar um baile? — Penny ficou esperando a explicação de Gabriel.

Ele não lhe deu nenhuma.

Em vez de se explicar, atravessou a sala até ela, pegou o jornal de sua mão e leu a notícia de seu futuro baile.

— Vejo pouco sobre o que conversar. O *Tagarela* traz todos os detalhes. Na verdade, é surpreendentemente precisa, a notícia, considerando o tipo de publicação. — Ele devolveu o jornal.

— Sim, mas...

— Aproveitando que você está aqui... — Ele saiu da sala, olhando para trás de um modo que a convidava a segui-lo. — Quero sua opinião sobre um papel de parede.

Ele subiu a escada e Penny o acompanhou. Ela detestou segui-lo como um cachorrinho, mas não ia deixar que ele escapasse.

— De acordo com o jornal, você já enviou os convites. Será que o correio perdeu o meu?

— Hammond gosta de azul de pervinca — Gabriel continuou. — Mas não confio na opinião dele sobre as tendências da moda. Não para a suíte de uma lady.

Penny grunhiu entredentes. Ele não estava prestando nenhuma atenção nela? Parecia que não e ela queria avisá-lo de que essa ideia de baile era horrível.

Ele a conduziu até um quarto quase vazio. As poucas peças de mobília tinham sido empurradas para o meio do aposento e cobertas com lonas. As paredes ainda estavam no gesso. Três tiras de seda adamascada, cada uma em um tom de azul, tinham sido coladas em uma das paredes.

– Você já conhece minha casa. Não entendo nada das tendências atuais sobre papéis de parede. A opinião do Sr. Hammond, com certeza, é...

Ele fechou a porta e empurrou Penny de encontro a ela, tomando sua boca com um beijo possessivo. Quando sua língua encontrou a dela, um suspiro carente veio do fundo da garganta de Penny. O jornal escapou de sua mão e caiu no chão. Ela não conseguia lembrar por que o estava segurando. Não importava.

Tudo o que ela queria segurar era Gabriel.

Ela pegou o rosto dele nas mãos, passando-as nos deliciosos pelos curtos da barba, antes de entrelaçar os dedos no cabelo dele, segurando-o bem apertado. As mãos de Gabriel viajaram pelo corpo dela, fechando-se nos quadris e, depois, deslizando até os seios.

– Eu preciso de você – ele murmurou em meio aos beijos. – Faz séculos.

– Faz – ela pensou – dezessete horas.

– Como eu disse. Séculos. – Ele se inclinou para beijá-la no pescoço.

– Não podemos – ela arfou. – Não aqui. Não tem cama.

Ele sorriu, malicioso.

– Amor, nós não precisamos de cama.

– Oh!

Com uma das mãos, ele levantou a barra do vestido dela e o puxou até acima do joelho, prendendo as anáguas entre seus corpos. Gabriel passou a palma da mão pela coxa dela e o prazer veio em ondas para Penny com esse toque. Enquanto ele beijava o pescoço e descia com a língua até onde os seios transbordavam do corpete, sua mão explorava os lugares íntimos dela. A respiração de Penny acelerou. Seus mamilos ficaram duros, latejantes.

Ele enfiou um dedo dentro dela. Penny derreteu junto à porta; seus joelhos ficaram moles. Ela se agarrou nos ombros dele, buscando força em Gabriel, enquanto este fazia seu desejo crescer com carícias habilidosas.

– Você não entende o que fez comigo – ele sussurrou. – *Eu* não entendo o que *você* fez comigo.

– Seja o que for, você fez a mesma coisa comigo. – Ela soltou uma exclamação quando ele enfiou um segundo dedo nela, e depois o pegou em um beijo ofegante, arrebatado. Um puxava as roupas do outro.

– Eu quis você desde o primeiro instante – ele disse.

– Eu também.

– Toda vez que eu fecho os olhos, vejo você na minha cama.

– Eu não conseguia parar de imaginar você pelado e molhado – ela ofegou.

– Se soubesse as coisas que fez na minha imaginação... – Gabriel sussurrou.

– Eu me toquei pensando em você – Penny confessou.

– Jesus Cristo – ele gemeu junto aos lábios dela. – Essa foi uma das coisas...

Ela gemeu, protestando, quando os dedos dele saíram de seu corpo. Gabriel deslizou as mãos até a bunda dela e a ergueu do chão, carregando-a através do quarto até onde um espelho de corpo inteiro, com uma moldura dourada, estava encostado na parede. Devia ser pesado demais para ser carregado.

Ele a virou de frente para o espelho, posicionando-se atrás dela. Seus olhares se encontraram no reflexo. Os olhos dele estavam sombrios, ferozes e exigentes.

– Mostre para mim. – Ele levantou as saias dela até a cintura; vestido, anáguas, *chemise*... tudo, expondo-a por completo. – Mostre para mim como você se tocou.

O coração de Penny falhou uma batida. A ordem grosseira a escandalizou e a excitou ao mesmo tempo.

Com um movimento bruto dos braços, ele a puxou para si. Sua ereção latejou na região lombar dela.

– Mostre.

Penny olhou para o espelho. Uma versão mais ousada, mais travessa de si olhou de volta. Ela colocou uma mão na barriga e a desceu devagar, até a ponta de seus dedos desaparecerem em meio aos pelos cor de âmbar. Ela hesitou, segurando a respiração.

– Mais – ele exigiu. – Quero ver você fazendo.

A grosseria dele a excitou, mas Penny não se sentiu intimidada. Com ele, ela sabia que estava em segurança.

Penny levantou o braço livre acima da cabeça, segurando no pescoço dele para se equilibrar e descansando a cabeça em seu peito. Gabriel passou seu braço ao redor do tronco dela, segurando-a firme e prendendo as saias na cintura. Ela relaxou um pouco e afastou levemente as coxas.

– Isso. Quero que se abra para mim. Me deixe ver.

A mulher no espelho fez o que ele mandou, descendo os dedos para abrir as dobras rosadas e inchadas de seu sexo. Uma ponta de dedos solitária pousou no botão sensível no alto, circulando delicadamente.

A respiração ofegante dele esquentou a orelha de Penny.

– Deus, como você é linda.

Ela fitou o reflexo, hipnotizada pela sensualidade da imagem. Ela se sentiu em uma pintura erótica, corada de desejo e sem nenhuma vergonha das curvas e reentrâncias de seu corpo. Ciente do poder que tinha, mesmo em sua condição vulnerável, nua.

Conforme sua excitação crescia, ela apressou o ritmo. Penny estava ofegante, arqueando as costas.

De repente, Gabe colocou a mão livre entre eles, abrindo espaço. Seus dedos soltaram com rapidez os botões da calça, que ele baixou dos quadris. Sua ereção, liberta, pulsava entre seus corpos, grossa, quente e muito, muito dura.

Isso. Me possua.

Mas, antes, ele a provocou, aproximando-se de sua abertura e deslizando para a frente e para trás, espalhando a umidade dela por toda sua extensão. Então, segurou e inclinou os quadris dela, penetrando-a profundamente, e depois mais fundo, indo até o núcleo dela, dando-lhe a sensação de preenchimento que ela precisava.

Ele a possuiu com estocadas longas e contínuas. Sua dureza era um ponto de apoio que a equilibrava em meio ao prazer estonteante que a tomava ao acariciar seu botão escondido com os dedos.

– Goze. – A voz dele soou estrangulada, mas ele mantinha seu ritmo lento, devastador. – Preciso vê-la gozar.

Penny sustentou o olhar dele no espelho pelo máximo de tempo que conseguiu, até o êxtase a dominar. Ela mordeu o lábio, prendendo um grito quando o clímax veio. Por algum tempo, sentiu-se sem peso nos braços dele, sem consciência de nada, a não ser do prazer que sacudia seu corpo.

Ele cessou as estocadas enquanto ela estremecia no pós-clímax, segurando o corpo inerte de Penny. Uma cortesia da parte dele, com certeza. Gabriel estava mais duro do que nunca, e, conforme a respiração dela se acalmava, a tensão no corpo dele aumentava.

Ela encontrou o olhar dele no espelho e aquiesceu.

Agora.

– Incline-se – ele rugiu. – Mãos na moldura.

A ordem brusca a excitou. Penny fez o que ele pediu, inclinando-se para a frente e apoiando as mãos na moldura dourada do espelho.

Ele a ergueu pelos quadris e enfiou fundo, tomando-a em um movimento poderoso. Enquanto a possuía em estocadas firmes, seus flancos tocavam a bunda dela com batidas fortes e ritmadas que ecoavam pelo quarto, obscenas e excitantes. Logo esses sons foram acompanhados por grunhidos de satisfação graves e primitivos.

Ela o observava, cativada pela pura e irrestrita demonstração de desejo masculino. Suor apareceu na testa dele. Seu maxilar estava tão apertado que os tendões do pescoço saltaram, rígidos. Ele a fitava pelo espelho, assistindo aos seios balançarem a cada estocada sua.

Praguejando baixo, Gabe aumentou o ritmo. A observação dela foi interrompida. Penny fazia o possível para se segurar diante da força dos movimentos dele. Era provável que, no dia seguinte, tivesse hematomas, pela forma tenaz como ele a agarrava.

Ela sentiu Gabriel crescer ainda mais dentro de si e o ritmo dele oscilar. Com um grunhido torturado, ele saiu de dentro dela e, juntando as pernas de Penny, continuou seus movimentos entre as coxas dela, até derramar sua semente – quente e crua – sobre a pele dela.

Penny se sentiu marcada, possuída.

Mas também livre e solta.

Vários momentos ofegantes, suados e grudentos depois, eles desmoronaram no chão, sentados com as costas na parede. Ela descansava a cabeça no peito dele. Era uma delícia se aconchegar em Gabriel. Ele era tão grande. Ela poderia se contentar com só um dos braços para agarrar ou um único ombro para descansar sua cabeça.

Mas Penny queria ele todo.

Ela não conseguia mais negar.

Fechando os olhos, ela encostou a orelha no coração ressonante. Como o resto dele, seu coração era forte, desafiador e leal. Capaz de amor duradouro. Ele podia até negar, mas Penny sabia a verdade. Caso ele se permitisse amar, amaria de modo intenso, sem reservas. Somente a mais teimosa das mulheres conseguiria suportar aquilo.

E Penny adorava um desafio mais do que tudo.

Deixe-me tentar, ela pediu em silêncio. *Deixe-me tentar.*

– Então. – Ele se endireitou e se alongou, desalojando-a do lugar em que descansava. – Você estava me perguntando do baile.

O baile.

Ela saiu de seus devaneios. Sim, era por isso que ela tinha vindo, não?

– Quando você decidiu oferecer um baile?

Ele levantou-se, ajeitando as calças.

– Em algum momento entre levá-la do hotel para casa, naquela noite, e exercer um pouco de influência sobre a família Irving na manhã seguinte.

Penny ficou pasma.

– Você não fez isso.

– Preferia que aquelas irmãs espalhassem fofocas maldosas sobre você por toda Londres?

– Não quero que destrua famílias por minha causa.

– Eu não destruí os Irving. Eu apenas os fiz saber que *poderia* destruí-los, se quisesse.

Ela soltou um gemidinho.

– Escute, não é minha culpa se o pai delas investiu na empresa errada de comércio de peles.

– Comércio de peles? – Ela aceitou a mão dele e Gabriel a ajudou a se levantar. – Muito bem, acho que não vou reclamar. Desta vez.

Então, foi assim que ela apareceu como "mulher não identificada" no *Tagarela*. Penny devia ter imaginado.

Ela fez o possível para arrumar seu vestido. A costura debaixo do braço tinha rasgado. Mais um vestido para a pilha de consertos.

– Mas isso ainda não explica o motivo de você oferecer um baile.

– Eu diria algo como dois coelhos com uma cajadada só, mas você reclamaria de crueldade animal. Basta dizer que, ao contratar uma orquestra e convidar um monte de gente para admirar este lugar, nós dois podemos resolver nossos problemas em uma noite. Você pode satisfazer sua tia e eu posso vender a casa. – Ele bateu as mãos, animado. – Tudo resolvido.

– Que eficiente!

– Aproveitando que está aqui, pode muito bem me dar sua opinião sobre o papel de parede. – Ele apontou para as tiras de seda adamascada na parede. – Qual você prefere?

– O azul.

– Todos os papéis são azuis. Você nem olhou. – Ele a pegou pelos ombros e a virou de frente para as amostras. – Qual é o melhor para a dona da casa?

– De que importa a minha opinião?

Ele ficou tenso.

– Por que não deveria importar?

– Porque eu *não* sou a dona da casa. – Ela tentou e, provavelmente, falhou, esconder sua frustração. – Não é o meu quarto. Nunca vai ser. Então, não importa o que eu acho, importa?

Ele coçou a nuca com a mão.

– Acho que não.

Penny alisou a saia e inspirou fundo para acalmar suas emoções. Gabriel não merecia sua frustração. Vender a casa sempre foi o objetivo dele e ela estava irritada porque não queria ser lembrada disso.

Não era culpa dele que ela estivesse se apaixonando. Penny não tinha ninguém para culpar por isso, a não ser a si mesma.

– Não ligue para mim – ela disse, descontraída. – Não entendo de moda. E, para ser sincera, não gosto de nenhum tom de azul. É só isso.

Em um gesto que ela considerou irracionalmente desanimador, ele a beijou na testa.

– Muito bem, então.

Penny decidiu mudar de assunto – para gatinhos, que eram sempre um assunto bem-vindo.

– Eu tenho uma boa notícia – ela anunciou. – A última ninhada de gatinhos acabou de desmamar. Eles estão prontos para ir para um novo lar. Podemos levá-los amanhã.

A maioria das pessoas não considera gatinhos como sendo arautos da desgraça. Mas a maioria das pessoas não é Gabe.

Ele tinha um mau pressentimento com relação àquela tarefa.

Começou quando Penélope o contrariou em relação ao meio de transporte. Ele ofereceu sua carruagem, mas ela insistiu em usarem um veículo de aluguel.

— Não ficarei aguentando seus resmungos se um dos gatinhos arranhar o estofado da sua carruagem.

Eles se amontoaram no caleche; três cestas com gatinhos entre os dois. Manter todos eles guardados se mostrou uma tarefa impossível. Os bichanos se agarraram no casaco dele como carrapatos e, assim que tirava um do ombro e o recolocava na cesta, outro começava a escalar a perna de sua calça.

Enquanto isso, Penny descansava à sua frente — sem ser incomodada e rindo de seu infortúnio.

— Você podia ajudar — ele resmungou.

— E estragar a diversão? Nunca.

Praguejando, Gabe soltou uma miniatura de garrinha translúcida de seu colete bordado.

— Pode ser que estejam o confundindo com uma árvore — ela disse.

— Pode ser que você tenha escondido um peixe na faixa do meu chapéu — ele retrucou. Uma dentição minúscula e predatória arranhou o lóbulo da orelha dele.

– Estamos quase lá.

Quase lá. Quase lá, onde? Gabe esticou o pescoço para olhar para fora do veículo. Enquanto ele esteve se defendendo do ataque felino, a carruagem de aluguel tinha entrado nos meandros de East End. Ele franziu a testa.

– Que diabos estamos fazendo neste bairro?

– Estamos trazendo os gatinhos para seu novo lar.

O caleche parou.

– Chegamos – ela anunciou.

– Aqui?

– Isso mesmo, aqui.

Ela tirou o último gatinho intrépido da manga dele e o guardou em uma cesta. O botão no punho de Gabe ficou pendurado por um fio.

Eles pararam diante de um prédio com uma fachada simples de tijolos. O lugar parecia bem cuidado, considerando o entorno. Mas Gabe não confiava nas aparências.

– Se você pretende soltá-los na rua, não vai faltar rato por aqui.

– Nunca sonhei em fazer algo assim.

Ele sabia que não e isso o deixava ainda mais preocupado. Lares amorosos eram raros naquele antro de crime e bebedeira – e não apenas para gatos. Uma criatura jovem, indefesa, não encontraria abrigo ali. Apenas frio, fome e medo.

Quando Penny fez menção de sair da carruagem, ele a deteve.

– Ah, não, você não vai sair.

– Não seja bobo. É totalmente seguro.

– O que faz você pensar isso?

– Gabriel. – Ela arregalou os olhos, descrente. – Sério que você *nunca* visitou este lugar?

E por que visitaria? Gabriel olhou ao redor, à procura de nomes de ruas, números ou placas nas fachadas. Viu apenas uma janela com um surpreendente número de rostinhos apertados contra o vidro.

Rostos de crianças.

A verdade o assaltou. *Penny, o que foi que você fez?*

Penny já tinha descido para a calçada, carregando uma cesta em cada mão e deixando a terceira para ele. Ela o chamou com um movimento de cabeça.

– Venha logo!

– Espere.

Ele desceu do veículo para alcançá-la. Para impedi-la. Mas Penny já tinha tocado a campainha.

– Foi Hammond que lhe contou, não foi? Só pode ter sido ele.

Ela o cutucou de leve com o cotovelo.

– Não fique nervoso.

– Não estou nervoso – ele mentiu.

– Então, não tenha medo.

– Não estou com medo. Estou furioso. Vou mandar embora aquele arremedo de arquiteto antes que ele...

– Bobagem. Você não está bravo com o Sr. Hammond. Só está frustrado porque eu finalmente encontrei.

– Encontrou o quê?

Ela lhe deu um sorriso convencido.

– Seu ponto fraco.

A porta foi aberta e eles foram cumprimentados por uma mulher de meia-idade com um avental branco por cima de um vestindo verde-escuro. Ao ver Penny, ela abriu um grande sorriso.

– Lady Penny. Que prazer vê-la outra vez! Por favor, entre. Entre.

Ela saiu da frente da porta e gesticulou para que entrassem.

– Eu trouxe a surpresa para as crianças, como nós discutimos. – Penny levantou uma cesta. – E também trouxe uma surpresa para você. Sra. Baker, permita que eu lhe apresente o Sr. Gabriel Duke, seu discreto benfeitor.

– Sr. Duke? – A mulher, chocada, levou a mão ao peito. Ela se virou para Gabe. – Seja muito bem-vindo, meu senhor. Muito bem-vindo.

Gabe resmungou um cumprimento formal. A Sra. Baker queria fazêlo se sentir bem-vindo, mas tudo o que ele queria era ir embora e voltar por onde tinha vindo. Daqui a pouco, insistiriam para que ele fizesse um *tour* pelo lugar.

– Talvez a senhora possa fazer a bondade de nos oferecer um *tour* pelas instalações – Penny sugeriu.

– Isso não vai ser necess... – Gabe começou.

– Nada me daria mais prazer – respondeu a Sra. Baker. – Por favor, Sr. Duke, por aqui. Espero que considere tudo dentro dos seus padrões.

Parecia não haver escapatória do *tour*.

Quando começaram a percorrer o corredor, Gabe avistou um rostinho de faces vermelhas espiando por trás de uma porta. Quando percebeu que tinha sido vista, a criança desapareceu. O garoto tinha sido nomeado batedor, ao que parecia, a julgar pela quantidade de cochichos atrás das portas enquanto eles passavam.

– No momento, temos 32 crianças residentes – a Sra. Baker explicou.

Apesar do evidente orgulho que sentia do lugar, a Sra. Baker parecia não querer se demorar – uma qualidade que Gabe apreciou. Ela os conduziu por uma cozinha e uma copa movimentadas, depois pelo refeitório com filas de mesas compridas e bancos. Eles emergiram em um corredor e a senhora logo começou a subir um lance de escada.

Quando Gabe ficou para trás, Penny gesticulou, impaciente, para que as acompanhasse. Ele não teve escolha a não ser segui-las, a menos que quisesse parecer um garotinho intratável criando dificuldades.

– Este andar é todo de dormitórios – disse a Sra. Baker quando chegaram ao patamar. – As garotas de um lado, os garotos do outro. Quatro em cada quarto.

Diante da insistência dela, Gabe olhou dentro de um dos quartos. A decoração era simples, mas o cômodo estava muito bem-arrumado. Camas, um lavatório e uma fileira de cabides na parede, onde casacos, de tamanhos decrescentes, estavam pendurados. Debaixo de cada casaco, jazia um par de botas reforçadas, de tamanhos correspondentes.

Gabe não conseguia tirar os olhos das botinas.

A Sra. Baker reparou.

– As crianças têm outros sapatos para o dia a dia, meu senhor. As botinas são para ir à igreja e outras saídas.

– É claro. – Ele pigarreou.

– Volte aqui, seu malandrinho. – Penny correu atrás de um gatinho preto que tinha escapado da cesta. Ela pegou o pequeno explorador pelo cangote.

A Sra. Baker riu.

– Ele deve estar ansioso para conhecer as crianças, sem dúvida. É melhor nós subirmos logo. – Com Penny e Gabe a seguindo, ela caminhou até o patamar da escada. – As crianças mais novas ficam no quarto à esquerda. A sala de aula fica à direita. Naturalmente, muitas crianças chegam para nós atrasadas nos estudos ou sem qualquer estudo. Temos a felicidade de ter encontrado professores pacientes.

Ela bateu palmas para chamar atenção. As crianças puseram-se de pé em um pulo, ficando eretas.

– Todos no quarto das crianças, por favor. Nossos convidados nos trouxeram um agrado.

As crianças deixaram suas lousas para trás, empurrando umas às outras para chegarem primeiro ao quarto.

– Você quer fazer as honras? – Penny perguntou a Gabe.

– Por que eu ia querer? São seus gatinhos.

– É verdade, mas as crianças são suas pupilas.

– Não são, não – ele disse com firmeza.

Gabe apenas dava dinheiro para a instituição. Ele não cuidava das crianças.

– Como preferir – ela disse.

Penny e a Sra. Baker foram até o centro do círculo e começaram a tirar os gatinhos das cestas. Ao verem aquelas bolinhas fofas, as crianças soltaram exclamações de alegria.

Os garotos começaram a negociar e discutir sobre qual gato pertencia a quem. Penny entrou no meio da disputa, combinando personalidades felinas às humanas.

Gabe desenroscou de sua perna um gato malhado que o tinha encontrado e procurou algum lugar para colocá-lo. Do outro lado do quarto, uma garotinha estava distante, abraçando os joelhos junto ao peito e observando a bagunça animada com os olhos tristes.

– Aqui. Fique com este. – Gabe colocou o gatinho no colo dela.

Como a menina continuou hesitante, ele se agachou ao lado dela e acariciou de leve o gatinho.

– Atrás das orelhas, assim. Não existem muitas criaturas que não gostam de um carinho atrás das orelhas.

A garota começou, mas logo tirou a mão.

– Ele está rosnando.

– Ronronando – corrigiu Gabe. – Quer dizer que ele gosta de você. – A pequena criatura se enrolou nos braços dela. – É melhor escolher um nome.

Ao se levantar, Gabe sentiu olhares sobre ele. Quando encontrou o olhar de Penny, através daquela tempestade de fofura, ela exibia a mesma expressão doce e convencida que ele tinha aprendido a reconhecer.

O sorrisinho que dizia *Eu lhe disse.*

Droga. Ela nunca mais ia parar de falar desse dia.

E ela também não perdeu tempo para começar. Ao saírem do lar das crianças, eles tiveram que caminhar até uma rua mais movimentada para encontrar uma carruagem de aluguel para levá-los para a Praça Bloom. Não tinham nem chegado à próxima esquina quando Penny parou no meio da calçada e se voltou para ele.

– Gabriel Duke, você é um completo hipócrita.

– Hipócrita? Eu?

– Sim, você mesmo, Sr. Eu-Conheço-Um-Tesouro-Escondido-Quando-Vejo. Você disse que sabia identificar coisas subestimadas. Gente subestimada. Mas insiste em *se* subestimar. Se eu sou as joias da coroa camufladas, então você é... – Ela fez um gesto grande com a mão. – ...uma tiara de diamantes.

Ele fez uma careta.

– Tudo bem, você pode ser algo mais masculino. Um cetro grosso e bulboso. Está bom assim?

– Acho que é um pouco melhor.

– Há semanas você insiste que não faz a menor ideia do que seja dar um lar amoroso a uma criatura. "Sou impiedoso demais, Penny. Minha única motivação é meu próprio interesse, Penny. Sou um homem mau, muito mau, Penny". E durante todo esse tempo tem cuidado de um orfanato?

– Eu não cuido de um orfanato. Eu dou dinheiro para o orfanato. Só isso.

– Você deu gatinhos para aquelas crianças.

– Não, *você* deu gatinhos para elas.

– Você enviou presentes para elas no Natal. Brinquedos e doces. E um ganso para comerem na ceia.

– Era só o que eu tinha para fazer no Natal e não gosto de perder meu dia. Todos os bancos e escritórios ficam fechados.

Penny lhe deu um olhar penetrante.

– Sério? Você quer que eu acredite nisso?

Ele passou a mão pelo cabelo.

– Qual é o seu objetivo com esse interrogatório?

– Eu quero que admita a verdade. Você está dando um lar para essas crianças. Um lugar acolhedor, seguro e até mesmo amoroso. Enquanto isso, nega essas mesmas coisas para si mesmo.

– Não posso estar me negando algo que não quero.

– Lar não é algo que uma pessoa *queira*. É algo que todos nós *precisamos*. E não é tarde demais para você, Gabriel. – Ela suavizou a voz. – Você poderia ter isso.

– Com quem, você?

Ela se encolheu com o tom de deboche dele.

– Eu não disse isso.

– Mas é o que queria dizer. Não é? Você tem essa ideia de que vai me salvar. Vai me tirar do frio, me colocar uma coleira e me fazer comer na sua mão. Eu não sou um filhotinho perdido e não preciso ser salvo. Você está sendo uma boba.

Ela apontou o queixo na direção dele.

– Não deboche de mim. Não ouse debochar de mim porque está com medo.

– Você acha que *eu* estou com medo. Só que não sabe o que é medo. Nem fome, nem frio, nem solidão.

– Eu sei o que é amor. Sei que você merece isso. Eu sei que é um homem bom demais para ficar sozinho.

– Não diga esse tipo de coisa – ele a alertou. – Não me faça provar que está errada.

Penny pôs a mão em seu braço.

– Eu não estou errada.

Ele inclinou a cabeça para trás e xingou o céu. Não adiantava, ele não conseguiria convencê-la com palavras. Ela nunca entenderia, a menos que lhe mostrasse a verdade.

– Venha comigo, então. – Ele pegou o braço dela, com rispidez, e passou pelo seu. – Nós vamos dar um passeio, você e eu.

Ela tentou soltar o braço.

– Aonde você está me levando?

– Em um passeio pelo inferno.

Penny cambaleou quando ele a puxou da esquina, saindo de uma rua movimentada com lojas, para uma viela estreita e cheia de gente. As mulheres que passavam a fitavam com um misto de curiosidade e desprezo. Os homens a espreitavam com olhares indecentes.

– Fique perto. – A voz dele soou sombria e amarga. – É aqui que as damas da noite vendem suas mercadorias. E em um bairro como este, é noite o dia todo.

Penny sentiu o rosto esquentar. Quando desceram da calçada, ela levantou a bainha do vestido para não o sujar na lama. Ele estalou a língua.

– Cuidado para não levantar demais o vestido. Mais um dedo e vão confundi-la com uma delas.

O ar estava pesado com o fedor de sujeira e de gim. As pessoas gritavam e assobiavam para eles das janelas e portas dos dois lados da viela.

– Vamos fazer um *tour* pela minha infância, que tal? Provavelmente, fui concebido em um dos muitos quartos desta rua. Filho de um homem que podia ser qualquer um desses e de uma prostituta escravizada pelo gim. Apesar disso, ela foi uma mãe melhor do que muitas. Não me abandonou para morrer de frio. Pelo menos não enquanto eu era um bebê.

Juntos, serpentearam por um labirinto denso de passagens cobertas pela névoa. Edifícios em mau estado ocupavam os dois lados das vielas. Ruas tão estreitas que não permitiam ver o céu.

Penny nunca conseguiria voltar pelo mesmo caminho. Se ele a deixasse sozinha ali, ela ficaria vagando para sempre em meio à névoa.

Mas Gabriel não parou nenhuma vez. E ela não achou que fosse porque o orgulho masculino o impedia de pedir orientação. Ele sabia exatamente aonde estava indo. Cada palmo do caminho pertencia a um mapa gravado em sua mente.

Eles passaram por uma pedinte com a palma da mão estendida. Por instinto, Penny diminuiu o passo, mas ele a puxou.

— Ali adiante há um porão que costumava ter uma janela quebrada. — Ele jogou a informação como se estivesse apontando para uma igreja com arquitetura comum. — Eu passei um inverno dormindo ali. Acompanhado de muitas ratazanas.

Ela tropeçou em uma pedra e enfiou a bota num rio de... bem, de coisas que, provavelmente, era melhor não identificar. Um lodo cinzento da sarjeta borrifou a barra do seu vestido.

Eles foram mais fundo no labirinto de cortiços e pensões. A cada um ou dois minutos, ele parava para apontar, em um tom de completa indiferença, um vão de porta que podia abrigar até seis meninos de rua, amontoados, do vento gelado de inverno ou a padaria onde era mais fácil roubar pão. Não foi difícil imaginá-lo ali, criança. Para todo lugar que se viravam, ela via algum garoto de rosto pálido, coberto de fuligem, vestindo farrapos. Um rosto que, um dia, podia ter sido o de Gabriel.

Quando ele parou repentinamente, Penny estava com os pés doendo, os pulmões queimando e o coração em pedaços.

— Esta é a melhor parte. — Ele a pegou pelos ombros e a virou de frente para o outro lado da rua. — Aquele boteco bem ali...? Foi onde minha mãe me vendeu.

— Vendeu você? Uma mãe não pode vender o filho.

— Acontece por aqui o tempo todo. Maridos vendem mulheres. Pais vendem os filhos. Eu fui vendido para o dono do bar.

— Você disse que cresceu em um orfanato.

— Eu cresci, depois que o patrão me botou para fora. Mas não antes de eu passar três anos naquele boteco. Carregando carvão, água, limpando vômito do mesmo chão em que eu dormia à noite.

— Gabriel... — Ela quis implorar para que ele parasse, mas não lhe pareceu justo. Ela não podia se recusar a ouvir tudo aquilo, quando ele teve que *viver* aquilo.

— Você sabe quanto valeram esses anos da minha vida? Consegue adivinhar o preço pelo qual uma mãe vende o próprio filho?

Penny desconfiou que sabia a resposta. Uma sensação de náusea formou-se em seu estômago enquanto ele pegava algo no casaco.

– Um xelim. – Gabe tirou a moeda do bolso e mostrou para ela. – Era isto que eu valia. Um único xelim.

– Não diga isso. Você sempre valeu muito mais que um xelim.

– Tem razão – ele disse. – Um xelim foi um preço absurdo de tão baixo. Se não estivesse tão desesperada para comprar gim, minha mãe poderia ter conseguido até meia coroa.

– Não vou ficar ouvindo você falar assim. – Penny arrancou a moeda da mão dele e a jogou no chão.

– Ah, mas vai! Você vai ouvir e vai escutar.

Ele a agarrou pelo pulso e a levou por um caminho escuro e tão estreito que mal permitia aos dois andarem lado a lado. Quando chegaram a um lugar fora da vista dos outros, Gabe se virou para ela.

– Não me venha falar de lar, de conforto ou de amor – ele disse entredentes. – Não existe nada que nós dois possamos compartilhar. Nada.

– Por que não?

Ele puxou o próprio cabelo.

– Olhe ao redor. Nós não estamos na Praça Bloom, Penny.

– Não me importa se você nasceu na sarjeta ou num palácio. Se a sua mãe era uma mendiga ou uma rainha. Não tem a menor importância para mim.

– Talvez importe para mim. Você já pensou nisso? Está tão enamorada pela ideia de se dignar a ficar com um plebeu que não parou para pensar se eu quero alguma coisa com uma aristocrata.

– Pensei que você não acreditasse em distinções de classe.

– Esta não é uma questão de classes diferentes. Nós somos de *mundos* diferentes. Enquanto você comia torradas com manteiga e geleia no chá da tarde, eu passava fome. Enquanto sua aia a vestia com aventais branquinhos, eu não tinha sapatos. Enquanto sua casa tinha velas queimando em todos os aposentos, lareiras acesas todas as noites, pilhas de colchas em camas quentes... eu tremia nas ruas, no escuro. Acordando com o menor ruído, pronto para sair correndo a qualquer instante. Eu não podia confiar em ninguém, e você chegou aos 26 anos de idade acreditando que todo problema pode ser resolvido com uma porcaria de gatinho.

– Eu não acredito que todo problema possa ser resolvido com um gatinho. Acredito no amor. E talvez o amor não consiga resolver todos os problemas, mas faz as feridas curarem mais rapidamente, com menos cicatrizes. Eu entendo o motivo de não acreditar nisso. Como poderia, se nunca conheceu o amor? Mas talvez devesse experimentar. Deixar que alguém goste de você, Gabriel. Não precisa ser eu, mas... – Ela fez uma pausa, depois continuou. – Não. Esqueça essa última parte. Tem que ser eu. Eu sou generosa, mas não *tão* generosa. No que diz respeito a isso, não estou disposta a compartilhar.

– Penny, não estou entendendo nada do que você está falando.

– Eu o amo. – Ela suspirou fundo. – Pronto. Assim fica mais simples de entender?

Capítulo vinte

imples?
Gabe a encarou. Não, aquilo não era nada simples. Era incompreensível.

– Eu o amo – ela repetiu.

– E daí? Você ama todo mundo.

– Não desse modo. – Ela pegou a mão dele e a acariciou. – Eu o amo.

– Penny, pare. – A emoção apertava sua garganta. – Você tem que parar com isso.

– Acho que não consigo nem se tentar. E eu não quero tentar. – Ela levou a mão dele aos lábios e a beijou.

O gesto dela foi tão errado, tão errado. Cavalheiros beijam as mãos das damas, não o contrário. E, com certeza, não o faziam em favelas imundas, malcheirosas.

O sangue dele bateu na porta de sua alma e Gabe não lhe negaria o desejo.

Ela o beijou primeiro, bendita seja, gemendo baixo em sua boca, dando permissão para Gabriel assumir o controle. Ele deslizou as mãos até a bunda dela, levantando-a contra a parede de tijolos.

– Aqui – ele exclamou, a voz rouca. – Agora.

– Sim.

Eles se apressaram rumo ao mesmo objetivo, ela puxando os botões da calça dele, Gabe levantando-lhe as saias. Quando ela tocou o pau dele,

Gabe estava pronto, latejante. E quando ele deslizou dois dedos para dentro do calor molhado dela, alegria cresceu dentro dele.

Sim, ela queria aquilo. Ela o queria.

Ele retirou os dedos dela e os levou à boca, limpando-os com os lábios. Deus ela era doce. E ele, depravado... sórdido.

Penny arqueou o corpo contra o dele em uma súplica silenciosa. Ele não podia esperar nem mais um momento. Colocando a mão entre os dois, ele pegou o pau e o colocou dentro dela.

Ela arfou quando a primeira estocada penetrou fundo. Suas unhas morderam a nuca dele, fazendo-o estremecer de alegria.

Ela gozou rapidamente, seus músculos internos apertando-o. Gabe continuou com seus movimentos firmes a cada onda vigorosa do prazer dela, esfarrapando-lhe o vestido na parede de tijolos. Penetrando-a por inteiro. Cada vez mais rápido, mais firme. Os soluços suaves, rítmicos, de paixão que ela emitia misturaram-se aos sons duros e guturais dele.

Ele devia estar machucando Penny, mas não conseguia parar. Gabe nem mesmo conseguia diminuir o ritmo. Se parasse por um único instante, a verdade o alcançaria. E seria forçado a encarar o fato de que a estava possuindo em uma viela como um canalha com uma prostituta. E ele seria lembrado, mais uma vez, de que não a merecia – de que nunca poderia ter esperança de a merecer.

Então, continuou galopando, desesperado. Correndo através daquele túnel escuro e solitário de desejo até emergir na luz ofuscante. O lugar onde a eternidade era medida em batidas do coração e nada importava a não ser a alegria.

Depois, ele desmoronou de encontro a ela, estremecendo com o prazer do alívio.

Quando o prazer começou a ceder, a vergonha inevitável e o desgosto insidioso emergiram. Ele olhou ao redor, franzindo o nariz para o fedor da viela e a poça de Deus-sabe-o-quê a seus pés. Bile subiu por sua garganta. Gabe se obrigou a olhá-la nos olhos – aqueles lindos olhos azuis. Que brilhavam com uma emoção que ele chamava de tolice e ela, de amor. Talvez fossem a mesma coisa.

Qualquer que fosse o nome dela, essa emoção tinha encontrado um caminho para entrar nele, afastando suas costelas e abrindo espaço no seu peito. Acomodando-se.

Como ela tinha conseguido? Mais do que ninguém, ele sabia como trancar seu coração – fechando as janelas, bloqueando as portas. De algum modo Penny tinha passado por um buraco de fechadura e se instalado.

Maldição, Gabe não podia deixá-la ficar! Ele sabia forçar um despejo com crueldade e sangue-frio. Ele tinha permitido sua força de vontade esmorecer nas últimas semanas.

Estava na hora de exercê-la.

O perigo era grande demais. Não para a reputação dela – a vida era dela para fazer o que bem desejasse –, mas para o coração. Para sua alma linda e brilhante. Se Gabe destruísse sua natureza generosa e confiante, ele não saberia como viver consigo mesmo.

Gabe a levantou nos braços e a carregou para fora do labirinto de cortiços. Ele não permitiria mais nenhum dano aos vestidos dela. Não por culpa dele.

Quando chegaram à rua principal, Gabe acenou para uma carruagem de aluguel.

– Mayfair – ele disse ao condutor. – Praça Bloom.

Ele acomodou Penny dentro do veículo, ajeitando-a cuidadosamente no assento. Ela se moveu para abrir espaço para ele.

– Sinto muito – ele disse.

– Por quê?

– Por isto. – Ele fechou a porta da carruagem e gesticulou para o condutor.

– Gabriel, espe...

A carruagem levou-a com suas objeções pelas ruas de Londres. Após ela sumir de vista, ele fez meia-volta e caminhou em sentido contrário.

Pronto. Estava acabado. Para sempre.

Se Gabriel pensava que tinham terminado, estava se enganando. Penny não se deixava desanimar com tanta facilidade. Contudo, decidiu conceder-lhe um dia para recuperar o bom senso. Quando o carro de aluguel a deixou em casa, na Praça Bloom, ela não queria nada além de um bom banho e, talvez, um choro saudável.

Contudo, assim que entrou em casa, Penny entendeu que tanto banho quanto lágrimas teriam que aguardar.

Tia Caroline olhou para seu vestido enlameado e desgrenhado.

– Oh, Penélope!

– Que ótimo vê-la, tia Caroline. – Com um suspiro desanimado, Penny deixou-se cair em uma poltrona, sem conseguir pensar em fazer qualquer outra coisa. – Está esperando há muito tempo?

– Tempo demais, devo dizer. Eu tive uma conversa deveras perturbadora com o seu papagaio.

– Imagino que "eu a amo" não fez parte do diálogo?

Os olhos da tia ficaram duros como aço.

– Não.

Droga. Parecia que Penny não conseguia fazer ninguém acreditar naquelas palavras – fosse homem, fosse ave.

– Também andei lendo. – A tia mostrou um exemplar do *Tagarela*. – Quando eu disse que queria vê-la nas colunas sociais, não foi *isto* que eu quis dizer.

– Aí não fala nada de mim.

– Não minta para mim. – A tia mostrou a página e sacudiu o jornal para ela. – Está bem aqui em preto no branco. "Mulher não identificada"? Só pode ser você. Quem mais compareceria a uma festa e iria embora sem falar com nenhum dos convidados?

Penny cobriu os olhos com as mãos e gemeu.

– Eu estou tentando, tia Caroline. De verdade. A lontra foi embora nadando e os animais de fazenda irão para o interior dentro de alguns dias. Esta manhã mesmo nós levamos os gatinhos para... – Ela não conseguiu completar a frase. – Estou tentando.

Mas, de alguma forma, todos os seus esforços não eram suficientes. Não para sua tia, nem para Gabriel. Nem mesmo para sua papagaia.

– Agora, sobre esse baile que seu detestável vizinho vai oferecer...

– Não precisa se preocupar, tia. Eu não pretendo ir.

– Ah, mas você vai, sim! – A tia pigarreou. – Seu tempo está acabando. Se deseja permanecer em Londres, só há um modo de conseguir. Um noivado. Ou, no mínimo, a expectativa de um noivado. Se você alinhar um ou dois pretendentes, Bradford não irá arrastar você para longe de Londres.

– Se fosse tão fácil alinhar um ou dois pretendentes, eu não estaria nesta situação.

– Nós duas sabemos muito bem que você não tem nem tentado. E esse baile é sua grande chance. O Duque da Ruína tem muitos lordes e cavalheiros de boa posição agarrando-se à cauda de sua casaca e eles não deixarão de atender ao convite. – Ela se levantou. – Resumindo, você, com seu belo dote, estará cercada de homens financeiramente desesperados. Nunca terá chance melhor de agarrar um.

– Como sempre, tia Caroline, você faz maravilhas pela minha autoconfiança. – Penny acompanhou a tia até a porta.

– Não me deu nenhum prazer vê-la se escondendo durante todos esses anos. – Tia Caroline deu tapinhas carinhosos no ombro de Penny. – Acredite ou não, estou torcendo por você. Penny, você merece ser uma mulher *identificada*.

Por um instante, Penny ficou sem fala.

– Obrigada.

De todos os lugares em que podia esperar conforto, Penny nunca imaginaria que esse apoio pudesse vir de sua rigorosa tia Caroline. O gesto da tia não foi muito efusivo, mas ela não estava em condições de ser exigente. E aceitaria o que estivesse disponível.

Concluída a rara demonstração de afeto, a tia abriu a porta para ir embora.

– Vejo você no baile, então. Tente parecer...

– Apresentável – Penny concluiu para a tia. – Eu sei.

A tia estalou a língua.

– Receio que apresentável não vá ser o suficiente nessa ocasião. Se quiser vencer essa nossa pequena aposta, é melhor estar magnífica.

Magnífica.

Penny não tinha interesse nenhum em criar uma fila de pretendentes desesperados. Seu interesse era específico – conquistar o coração de um homem, o que significava que ela apostaria tudo o que tinha no amor. Se comparecer ao baile parecendo magnífica pudesse ajudá-la...?

Muito bem, então. Ela não tinha tempo a perder.

— Depressa. — Gabe chutou os blocos no lugar para impedir que as rodas da carroça se movessem, enquanto Ash e Chase ajustavam a rampa de madeira ao leito da carroça. — Precisamos terminar isso antes de as mulheres voltarem das compras.

— Qual é a pressa? — Chase perguntou.

— Assim elas podem chegar à propriedade de Ashbury no interior antes do anoitecer — Gabe desconversou. — Desse modo é mais seguro para os homens e para os animais.

Na verdade, ele não queria se arriscar a encontrar Penny. Conversas deviam ser evitadas a todo custo. Nada que ela pudesse dizer o faria mudar de ideia e nada que ele pudesse dizer tornaria aquilo mais fácil.

— Vamos lá, então. — Ele bateu palmas. — Angus está esperando. Precisamos carregar a Bem-me-quer antes de acomodar as galinhas.

— Estamos com um problema — Ashbury gritou do estábulo. — A cabra não se mexe. Ela fica batendo a pata e balindo. E a barriga dela está esquisita. Fica se esticando e mexendo.

Chase e Gabe foram até ele, no estábulo.

— Penny sempre diz que esse animal tem a digestão complicada — Gabe disse. — Pode ser que a cabra tenha comido algo que não lhe fez bem.

— Ou pode ser outra coisa — retrucou Chase.

— Como o quê?

— Eu tenho lido sobre essas coisas. — Chase enfiou o polegar em sua faixa de cintura. — Porque logo vai estar na hora da Alexandra, sabe. Humanos e cabras são animais diferentes, mas algumas qualidades das fêmeas são universais. Abdome contraindo e muitos gemidos são duas dessas qualidades.

Ashbury enxugou a testa com a manga.

– Chase, que diabos você está falando?

– Estou dizendo que acho que Bem-me-quer está se preparando para o parto.

Gabe bateu as luvas na coxa.

– Droga, eu sabia! Sabia que essa cabra estava grávida.

Ashbury apoiou as mãos nos quadris.

– Ela andou distribuindo seus favores por aí, é? Rameira sem-vergonha.

– Ei, cuidado com o que fala – Gabe estrilou. – Bem-me-quer não é esse tipo de cabra.

– Isso mesmo. Não vamos falar mal da pobrezinha – acrescentou Chase. – Pode ter sido um amor malfadado.

– Voltando à realidade por um instante, se vocês não se importam – Gabe disse –que diabos nós devemos fazer?

– Com certeza não podemos movê-la nesse estado – disse Ashbury.

– Os animais não sabem o que fazer? – Perguntou Chase. – Por instinto? Nós só precisamos esperar.

E assim, eles esperaram.

E esperaram.

Depois do que pareceram horas, Gabe andava pelo estábulo de um lado para o outro.

– Ela devia estar fazendo esse barulho?

Ashbury deu de ombros.

– Você já ouviu uma mulher em trabalho de parto?

– Não – Gabe respondeu, cauteloso.

– Sinto informá-lo que o som não é muito diferente deste.

– Por que está me dizendo essas coisas? – Chase reclamou.

– É isso – Gabe disse. – Vou mandar chamar um veterinário. Dois. Ou três. Vamos esperar pelo aconselhamento deles.

E assim eles esperaram.

E esperaram.

Depois do que pareceram horas, nenhum veterinário tinha aparecido.

Bem-me-quer apoiou a cabeça na lateral da baia, batendo a pata no chão e balindo. Sua cauda levantou-se.

– Esperem um pouco. Acho que está acontecendo alguma coisa. – Gabe gesticulou para os dois. – Um de vocês devia olhar.

– Vai você, Ash – disse Chase.

– Por que eu?

– Porque sua mulher já teve filho. Você disse que estava lá.

– Eu disse que ouvi, não que olhei.

Chase se levantou e foi até a traseira da cabra.

– Eu olho. Não tenho medo. Pretendo acompanhar cada momento do milagre do nascimento do meu próprio filho. – Ele se agachou e apertou os olhos. – E... eu mudei de ideia.

Chase recuou até o canto mais distante da baia e sentou-se em uma caixa. Ele ficou pálido e sua cor foi adquirindo um tom verde de náusea.

– Tudo bem! – Ashbury exclamou. – Eu faço. Se tive estômago para tratar meus ferimentos depois da explosão daquele foguete, tenho estômago para isso. – Ele foi olhar, depois deu um passo para trás. – Oh, Deus! Algo está saindo.

– É claro que algo está saindo – Gabe disse. – Um bebê de cabra.

– Não – Ash disse, sombrio. – Não.

– Se não é uma cabra, o que pode ser, então?

– Um castigo para todos os meus pecados na terra, isso sim.

– Descreva – Chase pediu. – Eu já pesquisei muito. Qual o aspecto?

– Imagine uma bolha de sabão – Ashbury começou a descrição lentamente. – Agora imagine uma bolha de sabão feita no inferno, por um demônio com uma gripe pegajosa.

Chase teve uma convulsão.

– Acho que acabei de vomitar dentro da minha boca – ele gemeu.

– Talvez seja a placenta – sugeriu Ashbury.

– Ash, seu idiota. – Chase estava com a cabeça entre os joelhos. – A placenta vem depois. Você não leu nada quando Emma estava grávida?

– Li. Todo tipo de coisa. Li todo tipo de livro que não tinha nada a ver com o assunto, para tirar minha cabeça daquilo.

– Que covardia, Ashbury...

– Sim, e você é um exemplar de coragem, abaixado aí, vomitando seu almoço no balde de leite. Ler a respeito não faz nada além de informar sobre tudo que pode dar errado. Eu não precisava disso. Eu mesmo podia imaginar coisas demais que podiam dar errado.

– Graças a Deus, um de nós está preparado. – Recompondo-se, Chase enxugou a testa com a manga. – Essa coisa que vocês estão vendo é, sem dúvida, a bolsa, que contém o líquido amniótico.

– Ela voltou para dentro – Ash exclamou, levantando-se. – Jesus! Ela voltou para dentro.

Gabe se virou para Chase.

– O que isso significa?

– Eu não sei...

– Você acabou de dizer que andou estudando.

– Isso não estava no livro.

– Esperem... Ela está empurrando de novo. Tem mais desta vez e parece... mais viscoso.

Chase teve ânsia de vômito.

– Ash, por favor.

– Você tem razão, acho que é a bolsa de água.

– Bem, o que você está vendo dentro dela? Um nariz? Uma perna?

– Como eu vou saber? Por que importa qual parte é?

– Um nariz significa que a cabeça está vindo primeiro. E isso é bom. Uma perna não seria bom. Acho.

– Você acha?

– Depende se for a perna dianteira ou a traseira.

– E como nós fazemos para saber?

– Não sei! – Chase exclamou. – Não sou veterinário.

Ashbury jogou os braços para cima e começou a andar em círculo.

– Agora voltou para dentro.

Gabe perdeu a paciência. Ele não sabia onde diabos estava o veterinário, mas isso não importava. Cedo ou tarde, Penny estaria de volta e Gabe preferia morrer a ter que dizer para ela que Bem-me-quer tinha morrido.

– Escutem aqui, vocês dois! Esta cabra não vai morrer hoje. Nós precisamos parar com a enrolação e fazer algo.

Os três se reuniram junto ao traseiro da cabra. Na contração seguinte, eles criaram coragem e se agacharam atrás de Bem-me-quer para examiná-la de perto.

Chase prendeu a respiração.

– Isso não é pata nenhuma. É a cauda.

– Isso é bom ou ruim?

– Ruim. Acho que muito ruim. Significa que o filhote está na posição errada. Ela vai ter muita dificuldade para dar à luz desse jeito. A mãe ou o filhote podem morrer. Ou os dois.

– Eu já disse que ninguém vai morrer – Gabe afirmou. – Não se houver algo que nós possamos fazer para evitar. E deve haver algo que possamos fazer. O que diz o livro, Reynaud?

– Em uma mulher, a parteira tentaria mudar a posição do bebê. Então, para a Bem-me-quer e o filhote sobreviverem, acho... acho que temos que virá-lo.

Ashbury inclinou a cabeça.

– Como se faz isso?

– Dançando uma valsa – Chase estrilou. – Mexendo dentro do útero, é óbvio. Com, você sabe, a mão.

Os três homens se entreolharam, cada um enfiando as mãos nos bolsos ao mesmo tempo.

– Devia ser você. – Gabe olhou para Chase.

– Por que eu?

– Você leu o livro e é o menor.

– Eu não sou o menor. Sou mais alto que vocês dois.

– É, mas também é o mais magro. – Ashbury pegou o braço do amigo e o levantou. – Veja só isso. Eu diria até que você é magrelo.

Chase recolheu seu braço.

– Pelo amor de Deus, não sou magrelo. Por que não você? – Ele pegou o braço de Ash e o moveu para cima e para baixo. – Você é cheio de cicatrizes, todo enrugado. Nem vai sentir a meleca.

– Não temos tempo para isso. – Praguejando, Gabe empurrou os outros dois de lado. Ele não precisava ter lido um livro a respeito de parto para saber que, quanto mais aquilo se arrastasse, maior seria o risco para Bem-me-quer e seu filhote. – Eu faço.

Gabe não tinha ideia do que estava fazendo, mas tinha certeza de uma coisa: ele só podia estar amando Lady Penélope Campion. Nada mais poderia convencê-lo a fazer isso.

Penny, isso é por você.

Ele enrolou as mangas até os bíceps, inspirou fundo pela boca e sacudiu a mão.

– Vou entrar.

Capítulo vinte e dois

— Gabriel? – Penny passou correndo pela porta, vasculhando desesperada os quartos. – Gabriel!

– Aqui embaixo! – O grito veio da cozinha.

Ela desceu correndo a escada.

O garoto de recados tinha encontrado as amigas no armarinho e avisou Penny que havia uma urgência, que ela precisava voltar para casa imediatamente. Voltando de carruagem, dezenas de possibilidades terríveis passaram por sua cabeça, aterrorizando-a sem parar, impedindo-a de raciocinar com calma.

Quando entrou na cozinha e o viu sentado junto ao fogo, vivo e ileso, Penny respirou pela primeira vez em uma hora. Ela correu para o lado dele.

– O que aconteceu?

– Isto aconteceu. – Ele aproximou seus braços dela, revelando um pacote de protuberâncias e pelos brancos e pretos.

Uma cabra recém-nascida.

– Oh, minha nossa! – Ela se ajoelhou atrás dele, olhando por cima do ombro. – Não pode ser da Bem-me-quer.

– Eu lhe disse – ele afirmou, irritado.

Como se Penny pudesse ser intimidada por palavras rudes ditas por um homem aninhando em seus braços uma cabra recém-nascida. Ela sempre soube da capacidade que ele tinha de ser delicado.

Eu também lhe disse.

Ela esticou a mão para acariciar o pelo da cabrinha.

Gabriel retraiu o ombro, incomodado.

– Minha camisa está arruinada, fique sabendo. Completamente perdida. E esta porcariazinha não parava de tremer.

– Ajudaria se dissesse que nunca achei você mais atraente do que neste momento?

– Não.

Ela sorriu e levou a mão ao bolso para tirar um embrulho de papel pardo amarrado com barbante.

– Aqui. Você precisa de um biscoito.

– Eu não sou a droga da sua papagaia – ele estrilou.

– É óbvio que não. Seu vocabulário é muito pior. – Ela segurou um amanteigado junto aos lábios dele. – Nicola fez hoje de manhã. Vamos, coma. Você sabe como fica de estômago vazio. Coma isto agora e depois vou providenciar um jantar de verdade.

Ele cedeu e arrancou o biscoito da mão dela com os dentes, devorando-o em uma única mordida.

– Onde diabos você esteve?

Ela lhe ofereceu outro biscoito, que, desta vez, Gabe aceitou sem discutir.

– Fazendo compras. Emma me ajudou a escolher renda e meias no armarinho. Foi onde o mensageiro de Ash nos encontrou.

– Bem, enquanto você estava escolhendo renda, sua cabra quase morreu. Com o filhote junto. A propósito, também foi por pouco para mim, Ashbury e Reynaud.

Ela estava tirando uma migalha dos lábios dele e parou no meio do movimento.

– Vocês fizeram o parto? Vocês três?

– Apenas eu. Eles não ajudaram em nada. Pelo menos Chase tinha isto com ele. – Gabe acomodou o filhote em um braço e entregou para ela um objeto de prata do tamanho aproximado da mão dela.

Penny examinou a mamadeira improvisada, feita com uma garrafa de prata. Em vez de bico, ele tinha cortado o dedo de uma luva de couro, ajustando-o sobre o gargalo da garrafinha e feito um furo na ponta.

– Bem-me-quer estava fraca demais para amamentar o filhote – ele explicou. – Nós tivemos que ordenhá-la... o que, em si, já foi uma experiência horrível.

– Você foi muito engenhoso. Duvido que Nicola tivesse pensado em algo melhor. Mas eu espero que tenha tirado o conhaque antes.

— Pode acreditar, nós três já tínhamos acabado com o conhaque. – Ele soltou um suspiro profundo. – Foi por pouco, Penny. Nós quase perdemos as duas cabras.

— Mas você foi ótimo. Bem-me-quer sobreviveu e ele é perfeito. – Ela inclinou a cabeça. – Ou é ela?

— Não tenho a menor ideia. E também não quis saber. Não me importa. Hoje eu já vi as partes de uma cabra suficiente para o resto da vida.

Penny riu baixo. Pegando as pernas traseiras do animal com o dedo, ela mesma fez o exame.

— É um menino. Muito querido.

— O veterinário já veio e já foi embora. Ele disse que Bem-me-quer vai se recuperar, mas que não devemos ficar surpresos se ela se recusar a amamentar. Ou se rejeitar o filhote por completo. Ele disse que pode acontecer. Às vezes... – Ele acariciou a orelha aveludada do filhote com a ponta do dedo, como se tivesse medo de quebrá-la. – Às vezes, quando está doente ou fraca, a mãe sabe que não pode salvar o filhote e a si mesma. Então, ela abandona o bebê para conseguir sobreviver.

Penny sentiu um aperto no coração. Ela descansou o queixo no ombro dele.

— Que escolha devastadora para uma mãe fazer.

Ele fitou o fogo. O alaranjado quente e as sombras frias lutavam para dominar seu rosto anguloso, a barba por fazer.

— Ela é uma cabra. Cabras têm instintos. Pessoas têm opções.

— Tem razão – Penny concordou. – As pessoas têm opções. E, às vezes, escolhem opções cruéis, imperdoáveis. Mas nós podemos manter nosso cantinho do mundo quente e seguro. – Ela passou os braços ao redor do peito dele e o abraçou apertado. – Se Bem-me-quer não puder cuidar dele, nós cuidaremos.

— Ah, não! Não se atreva! Não vou deixá-la mimar este aqui. Ele é meu e farei o que eu quiser. Posso mandá-lo para a fazenda do Ashbury. Para o exílio em uma fazenda de pastinaca. Ou posso engordá-lo para o Natal. Eu lhe disse que ela estava grávida e você não acreditou em mim. Eu fiz o parto desta coisa e você não estava aqui. Não pode palpitar nisso.

— Acho que é justo.

Só que, observando-o segurar tão carinhosamente a criaturazinha, ela sentia que não precisava se preocupar com o futuro daquele filhote. Nem com o de Gabriel. Seria mais fácil, para ela, se separar dele sabendo que Gabe tinha encontrado algum amor em sua vida. Mesmo que viesse de um bode bebê alimentado com mamadeira.

— Você já escolheu um nome? – Ela perguntou.

— Levando em conta que é uma coisinha insuportável, estou pensando em chamá-lo de Ashbury.

Penny riu.

— Vou lhe contar um segredo sobre Ash. O nome de batismo dele é George. Ele odeia.

— Então, será George.

George se mexeu e focinhou o peito de Gabriel, soltando um balido trêmulo, lamurioso.

— Nós deveríamos levá-lo de volta ao estábulo, para ficar perto da Bem-me-quer – sugeriu Penny. – Assim, eles se acostumam com o cheiro um do outro. Pode ser que agora ela se sinta forte o bastante para amamentá-lo. Se não, eu ajudo você a ordenhar.

George tomou outra garrafa de leite algumas horas mais tarde, e outra um pouco depois da meia-noite, à luz de um lampião.

Penny deve ter adormecido em algum momento, porque acordou com a primeira luz do dia. Eles estavam encostados um no outro, em um canto da baia, sobre uma pilha de feno desconfortável.

Gabriel a cutucou com o ombro.

— Olhe.

O bode recém-nascido estava de pé, equilibrando-se em suas pernas trêmulas, dando passos bêbados. Quando caiu de lado, baliu indignado.

Gabriel fez menção de ir ao seu socorro, mas Penny o segurou.

— Espere.

Bem-me-quer se levantou e foi até o filhote, lambendo-o na cabeça até George tomar impulso e se colocar sobre os cascos. Quando aproximou o focinho da barriga inchada da mãe, esta permitiu que ele mamasse.

— Oh, que lindo! – Penny se aninhou sob o braço de Gabriel.

— Graças a Deus ela o aceitou, afinal – ele disse.

— E como poderia não aceitar? Olhe só como é lindo. O melhor bodinho do mundo.

Durante alguns minutos, eles assistiram à mãe com o filhote em um silêncio exausto. Então, Gabriel pegou a mão de Penny e a colocou sobre seu peito.

— Todo mundo vai acreditar que eu a arruinei – ele disse em voz baixa. – Que me casei com você por dinheiro.

Vão mesmo. Penny tentou não entregar como seu coração saltou diante daquelas palavras simples. Não foi "Talvez eles pensem" nem "Todo mundo pode pensar". Mas "todo mundo vai acreditar".

– Eu não me importo – ela respondeu.

– Mas outros se importarão. Sua família. Seus pares. Aos olhos da sociedade, sou indigno de pisar no mesmo tapete que você, quanto mais de me deitar na sua cama.

Ela sorriu.

– Já dividi minha cama com criaturas muito mais peludas, mais sujas.

– Você é filha de um conde. Eu sou um bastardo da favela.

– Você é um homem de negócios genial, que se fez sozinho. Um financista brilhante. E depois, veja Ash e Chase. Eles se casaram, respectivamente, com uma costureira e com uma governanta. Acontece.

– Não é a mesma coisa. Emma e Alexandra subiram na sociedade com seus casamentos. Você seria a lady que se rebaixou para casar-se com um plebeu. Não apenas um plebeu, mas um criminoso das ruas. Os boatos seriam cruéis.

Ela levantou a cabeça.

– E você acha mesmo que eu me importo com o que as fofocas possam dizer? Você não pode me ter em tão baixa conta.

– Eu tenho a mim mesmo em baixa conta. – Os olhos dele estavam escuros com um vazio que ansiava por ser preenchido. – Você não entende. Eu posso ser rico como o diabo, morar nas melhores casas, vestir as roupas mais finas... mas, por dentro, continuo sendo aquele garoto esfarrapado e faminto das ruas. A fome, o ressentimento... Nunca irão sumir. Eu nunca pertencerei à sociedade. Posso tomar o dinheiro deles. Posso deixá-los com medo. Mas nunca vou ser aceito, muito menos respeitado.

– Você vai ter o meu amor. E eu terei o seu. Isso será mais do que suficiente.

– É romântico pensar assim. Mas e daqui a alguns anos, quando as mulheres respeitáveis continuarem esnobando você na igreja ou quando nossos filhos voltarem para casa machucados, chorando, porque os colegas foram cruéis...?

Ela deitou a cabeça no ombro dele.

– Nesse caso, vou contar para eles a história divertida de um porco-espinho em um salão de baile, dar-lhes um abraço e talvez um gatinho para acariciarem, e nós dois vamos nos lembrar de que as crianças são mais fortes do que as pessoas imaginam.

O peito dele subiu e desceu com um suspiro pesado. Ele soltou a mão dela e se desvencilhou de seu abraço.

– Preciso tomar banho e me vestir. Tenho dezenas de coisas para fazer, para me preparar para o baile.

Penny estremeceu.

– Eu preciso mesmo ir a esse baile?

– Precisa mesmo. – Ele sacudiu o feno das calças. – Uma mulher precisa comparecer ao seu baile de noivado.

Penny aprumou-se.

– Gabriel Duke. Você não acabou de me pedir em casamento no estábulo, sem nem se ajoelhar, enquanto meu cabelo parece um ninho de urubu e nós dois cheiramos a bode.

– Eu não a pedi em casamento. – Ele enfiou os braços no casaco. Antes de desaparecer, ele lhe deu um sorriso malicioso, dizendo uma única palavra que fez o coração dela dar cambalhotas dentro do peito. – Ainda.

Em meio à apressada campanha de consertos hidráulicos, de cobrir as paredes com tapeçarias e de outros reparos de último minuto na antiga residência Wendleby, Gabriel já tinha aguentado muito barulho. Contudo, ao voltar para casa na tarde seguinte, ele ouviu o som mais inesperado possível.

Risadas. Femininas. Ele seguiu o som até a sala de estar e, quando viu a origem, não conseguiu acreditar nos próprios olhos.

A Sra. Burns.

Ele pigarreou.

– O que está acontecendo?

A governanta se virou para encará-lo.

– Sr. Duke.

Ela tentou recompor sua expressão, mas não foi rápida o bastante. A risada tinha transformado a aparência da governanta. Seu rosto não estava mais sisudo e pálido, mas animado. Caloroso.

Humano.

– Eu podia jurar que ouvi risadas.

– Mesmo, meu senhor?

– Mesmo. Pode ter sido um fantasma? Ou quem sabe uma louca acorrentada no sótão?

– Foi culpa minha. – Penny apareceu, carregando George nos braços. – Vim perguntar se eu podia fazer alguma coisa para ajudar na preparação do baile.

– Para começar, você podia levar o bode de volta ao estábulo. Este tapete foi resgatado de um *château* francês. Seu antigo dono foi parar na guilhotina. Esse tipo de origem é valiosa.

– Eu sei, mas veja... – Ela pôs o filhote no chão e George cabriolou pela sala, soltando balidos esganiçados. – Ele dá uns pulinhos. De lado. É tão fofo.

O filhote tentou dar um salto e cambaleou de lado, caindo no tapete para depois se reerguer e sacudir a cabeça.

Até Gabriel tinha que admitir que o animal *era* muito fofo. Especialmente pelo modo como o recém-nascido veio até ele, parando diante de suas botas para emitir um balido exigente. Ele já era uma coisinha mimada.

Gabe se curvou até o filhote para lhe fazer um carinho atrás das orelhas.

– Vou levá-lo para a mãe – disse a Sra. Burns, pegando o bodinho nos braços.

Ao sair, a governanta parou e se virou. Ela se dirigiu diretamente ao patrão.

– Sr. Duke, pode acreditar que eu e toda a criadagem estamos comprometidas em fazer do baile um sucesso. A questão é que esta casa *tem* um grande legado. Um legado que vejo como meu próprio. E o senhor faz parte dele agora.

Gabe arqueou uma sobrancelha.

– Entendo que isso significa que a senhora se orgulha do seu serviço. Não que pretende aprisionar minha alma em uma pintura e pendurá-la sobre a lareira da sala de estar.

A governanta lançou um olhar conspirador.

– Por favor, não conte ao Sr. Hammond. Tem sido muito divertido assustá-lo. Não pude evitar. Mas vou acabar com isso, agora.

– Oh, por favor! Fique à vontade para continuar. Ele merece.

– Como quiser, senhor. – A governanta endireitou os ombros, tirou o sorriso do rosto e invocou seu habitual tom solene. – Longe de mim desobedecer os desejos do meu patrão.

A mulher nunca deixava de surpreender.

Depois que a governanta os deixou a sós, Penny atravessou a sala e lhe deu um beijo.

– Eu não esperava vê-lo esta tarde. Disseram que você tinha assuntos urgentes.

– Eu tinha muitas visitas para fazer. Mas já que está aqui, tenho algo para você. – Ele enfiou a mão no bolso e tirou um cartão com nomes manuscritos em uma letra floreada, elegante.

Ela pegou o papel e o virou para examinar os dois lados.

– O que é isto?

– Seu cartão de danças.

– Meu cartão de danças?

Gabe a observou com atenção enquanto ela examinava o cartão. Ele tinha providenciado danças – para cada música da noite – com uma variedade de homens solteiros, todos ricos e socialmente muito bem situados. Nobres, lordes, cavalheiros notáveis. Todos de famílias com um legado que voltava gerações – se não séculos – na história.

– Não entendo. Por que fez isso?

– Estarei ocupado como anfitrião, então providenciei parceiros de dança adequados a você.

Ela passou os olhos pelo cartão.

– Lorde Brooking na gavota. A quadrilha prometida a Sir Neville Chartwell. A valsa da meia-noite com um duque da família real? – Ela arqueou as sobrancelhas. – Um duque comum não bastava?

– Nenhum homem é bom o bastante no que diz respeito a você. Mas estes são os melhores disponíveis no momento.

– Não deveria ser eu a decidir com quem vou dançar? Ou se quero dançar?

– Mas é isso mesmo, Penny. Se deixarmos por sua conta, você *não vai* dançar. Vai ficar nas bordas do salão. Invisível.

Ela empurrou o cartão de volta para ele.

– Eu não quero dançar com esses homens. Não me importo com eles. Eu me importo com você.

– Então, faça isso por mim – ele disse, incapaz de esconder a frustração crescente. – Planejei este evento todo pensando em você. Comecei logo depois daquele baile a fantasia idiota. Os convidados certos, a melhor orquestra, a melhor comida e o melhor vinho. Esse baile nunca foi para vender a casa. Mas para ser sua segunda chance de um debute.

– Por quê?

– Porque você merece. Porque desperdiçou anos demais se escondendo nos cantos ou entre os arbustos, quando deveria ser a luz de qualquer festa.

– Tudo isso é impressionante e lindo, mas vou me casar com você. Não é mais relevante.

– É mais relevante do que nunca. Você acha que *eu* quero vê-la dançando com outros homens? É claro que não. Quero que os convidados a vejam dançando. Antes de anunciar nosso noivado. Quero que todos saibam que você podia escolher qualquer cavalheiro. Todos, inclusive sua família. Sua tia, seu irmão...

– Meu irmão? Ele só vai chegar na próxima semana.

– Enviei um mensageiro para interceptá-lo com um convite para o baile. Ele está trocando de cavalos para poder chegar a tempo. Eu deveria falar com seu pai, é claro. Mas não tenho paciência suficiente para esperar correspondência da Índia.

Ela se afastou dele e franziu a testa.

– Você fez tudo isso sem me perguntar primeiro?

Gabe ficou tão surpreso, estava tão despreparado para uma reação negativa, que precisou de tempo para encontrar palavras.

– Eu planejei uma surpresa. Uma surpresa feliz, eu acreditava. Se nós nos casarmos...

– *Quando* nos casarmos.

Ele passou os braços pela cintura dela e a puxou para perto.

– *Quando* nos casarmos, insisto em fazer tudo do modo correto, com a bênção de sua família. Um noivado demorado, um casamento grandioso.

– Eu não preciso de um casamento grandioso.

– *Eu* preciso que você tenha um. Sou o Duque da Ruína. Se corrermos para o altar de modo impetuoso, todos vão pensar que eu a engravidei para roubar seu dote. Ou para rebaixar sua família de propósito e jogar um título de nobreza na sarjeta, onde eu nasci. Nunca conseguiremos evitar por completo as fofocas, mas falar com seu irmão antes de anunciarmos o noivado é o mínimo que eu posso fazer.

Ela levou a mão à testa.

– Compreendo que seus motivos são bons. Só queria que tivesse falado comigo.

– Eu não queria que você se preocupasse. Cuidei de tudo.

– Eu não vou fazer isso. Não posso fazer. – O cartão de danças tremeu na mão tensa. – Você não entende.

– Então, explique para mim. Porque, neste momento, parece que você está inventando desculpas. Para se esconder de novo. Ou talvez *me* esconder. – Uma sensação de náusea cresceu nele. – É isso, não? Você está com vergonha.

– Não. Nunca. Como pode pensar algo assim?

– Eu sou bom para uma trepada em uma viela, mas não quer ser vista comigo em público. Muito menos me apresentar para sua família. É isso? – Ele pegou o cartão de danças e o levantou diante do rosto dela. – Isto é importante. A menos que as pessoas vejam que você tem alternativas, nunca vão acreditar que você me quer.

Eu não vou acreditar que você me quer.

Gabe precisava ter certeza de que ela não o via como uma fuga – uma maneira fácil de evitar seu lugar correto na sociedade. Ou, pior ainda, como a última opção. Penny tinha opções e merecia saber disso antes de jogar tudo para o alto e ficar com ele.

– Droga, Gabriel! Você só pensa em si mesmo? – Ela afastou uma lágrima com um movimento impaciente da mão. – Eu sei que pode ser difícil imaginar, mas, às vezes, eu penso ou sinto algo que não lhe diz respeito.

– Então me conte.

– Eu nunca contei para ninguém. E embora queira contar, eu... – A voz dela falhou. Penny olhou para longe, os olhos vermelhos e inchando com lágrimas. – Não é tão fácil.

Gabe passou a mão pelo próprio rosto. Penny tinha razão. Estava sendo um idiota egoísta. Ele inspirou fundo e devagar, afastando a raiva instintiva, defensiva, que tinha se tornado tão natural quanto respirar. No passado, era esse fogo que o mantinha aquecido, à noite, quando o chão gelava seus pés descalços. Que enchia sua barriga quando ele não tinha nem migalhas para comer durante vários dias. Era a força que o fazia seguir em frente, lutando contra o peso de um mundo projetado para mantê-lo por baixo.

A raiva que tinha sido sua companheira quando ele não tinha um único amigo no mundo.

Mas ele não estava mais sozinho.

Com Penny em sua vida, tudo era diferente. *Ele* precisava ser diferente. Se Penny estivesse em perigo, ele a protegeria. Se Penny estivesse ferida, cuidaria dela.

Ele a puxou para perto e murmurou desculpas desajeitadas em seu ouvido. Pegando-a pelos ombros, ele a levou até o divã onde se acomodaram lado a lado.

– Conte para mim.

Capítulo vinte e quatro

Conte para mim, disse ele.

O coração de Penny apertou-se como um punho. Será que devia se arriscar? Descarregar todas aquelas lembranças significava tirá-las de sua caixa-forte, expondo sua feiura à luz. Ela as tinha evitado por tanto tempo, na esperança de que algum dia sentisse que podia se abrir com alguém.

Então, compreendeu que o momento nunca pareceria certo. Nenhum momento pareceria certo no que dizia respeito a coisas tão erradas. Não, nunca haveria momento certo para compartilhar aquelas lembranças. Mas podia haver a pessoa certa para ouvi-las.

E a pessoa certa estava ali, segurando-a em seus braços.

– Quando eu era uma menina, meu pai tinha um amigo. Sr. Lambert. – O nome amargou sua boca, então Penny se apressou. – No fim de cada verão, ele vinha nos visitar. Ele e papai saíam para caçar, atirar. O esporte habitual de outono, você sabe.

Gabriel anuiu com a cabeça, estimulando-a a continuar.

– E desde que eu era uma garotinha, ele... Bem, eu sempre fui a favorita dele.

Penny conseguia ver agora, olhando para o passado, quão cedo ele começou a conquistar sua confiança. Sempre que aparecia, Sr. Lambert lhe trazia presentes finos e pedia só um beijo em troca. Ele lhe dava atenção quando ela se sentia ignorada, deixada de fora das brincadeiras de Bradford e Timothy. No ano em que estava aprendendo a ler, ele batia a mão no próprio joelho, convidando-a a sentar-se no seu colo. *Venha, boneca! Mostre para mim como você está lendo.*

E quando ele a segurava um pouco mais apertado do que ela gostaria ou colocava a mão por baixo da sua saia para acariciar sua perna, Penny não reclamava. Ela o adorava.

– Eu esperava as visitas dele com mais ansiedade do que o meu aniversário ou o Natal. Ele sempre fazia eu me sentir especial.

Em silêncio, Gabriel pegou a mão dela.

– Ele me passava doces por baixo da mesa quando minha mãe dizia não. E lia histórias assustadoras para mim, histórias que minha aia nunca teria lido. Mas esses agrados tinham que ser nosso segredo, ele disse. Eu não podia contar para ninguém, porque, do contrário, meus pais ficariam muito bravos.

Penny acabou ficando boa em guardar segredos.

Foi no outono em que ela completou 10 anos que ele começou a tocá-la.

– O clima foi horrível naquele ano. Na maioria dos dias, a chuva não deixava que eles saíssem para caçar. Enquanto todo mundo estava lendo ou bordando, o Sr. Lambert propôs um novo segredo. Aulas de dança.

Eles se encontravam no salão de festas durante as tardes escuras e chuvosas. Só os dois. Ele lhe mostrou como um cavalheiro deveria fazer uma reverência para ela, beijar sua mão. E, o mais importante, Penny devia se portar como uma lady. Ele lhe mostrou como manter o corpo ereto e corrigiu sua postura com as mãos. A princípio, o Sr. Lambert apenas deslizava os dedos pelo corpo dela, dos ombros aos quadris. Mas foi ficando pior. E pior. Cavalheiros tocavam suas ladies daquela maneira, ele dizia.

Pensando no que aconteceu, o ardil dele era óbvio. Como qualquer garota de sua idade, Penny estava ansiosa para crescer, incomodada com as proibições de seus pais. Lambert sabia disso e usou essa vontade de Penny para manipulá-la. Ela era muito madura para a idade, ele lhe disse. Os pais queriam que Penny continuasse sendo uma garotinha, mas ele podia ver que ela estava crescendo. Tornando-se uma lady. Ele desconfiava disso pela maturidade que Penny demonstrava, mas só podia ter certeza se a tocasse por baixo das roupas. Ele fez tudo parecer tão lógico, mesmo que suas mãos frias revirassem o estômago dela. O Sr. Lambert era o amigo mais antigo de seu pai. E de Penny, também. Ele nunca a machucaria.

Quando foi embora no fim daquela visita, ele a lembrou, muito sério, que as aulas tinham que ser um segredo só deles. Se alguém soubesse – mesmo os criados –, contaria para os pais dela, que ficariam bravos. E culpariam Penny. Não só pelas aulas de dança de adultos, mas por todos os segredos. Os doces proibidos, os presentes, as histórias que ela não deveria ter ouvido e as pinturas que não deveria ter visto... Tudo.

Eles ficariam muito decepcionados de saber como Penny tinha se comportado mal ao longo dos anos.

Depois daquele outono, as coisas nunca mais foram as mesmas.

Ela nunca mais foi a mesma.

Quando o Sr. Lambert os visitou no ano seguinte, ela fingiu estar doente para evitá-lo, chegando a se obrigar a vomitar. Penny se sentia tão nauseada perto dele que não foi difícil. Dores de cabeça, resfriados, sua menstruação... Ela inventava todas as desculpas possíveis.

Contudo, não podia fingir que estava doente para sempre. Sua mãe a tinha repreendido, com delicadeza, mas também com firmeza. O Sr. Lambert sempre fazia questão de ser gentil com ela. Penny não queria magoá-lo, queria?

Não, Penny disse, obediente, engolindo a bile em sua garganta. Ela não queria.

Essa é minha garotinha boa, sua mãe respondeu com um sorriso.

Mas a mãe não sabia que Penny não era uma boa garota. Não mais.

Ela era suja. O que seus pais pensariam dela se ficassem sabendo? Talvez conseguissem sentir a diferença nela quando a abraçavam, ela pensou. E, assim, se afastou. Ela temia os domingos. Mesmo que conseguisse esconder a vergonha de sua família, Deus devia saber. Talvez o vigário pudesse vê-la escrita em seu rosto quando se sentava no banco da igreja, fingindo ser a mesma garotinha boa que sempre tinha sido.

Toda sua criação tinha lhe ensinado que sua inocência era seu bem mais importante. Se ela a perdesse, estaria arruinada. Não valeria mais nada.

Apenas os animais a reconfortavam. Ela se sentia menos à vontade para abraçar a família e as amigas, mas os gatinhos nunca a rejeitavam. Eles se aninhavam em seu colo e ronronavam, acariciando-a com suas patinhas aveludadas. Penny se sentia atraída pelas criaturas perdidas e indefesas.

– Elas precisavam de mim – Penny disse para Gabriel. – E se eu pudesse salvá-las, eu conseguia sentir que ainda tinha algum valor.

Enquanto falava, ela pegou e largou uma série de objetos. Penny não reparou como eles eram colocados em suas mãos e não se lembrava de colocá-los de lado. Eles apenas estavam ali, ao alcance, bem quando precisava deles.

Um lenço.

Uma almofada.

Uma xícara de chá para aquecer suas mãos trêmulas e, depois, quando sua garganta estava seca de tanto falar, um copo de água fria que bebeu de um gole.

A certa altura, os objetos pararam de aparecer e desaparecer de suas mãos, e ela se viu agarrada a uma fonte estável de conforto: a mão de Gabriel.

– Eu pensei que fugir para a escola preparatória seria um alívio – ela continuou –, mas foi pior. Tão pior.

As escolas preparatórias existiam, em tese, para instruir jovens ladies a tocar o cravo e pintar aquarelas. Contudo, os sermões que as professoras davam com mais frequência não tinham nada a ver com arte ou música. O tópico era virtude. A importância de se permanecer casta, de nunca permitir que cavalheiros tomassem liberdades antes do casamento. Nada de beijar, nada de tocar. Sem sua inocência, uma jovem lady não valia nada.

Quando chegou a hora de seu debute, Penny se sentia uma fraude. Pelo que tinha aprendido, ela não era o tipo de jovem que um verdadeiro cavalheiro iria querer, e nunca mais poderia ser. O debute seria uma mentira. *Ela* era uma mentira. E, claro, a mera ideia de dançar a deixava doente.

Assim, Penny enfiou um porco-espinho no bolso. Freya era um talismã protetor. Enrolada em uma bola, toda sua vulnerabilidade se escondia debaixo de espinhos pontudos.

E mesmo agora, após crescer e entender que não tinha sido culpa dela, e que seu valor pessoal continuava intacto, e que a noção de ruína era uma falsidade...

Penny não conseguia se obrigar a dançar.

Quando ela se viu, enfim, esvaziada de palavras e lágrimas, parecia que horas tinham se passado. E talvez tivessem mesmo. Penny se sentia esgotada, exausta física e mentalmente.

Ao levantar a cabeça, Penny recolheu seus farrapos de emoções e tentou se preparar. Gabriel conhecia a sensação de ser uma criança que sofria, sem proteção. Ele ia querer justiça por ela.

Ela precisaria tranquilizá-lo. Penny se preparou para lhe dizer que ele não devia ficar bravo nem fazer qualquer coisa precipitada. Estava melhor agora, era o que diria. Muito melhor.

Mas a verdade era que ela não se sentia melhor. Nem mesmo depois de descarregar tudo, de purgar seu imenso estoque de vergonha, dor e segredos. O que restava quando alguém esvaziava um velho guarda-roupa? Um espaço vazio. Um que levaria tempo – talvez anos – para preencher.

Então, não. Ela ainda não se sentia melhor.

Penny não sentia nada além de torpor, e não tinha nenhuma força em seu corpo para fingir o contrário.

– Penny – ele começou. – Tudo bem se eu a abraçar?

Ela anuiu e ele a puxou para um abraço, segurando-a perto de si. Gabriel beijou-a no alto da cabeça. Penny não podia acreditar que ainda tinha lágrimas, mas seus olhos espremeram mais algumas.

– Eu não tenho gatinhos para oferecer – ele disse. – Mas se precisar se acalmar, acho que tenho a coisa certa.

{Capítulo vinte e cinco}

Penny observou com curiosidade Gabriel enrolar as mangas até os cotovelos, debruçar-se sobre a imensa banheira de cobre e pôr a mão na torneira de água.

– Faça uma prece aos deuses do encanamento moderno – ele a aconselhou. – E, se souber algum encantamento, faça um contra bruxaria.

Ele virou a torneira e a água verteu dentro da torneira – água clara, torrencial e fumegante.

– Agora, sim – ele murmurou.

– Água quente corrente? – Ela estendeu o braço para dentro da banheira e rodopiou os dedos na água. – Neste momento, retiro todas as minhas queixas contra os barulhos da construção. Isso é um milagre!

– Com certeza foi necessário um ato de Deus para acontecer.

Ele virou a outra torneira, acrescentando água fria para equilibrar a temperatura. Então, Gabriel pegou um frasco de essência de rosas e pingou algumas gotas na banheira. O aposento foi preenchido pelo vapor perfumado.

– Ali tem toalhas. – Ele indicou uma pilha de imaculadas toalhas brancas de flanela, dobradas em quadrados perfeitos. – O sabonete está ali, perto da bacia. Vou cuidar de algumas coisas lá embaixo, mas se precisar de algo, basta tocar a campainha que venho no mesmo instante.

– Espere. – Ela virou as costas para ele e levantou o cabelo. – Você pode me ajudar com os ganchos?

Ele soltou as presilhas com cuidado, e também as fitas do espartilho. Não agiu de modo sedutor, foi apenas delicado.

– Vou pendurar um robe no cabide do lado de fora – ele disse. – Demore o quanto quiser.

Depois que Gabriel saiu, Penny tirou os braços do vestido, desamarrou o espartilho e as anáguas, e desabotoou a *chemise*. Ela empurrou as camadas de tecido pelos quadris, livrando-se de todas ao mesmo tempo, como uma pele. Os ladrilhos estavam frios debaixo de seus pés, mas quando ela baixou o corpo na banheira, o calor a envolveu.

Paraíso.

A água quente a envolveu como um abraço. Um que tocava por igual cada parte de seu corpo. Mão, joelho, seio, lóbulo da orelha... a água não fazia distinção entre as partes. Ela submergiu por inteira, até a cabeça, e deixou o calor fluir ao redor de si.

A água tinha quase esfriado por completo antes de Penny se obrigar a sair do banho. Após se secar com as toalhas macias, ela vestiu o robe – cômico de tão enorme – que Gabriel tinha deixado para ela. Teria cabido inteira em uma manga. A seda bordada foi se arrastando atrás dela ao caminhar até a cama.

Penny deve ter adormecido no instante em que sua cabeça tocou o travesseiro, porque quando abriu os olhos, as janelas revelavam que estava escuro lá fora. O fogo queimava firme na lareira e, no outro lado do quarto, Gabriel estava sentado a uma escrivaninha, debruçado sobre papéis à luz de um único candeeiro.

Quando ela se virou e alongou, ele ergueu a cabeça.

– Ora se não é a Cachinhos Dourados. Espero que isso queira dizer que a cama é perfeita.

– O quê?

– Nada. Estou feliz que você tenha conseguido dormir, só isso.

– Eu também estou, obrigada. – Ela terminou de acordar com um sobressalto. – Bixby. George. Bem-me-quer. Ang...

– Já cuidei deles – Gabriel a tranquilizou. – De todos eles.

– Mesmo? Como você sabia o que fazer?

Ele remexeu na pilha de papéis e pegou um envelope grosso que lhe pareceu familiar.

– Algumas semanas atrás, alguém fez a gentileza de escrever instruções ridiculamente detalhadas.

Ela sorriu e abraçou os joelhos junto ao peito.

Aos seus pés, uma dobra do lençol se contorceu. Um nariz preto e úmido apareceu, seguido por um focinho peludo.

– Bixby! – Ela esticou os braços e puxou o cachorro para abraços e beijos. O cachorrinho estava feliz da vida, fazendo voltas e lambendo-a onde conseguisse alcançar. – Oh, querido! Veja só. Como você veio parar aqui?

Gabriel atravessou o quarto e parou ao lado da cama.

– Eu sei que você precisa de um animal na sua cama. E pensei que esta noite não deveria ser eu.

– Tem espaço para mais um.

Ele se juntou a ela na cama. Bixby encostou o focinho na mão dele e Gabriel acariciou o dorso do animalzinho. Parecia que os dois tinham se tornado amigos. Penny sentiu o coração crescer.

– Você – ela disse – é o melhor homem do mundo.

Ele riu.

– Esse, com certeza, não é o caso.

– Mas é. – Ela alisou o pelo marrom do terrier. – Na noite em que encontrei Bixby na viela dos fundos, ele estava tremendo, malnutrido, arrastando as patinhas de trás. Elas tinham sido esmagadas por uma carroça ou quem sabe pelos cascos de um cavalo. Eu chamei o cirurgião veterinário. Ele amputou o que não dava para salvar e colocou talas no que sobrou. Mas disse que o pobrezinho tinha pouca chance de sobreviver àquela noite. Não dê um nome para ele, o veterinário avisou. Só vai ser mais difícil quando ele morrer. – Ela sorriu e falou para o cachorrinho em seus braços. – Mas o aviso dele veio tarde demais, não foi? Você já era o Bixby e nós dois sabíamos que tinha coragem e determinação para sobreviver. Dois anos depois e você está correndo atrás dos esquilos na praça; o terror que nasceu para ser. – Ela ergueu a cabeça para Gabriel. – Este é o melhor cachorro do mundo. E eu não preciso conhecer outros cachorros para ter certeza.

Ele estreitou os olhos para ela.

– Você acabou de me comparar a um cachorro?

– Eu sei, também não tenho certeza se você merece o elogio. – Ela colocou Bixby ao seu lado. – Eu não preciso dançar nem flertar, passear ou sair de carruagem com qualquer outro homem para saber que é melhor que todos eles.

– Eu só espero que tudo que nós fizemos... – Ele passou os dedos pelo cabelo. – Quero dizer, o que aconteceu na viela foi muito...

– Extraordinário – ela completou e se aproximou dele, pegando uma de suas mãos nas dela. – O que aconteceu na viela foi arrebatador. Quero dizer, a parte em que você tentou me deixar para sempre foi bem mal executada, mas até aquele momento...? Uma satisfação imensa.

– Fico feliz. – Ele soltou um suspiro profundo.

– Eu também fico. Sei que a maioria das mulheres passam a juventude sonhando com a emoção de um primeiro beijo, a paixão do primeiro toque... – Com a parte macia do polegar, ela desenhou formas preguiçosas na palma da mão dele. – Eu nunca esperei ter essas primeiras vezes. Para ser sincera, eu duvidava que ia querer. E, então, eu conheci você e tudo ficou diferente. Primeiro, pensei que fosse desejo à primeira vista. Eu não conseguia parar de pensar em você. E não de um modo romântico, tipo príncipe encantado. De um modo nu.

Ele riu.

– Foi desconcertante – ela disse.

– Dá para imaginar.

– Mas maravilhoso. Analisando agora, não acho que tenha sido desejo à primeira vista. Foi confiança à primeira vista. Eu me senti segura com você. Todas aquelas primeiras vezes que acreditava me terem sido roubadas... Com você, recuperei todas elas. *Eu* as recuperei, com as minhas condições. Só queria poder voltar no tempo e ajudá-lo a também recuperar todas as primeiras vezes que perdeu.

– Eu também tive minhas primeiras vezes com você. Primeira vez em que um boi Highland espirrou em mim. Primeira vez que banquei a parteira de uma cabra. Primeiro sanduíche de vegesunto. Essa foi também uma última vez.

– Você é terrível. – Ela o cutucou nas costelas. – E eu o amo.

Ele estendeu a mão para ela, colocando a palma em seu rosto.

– Ouvir essas palavras é uma primeira vez.

– Eu sei – ela sussurrou. – Mas não vai ser a última.

E porque ela sabia que ele não tomaria a iniciativa nessa noite, Penny se inclinou na direção dele para beijá-lo.

O beijo dela foi doce e instigante. Gabe não soube muito bem como reagir. Ele não queria rejeitá-la, mas de modo algum a pressionaria além do que estava disposta a fazer. Então, deixou que Penny tomasse a iniciativa, aberto para o que ela quisesse lhe dar. Quando ela beijou e acariciou seu corpo com uma ternura que lhe era tão estrangeira, Gabe não soube se teria conseguido suportar aquilo não fosse seu amor por ela.

Penny levantou a barra da camisa dele e deixou escorregar dos ombros o robe que Gabe tinha lhe dado. Ambos descartaram todas as camadas de roupa até estarem completamente nus e, a partir daí, foi uma linda e inevitável união de corpos. Agarrando, abraçando, movendo-se juntos em um ritmo sem pressa que logo os levou à beira do êxtase. As unhas dela penetraram nos ombros dele enquanto Penny estremecia e gritava seu clímax. Enquanto Gabe corria em busca do seu, ela o segurou perto, proibindo-o de sair do seu abraço. Ele se rendeu à tentação, derramando-se dentro dela com uma alegria primitiva, possessiva.

Depois, ela se aninhou nos braços dele.

– Você não precisa salvar minha reputação, mas espero que saiba que assim vai enfraquecer a sua. Noivado longo e casamento na Praça St. George Hanover? Isso não é nada intimidador nem impiedoso, Sr. Duque da Ruína.

– Não vou enfraquecer minha reputação – ele disse. – Vou destruí-la por completo. Por você.

– Eu sei – ela sussurrou. – E o amo tanto por isso.

Gabe daria tudo para Penny, mesmo que isso significasse viver no mundo dela, em meio aos aristocratas que ele desprezava, engolindo seu orgulho e ressentimento.

O Duque da Ruína morreu ali, nesse dia, nos braços dela. E Gabe ainda não tinha certeza de quem ele seria dali em diante, mas sabia de uma coisa: seria o marido e protetor de Lady Penélope. E não permitiria que alguém a ferisse novamente.

Seguindo essa linha de raciocínio, era melhor devolvê-la à casa dela antes de o dia raiar.

– Preciso acompanhá-la até sua casa – ele disse. – A última coisa de que precisamos agora é um vizinho do outro lado da praça ver você se esgueirando da minha casa até a sua ao nascer do dia. Um escândalo a esta altura só daria motivo à sua família para se opor.

– Tenho vontade de resistir, mas não vou.

– Vou checar o corredor – Gabe disse. – Não queremos que a Sra. Burns nos surpreenda de novo.

– Ela não vai contar para ninguém.

– Pode ser que não, mas ela pode me dar um susto danado.

Gabe saiu até o corredor, parou e segurou a respiração. Ele ouviu as tábuas do piso rangerem mais adiante. Ao se mover na direção do som, uma figura fantasmagórica surgiu à distância. Ele se sacudiu e esfregou os olhos.

– Hammond?

O cabelo grisalho do arquiteto estava todo desgrenhado e ele vestia apenas uma camisola branca. Em um braço ele equilibrava uma bandeja de comida. Debaixo do outro, uma garrafa de vinho. Na mão livre, ele trazia duas taças de vinho – a origem do tilintar, Gabe presumiu. O homem estava suado e ofegante.

– Que diabos está havendo? – Gabe perguntou.

– Diabo, mesmo. – Hammond se debruçou sobre a bandeja para sussurrar. – Descobri, enfim, a verdade sobre Burns.

– Que maravilha! – Gabe murmurou. – Eu pensei que já tivesse eliminado a possibilidade de ela ser fantasma, bruxa ou vampira. O que restou?

– A mulher é um súcubo.

– O que é um súcubo?

– Um demônio feminino. – Hammond arqueou as sobrancelhas. – Um demônio que se alimenta de prazer sexual.

– Bem, então eu sinto muito ter perguntado.

– Gerard, é você? – A voz feminina provocante e melíflua veio de um quarto próximo. – Estou esperando.

– Bom Deus! A feiticeira chama. – Hammond apressou-se em direção ao quarto, bandeja e vinho nas mãos. – Se eu estiver morto pela manhã, enterre meu corpo com o coração atravessado por uma estaca.

Pasmo com o choque, Gabe voltou para seu quarto.

– Então? – Penny fez, levantando os ombros.

– Eu tenho uma boa notícia e outra má.

– Vamos começar com a má, por favor.

– A má notícia é que, enquanto eu viver, nunca vou conseguir esquecer os últimos dois minutos. – Ele coçou a nuca. – A boa notícia é que esta noite estamos sossegados.

{ Capítulo vinte e seis }

A manhã do baile estava tão corrida com os preparativos que, quando encontrou Penny à porta, Gabe nem se deu ao trabalho de cumprimentá-la.

– Entre. – Ele a pegou pela mão. – Tenho algo para você no escritório.

– Ahn, Gabriel... – Penny sussurrou, ficando vermelha, quando ele fechou a porta. – Eu adoraria, de verdade, mas acabei de lavar e prender o cabelo e este é um dos meus últimos vestidos em boas condições.

– Não estou querendo isso – ele a tranquilizou. – Não que eu não gostaria, claro. Mas não é minha intenção debruçar você sobre a escrivaninha para um encontro apaixonado... não hoje. – Após tirar um momento para afastar aquela imagem tentadora do cérebro, ele deu uma batidinha na cadeira atrás da escrivaninha. – Sente-se.

Gabe abriu um cofre escondido em um armário e pegou uma grande caixa de veludo. Ele a colocou sobre o borrador da mesa, parecendo excessivamente ansioso. – Vamos lá, então. Abra.

Ela levantou a tampa e espiou dentro.

– Oh, Gabriel!

Ele foi até atrás da cadeira e olhou por cima do ombro dela para o conjunto brilhante de anéis. Diamante, rubi, safira, esmeralda... todas as pedras preciosas em que ele conseguiu pensar para pedir ao joalheiro e algumas que nem sabia que existiam.

– Eu achei que você preferiria uma surpresa, mas não consegui escolher apenas uma de que gostasse. Então, comprei todas elas.

– São maravilhosas.

Ele fez um gesto de pouco caso.

– Nenhuma delas é boa o bastante para você.

– Não preciso nem mesmo de *um* anel tão imponente, muito menos de uma bacia deles.

– Tarde demais. São todos seus. Use-os todos juntos, se quiser. Ou um em cada dia da semana.

Ela tirou um anel do forro de veludo – um diamante rosa-claro incrustado em ouro e adornado com pedras menores.

– Eu sempre adorei rosa.

– Experimente.

Penny colocou o anel no dedo anelar e estendeu o braço para admirar o modo como a pedra cintilava sob a luz.

– É lindo. – Ela levantou da cadeira e o beijou. – Obrigada. Amei.

Ele exalou, aliviado.

– Ótimo. Agora, devolva. Vou guardá-lo no cofre.

Penny segurou a mão junto ao peito.

– Eu preciso tirar?

– Precisa, sim. Nós não estamos noivos.

Ela arqueou uma sobrancelha dourada e sorriu.

– Ainda.

Bom Deus! Gabe não sabia de onde vinha a confiança que Penny tinha nele – provavelmente borrifada por fadas flutuando em cogumelos voadores –, mas a essa altura ele pouco se importava. Se conseguisse levar aquilo a cabo, ele seria ou o canalha mais ardiloso da Inglaterra ou o mais sortudo. Provavelmente, as duas coisas.

Fazendo bico, Penny tirou o anel do dedo e o colocou na mão dele.

– Nós concordamos em nos casar – ela disse. – Estando você de joelhos ou não, essa me parece a definição de noivado.

– Mas não é a minha – ele afirmou. – Não até que eu converse com seu irmão.

Ele recolocou os anéis no cofre, certificando-se de que estava bem trancado.

Quando terminou, Gabriel se virou e encontrou Penny agachada, rodeada por papéis e correspondências. Papéis que ela nunca deveria ver.

– Gabriel, o que é tudo isso?

– Não é o que você está pensando.

– Eu sei ler. – Agarrando os papéis com as duas mãos, Penny meneou a cabeça. – Você está planejando arruinar minha família.

Penny não pretendia xeretar, mas quando se levantou da cadeira, derrubou os papéis no chão. Quando se agachou para pegá-los, viu seu próprio nome. Era um contrato de noivado.

Ela passou os olhos pelas primeiras páginas, sentindo-se no direito de fazê-lo. Afinal, aquele seria o seu casamento. Aparentemente, Gabriel tinha feito vários rascunhos. Assim como com os anéis, ele tinha se preparado para cada possibilidade. Por que não a consultara?

Então, embaixo da pilha de papéis, Penny encontrou um documento que não estava no nome dela, mas no de Bradford. E não era um contrato de casamento.

Era uma traição.

— Você nunca deveria ter visto esses documentos — ele disse.

— Ah, eu posso imaginar que não... — Ela retrucou.

Claro que conseguia entender por que Gabriel tinha escondido esses documentos dela. A razão estava escrita em tinta preta no papel branco. Bem legível e definida, desafiando-a a ter esperança de que pudesse ser algum tipo de mal-entendido.

A verdade era clara — uma adaga no seu coração.

— Aqui diz que você comprou uma dívida do banco. Um empréstimo que tem como garantia uma propriedade da minha família.

Ela ergueu a cabeça e encontrou Gabriel encarando-a. A expressão dele era indecifrável. Ele nem tentou negar.

— Isso mesmo, eu comprei.

— A hipoteca foi feita com o objetivo de fazer melhorias na terra. Para ajudar os arrendatários a passar pelas colheitas ruins, não deixar que passassem fome. Agora, você ameaça executar a dívida a menos que meu irmão concorde com o nosso casamento?

— Não, não. Você não entendeu direito.

Ela sacudiu o contrato na direção dele.

— Está bem aqui, em linguagem clara.

— Não estou ameaçando executar a dívida. Estou oferecendo perdoar a dívida por completo. Em troca do seu dote.

Penny ficou boquiaberta.

— Isso deveria parecer melhor?

Ele passou a mão pelo cabelo.

— Minha intenção era usar isso como último recurso, apenas se ele não consentisse. Um tipo de seguro.

– Para mim é um tipo de insulto. Porque é isso. Você planejava fazer tudo isso sem eu saber? Eu estaria dizendo para todo mundo como nós nos amamos enquanto minha família saberia da verdade, que eu fui comprada. – Ela deixou o papel cair no chão ao se levantar. – Quando insistiu que queria fazer isso "do modo certo", eu não fazia ideia do que pretendia.

– Não faça muito caso disso. Nós dois sabemos como casamentos aristocráticos funcionam. Não importa com quem você se casar, seu dote seria uma transação legal.

– Mas é claro – ela disse com amargura. – Por que um homem se casaria comigo sem um estímulo financeiro?

– Não existe estímulo financeiro para mim. – Ele gesticulou para os papéis. – Eu nem vou ganhar dinheiro. A quantia do empréstimo que seu irmão fez é muito maior que o seu dote. Eu vou perder dinheiro com você.

As palavras a atingiram como pedras arremessadas por um garoto malvado.

Ele praguejou.

– Isso soou pior do que eu pretendia.

– Espero que sim. Isso tudo é um pesadelo.

Penny pegou os papéis outra vez e os rasgou ao meio. Então, pegou as metades das folhas e, lentamente, rasgou-as em pedaços ainda menores. Mas isso ainda não era suficiente. Metódica e revoltada, ela continuou cortando os papéis em pedaços até estes se tornarem minúsculos.

– Meu advogado tem cópias disso tudo – ele disse.

– Não me importa. Foi bom mesmo assim.

Ele deu a volta na mesa, encurtando a distância entre os dois.

– Seu irmão nunca vai concordar com nosso casamento, a menos que nós possamos fazer algum tipo de pressão. Você tem uma ideia melhor?

– Tenho! Veja que ideia maluca. Contarei para ele que eu o amo de todo coração, que desejo passar o resto da minha vida com você. E se ele disser não, vamos nos casar sem a bênção dele.

Ele a pegou pelos ombros.

– Pense bem no que está sugerindo. Sua família a rejeitaria. Todo mundo diria que você foi arruinada.

– Não me importo com o que os outros possam dizer.

– Bem, *eu* me importo. Eu ligo para o que as pessoas diriam de você. Para o que diriam de nós, dos nossos filhos. Penny, estou lhe dizendo...

– Está me *dizendo*? Pensei que um pedido significasse me *pedir*. Eu me apaixonei por você em parte porque respeitou minhas escolhas, da minha comida ao meu anel de noivado. De repente, você se tornou um tirano.

Ele suspirou, cansado.

– Estou tentando protegê-la. Farei o que for necessário para evitar que se torne um escândalo, mesmo que isso signifique resolver a questão do meu jeito.

– O que *isso* significa?

– Se o seu irmão souber como nós passamos as últimas semanas, tenho certeza de que ele vai concordar que nós devemos nos casar.

Oh, Deus! Penny sentiu um nó se formar no estômago.

– Você contaria para ele que estou arruinada?

A expressão de Gabriel era dura.

– Estragada aos olhos da sociedade – ela continuou. – Desprezível. Ele não teria escolha a não ser abençoar o casamento, porque como alguém mais poderia me querer...?

– Você sabe que *eu* não vejo você dessa forma.

– Mas está disposto a deixar minha família me ver assim, para usar isso a seu favor. Depois de tudo que ficou sabendo do meu passado, não consigo acreditar que poderia sequer sugerir algo assim. – Ela passou os braços ao redor do vazio que sentia no peito e se abraçou apertado. – Todo mundo me alertou para não confiar em você. Todas as minhas amigas. Eu me recusei a escutar.

– Você conhecia minha reputação desde o início. Nunca afirmei ser outra coisa.

– Eu acho que não. Fui ingênua o suficiente para me apaixonar por você mesmo assim.

– Talvez você não tenha se apaixonado por mim – ele retrucou. – Talvez tenha se apaixonado por um homem que não existe.

– E talvez você não me ame de verdade.

Ela esperou que ele negasse essa afirmação. Que lhe garantisse que, sim, ele a amava acima de tudo. Em vez disso, Gabriel a soltou e passou a mão pelo rosto.

– Você está emocionada. Cansada. É melhor ir para casa descansar.

– Eu vou para casa, mas não para descansar. Vou fazer as malas. Tem razão, talvez esteja na hora de eu me reconectar com a minha família. Posso ir embora com Bradford esta noite.

– Penny, espere.

– Não – ela disse. – Já esperei bastante. Perdi dez anos da minha vida com segredos e vergonha, e me recuso a perder mais um dia. Nem mesmo por você.

— Sra. Robbins! Sra. Robbins!
Dalila, a papagaia que não conseguia aprender a falar "Eu a amo" após mil repetições da frase, tinha aprendido a chamar a governanta. A ave fazia a pobre mulher correr por toda a casa.

Penny levantou da cama em que tinha ficado largada a tarde toda e se arrastou escada abaixo antes que a Sra. Robbins se desse ao trabalho de subir até seu quarto.

Quando chegou no térreo, contudo, encontrou a sala de visitas repleta de caixas. Pequenas, grandes, chapeleiras. No meio de todas, estava Emma.

— Surpresa! — Emma abriu os braços, gesticulando para as caixas como se dissesse *"voilà"*! — Seu guarda-roupa novo chegou. Eu lhe disse que terminaria a tempo. Uma coleção completa de vestidos e roupas de baixo para o dia a dia, dois vestidos de noite para a ópera ou o teatro, luvas e sapatos de salto combinando. E, claro, seu vestido para o baile. Mal posso esperar para lhe mostrar tudo.

— Não se incomode. — Penny retirou uma pilha de caixas de uma poltrona e se sentou.

— O que foi?

— Deixe tudo nas caixas. Vai me poupar o trabalho de empacotar tudo outra vez quando eu for embora.

— Oh, não! Sua tia se recusou a ajudá-la?

Penny negou com a cabeça.

— Seu irmão, então. Não tem como ele mudar de ideia?

– Não é minha família. É... – Lágrimas lhe assomaram aos olhos. – Emma, eu me sinto uma idiota.

Penny desmoronou e contou tudo para a amiga. Tudo. Desde Cumberland e suas aulas de dança secretas até os contratos e a decepção. Até Dalila soltou um assobio triste. A Sra. Robbins trouxe uma chaleira com chá reconfortante. Emma a abraçou.

– Penny, querida. Eu sinto tanto.

– Eu não sei o que fazer. Vocês todos tentaram me alertar, mas achei que sabia mais do que todos. Acreditei que ele era bom por dentro, na essência. Pensei que deixaria para lá essas ações impiedosas quando também conseguisse acreditar em sua própria bondade. Meu senso crítico falhou. – Ela fungou. – Eu devia ter percebido quando ele insultou meus sanduíches.

– Você não tem nada de boba – Emma disse. – Apenas confiou no seu coração. E, para ser honesta, não estou convencida de que seu coração estava errado.

– Você ouviu alguma coisa do que eu disse?

– Eu ouvi. O que ele fez foi horrível. Não estou querendo desculpá-lo. Mas os homens fazem coisas absurdas quando estão amando e se tornam perfeitos idiotas quando têm medo de perder o que amam. Não seja crítica demais consigo mesma. As boas qualidades que viu nele existem, mesmo que ele tenha permitido que fossem dominadas pelo medo ou pela raiva. Ninguém é totalmente bom ou ruim. – Emma segurou a mão dela. – Você sempre procura o melhor das pessoas. É uma das suas qualidades que eu mais admiro. Você é tão corajosa!

– Não sou corajosa.

– Você tem mais coragem do que qualquer pessoa que eu conheço. Mesmo tendo sido tão machucada, insiste em abrir seu coração uma vez após a outra.

– Para gatinhos, talvez.

– Para as pessoas também. Para mim, por exemplo. Nunca vou me esquecer de que você me convidou para tomar chá na mesma semana em que me casei com Ash. Não nos conhecíamos e nenhuma lady da sociedade queria saber da minha existência. Uma costureira que virou duquesa? De algum modo você entendeu como eu estava desesperada por uma amiga.

Penny sorriu para Emma.

– Convidá-la foi uma das coisas mais inteligentes que eu já fiz. Não a mais corajosa.

– Foi pura coragem. Eu poderia ser uma assassina. – Emma tomou um gole de chá. – E não foi só eu. Nicola, Alexandra, Ash, Chase... Você é a cola que nos mantém unidos. Estender a mão exige coragem e mantê-la estendida, mais ainda.

Penny pegou Freya nas mãos, acariciando-a no sentido dos espinhos. A porco-espinho se virou e abriu, expondo a barriga branca e fofa para um carinho.

– Eu me sentia segura com ele. Contei *tudo* para ele. Gabriel me disse que eu era um tesouro impossível de ser manchado. Que nunca poderia ser arruinada. E mesmo que eu já soubesse disso, na minha cabeça, pela primeira vez me senti segura para acreditar no meu coração.

– Penny.

– Ele traiu a confiança que eu tinha nele. Mas o que é muito pior é que ele traiu a confiança que tinha em mim mesma.

– Então, pegue um pouco da minha. Seja o que decidir fazer agora, tenho plena confiança em você. Todas nós estaremos torcendo por você e ficaremos por perto se precisar de apoio.

Penny fez uma carícia pensativa no tufo de pelo de Freya. O que ela *queria* fazer agora? Seu coração e sua cabeça estavam despedaçados demais para contemplar sonhos futuros. Ela só sabia o que *não* queria fazer. Penny não queria desistir e se esconder.

Emma tinha dedicado tempo e trabalho para produzir o novo guarda-roupa que jazia empilhado naquelas caixas ao redor das duas. Penny tinha se despedido de alguns de seus animais, fazendo que fossem corajosos por si próprios. Ela devia isso a Hubert, não devia? Às suas amigas também.

Mas, principalmente, ela devia a si mesma. Três semanas atrás, Penny tinha feito uma aposta com a tia e tinha progredido até ali. Ela queria ganhar.

Com delicadeza, Penny depositou Freya em seu cesto, depois avaliou as pilhas de caixas ao redor.

– Qual dessas tem o vestido do baile?

Emma ficou de pé em um pulo, batendo palmas de empolgação.

– Estava com medo de que nunca perguntasse. – Ela navegou pela sala até encontrar a maior caixa. – Eu não queria pressioná-la, mas teria morrido se o vestido não fosse usado. Três costureiras trabalharam durante dias só para fazer o bordado.

Depois que Penny tirou o serviço de chá, Emma colocou a caixa sobre a mesinha de centro. Ela tamborilou os dedos na caixa, aumentando o suspense.

– Está pronta?

Penny engoliu em seco.

– Acho que sim.

– Prepare-se para ficar deslumbrada.

Emma tirou a tampa da caixa, revelando uma nuvem de tecido.

Capítulo vinte e oito

— Linda.

— Maravilhosa.

— Deslumbrante. Totalmente deslumbrante.

Desde sua chegada ao baile, Penny ouvia elogios como esses. Infelizmente, nenhum deles era dirigido a ela. Eram apenas murmurados *perto* dela.

— Nunca, em toda a minha vida, vi tantos pescoços estendidos. — Nicola observava o salão lotado.

— Você devia ir a uma reunião de astrônomos — Alexandra disse.

— Isto aqui está parecendo mais uma reunião de avestruzes.

A dança ainda não tinha começado, mas a orquestra tocava uma música leve enquanto os convidados circulavam pelos ambientes, admirando a decoração suntuosa. As paredes espelhadas, as pinturas em molduras folhadas a ouro, os frisos entalhados, as cascatas de veludo azul emoldurando as janelas...

No salão de baile, o teto muito alto atraía a maior parte da atenção. Alguém que observasse a cena de longe poderia chegar à conclusão de que rostos virados para cima e pescoços alongados eram a última moda a chegar da França.

— Eles deveriam estar admirando seu vestido — Alexandra disse. — Essa é a verdadeira obra de arte.

Penny passou as mãos enluvadas pela seda translúcida sobreposta a um vestido de cetim marfim. O tecido leve era decorado por rosinhas conectadas por gavinhas verdes. As mangas eram feitas de pétalas de cetim dispostas sobre renda creme. Uma faixa larga de veludo verde cingia sua cintura e o decote ousado revelava a dimensão perfeita do seu busto.

– Emma faz milagres – ela disse.

– A beleza está toda na modelo – Emma disse com elegância.

– Vamos esperar que esse homem indigno apareça para apreciá-lo – Nicola resmungou.

Penny ficou na ponta dos pés e examinou a crescente horda de convidados. Nenhum sinal de Gabriel. E também nenhum sinal de seu irmão. Nicola meneou a cabeça.

– Eu venho dizendo, desde o começo, que ele não é bom o suficiente para você. Que tipo de pessoa não comparece ao próprio baile?

– Ele está por aqui em algum lugar – disse Emma. – Provavelmente, ocupado com seus deveres de anfitrião. Vai aparecer em breve.

Um criado lhes ofereceu taças de champanhe. Penny, Nicola e Emma aceitaram de bom grado. Alexandra recusou, pegando comida.

– Um brinde a vocês três. – Penny ergueu sua taça. – Vocês não precisavam vir, mas fico grata por estarem aqui. Ainda mais você, Alex. Deveria estar em casa com os pés em cima de uma almofada.

Alexandra equilibrava um prato de petiscos sobre a barriga imensa e redonda.

– Nós nunca deixaríamos você enfrentar tudo isso sozinha. – Ela mordiscou um sanduíche. – Além do mais, só a comida já vale o esforço de estar aqui. Você melhorou muito sua receita, Penny.

– Como assim? Que receita?

Alex mostrou o minissanduíche mordido.

– Do vegesunto. Nada mau.

– Deve ser a gravidez falando – observou Nicola fazendo uma careta.

– Experimente você mesma. – Alexandra ofereceu uma amostra de seu prato.

– Vou experimentar. – Emma pegou um sanduíche e deu uma mordida. Depois, mastigou com cautela. Enquanto engolia, suas sobrancelhas se arquearam de surpresa. – Está quase saboroso. O que você mudou, Penny?

– Eu não mudei nada. Deve ter sido o *chef* que Gabriel contratou. Não tive nada a ver com a comida.

– Que estranho – Alex disse. – Eu imaginei que você tivesse planejado todo o cardápio. Não tem carne em nada.

– Sério? Nada de carne?

– Não que eu tenha encontrado, e olhe que eu procurei. – Ela baixou os olhos para a barriga redonda. – Este bebê é um verdadeiro carnívoro.

Mas está tudo delicioso. Tortinhas de cebola, massa folhada recheada de queijo, uma terrina de cogumelos e avelãs. Tem também uma pirâmide de frutas exóticas do tamanho de um faraó. Só os abacaxis devem ter custado uma fortuna. E, é claro, tem o vegesunto.

– Oh, Penny! Ele deve amá-la de verdade – disse Emma. – Ash e Chase comeram o vegesunto. Gabriel fez mais.

Penny não conseguia acreditar. Ele tinha providenciado o cardápio. É claro que isso aconteceu dias atrás, antes da discussão que tiveram hoje. Apesar de tudo, ela ficou tocada pelo gesto. Gabe tinha mesmo planejado aquela noite para ela – até o menor detalhe.

Assim como Emma tinha trabalhado incansavelmente para criar seu vestido, e Nicola e Alexandra estavam presentes para apoiá-la, apesar de preferirem estar em qualquer outro lugar.

Ainda assim, lá estava Penny, escondida em um canto.

Invisível, como sempre.

Essa noite, ela prometeu, seria diferente. Penny deixaria a dança para quem gostava, mas iria circular, conversar, cumprimentar os convidados. Ainda que só para poder dizer que tinha conseguido. Não faria por Gabriel nem por sua tia Caroline. Faria por ela mesma.

Penny inspirou fundo e se afastou da parede.

– Espere! – Nicola agarrou-a pelo braço, puxando-a de volta. Sua voz soou desesperada. – Não vá.

Penny voltou-se para a amiga.

– Céus, Nic! Você está branca como um papel.

– Está se sentindo mal? – Emma pôs a mão na testa de Nicola, vendo, de uma forma maternal, se a amiga tinha febre. – Precisa se sentar?

– Parece até que você viu um fantasma – disse Alex.

– Pior que um fantasma. – Nicola escondeu o rosto com a mão e baixou a cabeça. – Eu vi um noivo.

– Noivo? – Penny repetiu. – Noivo de quem?

– O meu, acho – ela gemeu sem força.

O quê?

Nicola, noiva? Penny trocou olhares curiosos com Emma e Alex. Estas menearam a cabeça, como se afirmassem que aquilo era novidade também para elas.

– Onde? – Penny se virou para procurar. – Quem é?

– Pelo amor de Deus, não olhe! – Nicola arrumou as amigas lado a lado, fazendo uma cerca humana e depois se abaixando atrás delas. – Não posso deixar que ele me veja. Basta o cabelo para ele me reconhecer.

A orquestra tocou os primeiros acordes de uma quadrilha. A dança estava começando.

– Venha! – Emma pôs o braço ao redor dos ombros da amiga de cabelos de fogo. – Vamos achar um lugar longe da multidão. E aí você *tem* que nos contar tudo.

– Muito bem. Mas precisam me esconder até eu estar em segurança.

– Tem uma porta de serviço na extremidade do salão – disse Penny. – Ela abre para um corredor que leva aos fundos da casa. Podemos escapar por ali.

As três foram andando de lado, de um modo esquisito, bem suspeito. Nicola foi agachada na sombra delas, protegida por seu escudo humano. Graças aos céus todos estavam mais interessados em encontrar seus pares para a quadrilha do que em observar um quarteto de desajustadas sociais.

Quando chegaram ao canto, Penny abriu só uma fresta da porta.

– Vocês três primeiro. Eu fico de guarda. – Ela se virou para o salão e abriu um sorriso inocente, afofando as saias para fazer um escudo maior. Atrás dela, as outras escaparam pela porta, uma após a outra.

E, então, ela avistou Gabriel em meio à multidão, na extremidade oposta do salão de baile. Ele estava magnífico em seu traje de gala completo. Casaca preta com colete e gravata brancos. Seu rosto estava tão liso que, Penny imaginou, essa devia ser a razão de seu atraso. Ele devia ter ficado no quarto se barbeando no último minuto. Até a meia-noite, ele teria uma floresta de pelos crescendo novamente. Seus olhos se encontraram.

– *Penny* – sussurrou Alexandra. – *Você não vem?*

– Agora não – ela respondeu. – Vão sem mim.

Quando a quadrilha terminou, os dançarinos se dispersaram. Gabriel começou a andar na direção dela.

Penny sempre sonhou com aquela cena. Que garota não sonhou? O homem atraente, de cabelo escuro, encarando-a do outro lado de um salão de baile lotado. Andando na direção dela em passos largos, determinado, atraído por sua beleza, agindo com uma mistura inexorável de desejo e destino.

Mas não seria desse modo. Não essa noite. Ela recusava-se a ficar parada ali enquanto Gabriel Duke atravessava o salão com seu andar másculo para tomá-la.

Penny o encontraria no meio do caminho.

Quando ela começou a andar em sua direção, Gabe praguejou baixo. Isso não estava em seus planos. A beleza dela era indescritível. Pelo menos não conseguiria descrevê-la. E ele contava com uma longa caminhada através do salão para que seu cérebro tivesse tempo de encontrar um elogio que fosse remotamente suficiente.

Em vez disso, Penny o interceptaria antes que ele tivesse alguma chance.

Quando se encontraram no centro do salão, ele não encontrou palavras. Foi ela que interrompeu o silêncio.

– Eu queria dizer algo espirituoso ou mordaz. Uma daquelas observações sagazes que poem um homem de joelhos. Mas não consegui pensar em nada, então... o baile está lindo. E você, muito atraente.

– E aqui estava eu me amaldiçoando por minha completa incapacidade de descrever como você está linda. Você merece um soneto. Uma ode? Eu nem sei a diferença entre as duas coisas. Da próxima vez, contratarei um poeta.

Ela sorriu e deu de ombros.

– Nós somos quem somos.

– Nós somos quem somos – ele repetiu.

Deus, ele amava quem ela era. Mais do que isso, amava quem eles eram juntos. Gabe não podia perder isso.

– Eu não quero tirá-la da festa – ele disse. – Só tenho uma breve pergunta para você.

– Eu também tenho uma pergunta para lhe fazer.

– Você primeiro – ele disse.

– Não, pergunte você primeiro.

– Eu insisto.

– Eu insisto mais.

– Tudo bem – ele concordou. – Quer se casar comigo?

Ela arregalou os olhos.

– Essa era sua breve pergunta? *Essa*.

– São quatro palavras do meu lado. Sua resposta só requer uma. É a definição de breve.

– É mesmo?

Ele pegou as mãos dela.

– Eu sei que não é uma proposta romântica, mas queria lhe perguntar antes de seu irmão chegar. Preciso que saiba que *sua* resposta é a única que importa. As coisas que eu disse são imperdoáveis. O contrato foi um erro horrível, impensado. Você estava certa ao rasgá-lo e já fiz meu advogado rasgar a cópia. A verdade é que estava com medo. Medo de que ninguém acreditasse que se casaria comigo por amor, porque eu mesmo acho difícil de acreditar nisso. Parece impossível que você possa me amar. Mas, também, já me pareceu impossível que eu pudesse amar alguém e agora a amo com uma ferocidade que nem consigo descrever. Não porque eu precise de um poeta, mas porque não quero assustá-la. Você é a alma mais gentil que conheci e somos espantosos, juntos, na cama. Eu não acredito que conseguiria viver sem você. Bem, não sei... Talvez conseguisse. No passado, aprendi a sobreviver sem muitas coisas. Mas eu não *quero* viver sem você. Entendo que pode não ter me perdoado, ainda, por ser um canalha desavergonhado e presunçoso, mas...

— Sim — ela o interrompeu. — A resposta é sim. Por mais que seja uma graça vê-lo tagarelando de nervoso, se deseja minha resposta antes da chegada do meu irmão, não temos a noite toda. Então, sim.

— Graças a Deus. — Ele fechou os olhos e exalou com força. — Maldição! Eu deixei o anel no cofre.

Ela riu.

— O melhor pedido do mundo.

— Então, qual era a sua pergunta? — Ele disse.

— Eu quase me esqueci. Ia perguntar se você gostaria de dançar. Comigo.

— Penny. — Ele sentiu o coração se apertar. — Você não precisa fazer isso.

— Sei que não preciso. Eu *quero* dançar, desde que seja com você. Tudo é diferente ao seu lado. — Ela lambeu os lábios, ansiosa. — Estão tocando uma valsa. A valsa ainda não tinha chegado à Inglaterra quando eu... quando aprendi a dançar. Seria algo completamente novo para mim.

Gabe levou as mãos dela aos seus lábios e as beijou.

— Sinto-me honrado. E gostaria muito de saber valsar. Nenhum de nós sabe o que vai fazer e isso me dá medo.

— Não tem como ser uma cena mais ridícula do que minha última tentativa de dançar em público.

Ele refletiu. Era verdade.

— Mesmo que seja um desastre, o que de pior poderia acontecer? Ninguém nos convidar para outro baile por uma década? Que pena!

— Nesse caso... — Ele apontou a mão para as pessoas dançando. — Primeiro você.

Para Gabe, valsar não pareceu nada além de um monte de passinhos apressados seguidos de giros e passinhos enquanto girava. Ele se sentiu um bobalhão atrapalhado, mas deu o seu melhor por Penny. Durante o resto de sua vida, ele daria seu melhor pelo bem de Penny.

Ela se deteve no meio de um giro com passinhos. A música continuou e a dança continuou, mas Penny ficou congelada no lugar, fitando algo por cima do ombro dele.

– Penny?

O olhar dela continha emoções que Gabe nunca tinha visto antes. Emoções que nem imaginava que coubessem na personalidade dela. Medo. Fúria. Ódio.

E Gabe soube – apenas soube, no fundo de sua alma – que só podia haver uma razão para isso.

Ela colou um sorriso falso no rosto e passou o braço pelo dele, virando-se de frente para dois homens. O mais novo parecia ter a mesma idade de Gabe, mas tinha o mesmo cabelo claro e os olhos azuis de Penny.

Devia ser Bradford.

O outro homem era mais velho, embora não fosse *velho*. Seu cabelo castanho estava grisalho nas têmporas e seu rosto tinha um aspecto enganadoramente comum.

Esse devia ser o Diabo.

– Aí está você, Penélope – disse o irmão. – Estávamos a procurando. – Ele colocou os olhos frios e desconfiados em Gabe. – Não vai nos apresentar seu amigo?

– Bradford, este é o Sr. Gabriel Duke. Gabriel, este é meu irmão Bradford. E este é o Sr. Lambert. Ele é o sogro de Bradford.

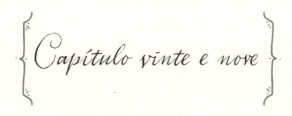

{ Capítulo vinte e nove }

Ele.

Penny agarrou-se ao braço de Gabriel. Ela pensou que fosse vomitar. Um suor frio cobria sua nuca e escorria entre suas escápulas.

Essa era a possibilidade que receava desde que soube que Bradford viria para Londres. Quem sabe, tinha dito para si mesma, o irmão viria sozinho. Talvez o Sr. Lambert não viesse para a temporada em Londres este ano.

Mas ali estava ele. Sorrindo para ela como se nada de mau tivesse acontecido. Porque, pelo que a família dela sabia, nada acontecera. Lambert sabia que Penny nunca lhes contaria.

Quando foi para a escola preparatória, Penny pensou que tinha se livrado dele. Mas, então, ficou sabendo da notícia por uma carta de sua mãe. Bradford ficara noivo de Alice Lambert.

Depois que o noivado do irmão foi anunciado, ela pensou ter encontrado coragem de falar. Mas não conseguiu dizer a verdade. Isso teria colocado um obstáculo à felicidade de Bradford com Alice. Teria arruinado uma das amizades mais antigas de seu pai. Talvez a mãe fosse acusá-la, delicadamente, de estar querendo atenção outra vez.

Resumindo, dizer a verdade seria o mesmo que pedir à sua família que escolhesse entre ela e o Sr. Lambert. Eles não poderiam permanecer leais a ambos. E Penny sabia em qual das duas histórias todos prefeririam acreditar.

Então, ela nunca disse nada.

No dia do casamento do irmão, Penny jurou que, se Bradford e Alice tivessem uma filha, ela romperia seu silêncio. Não importava o quão doloroso fosse. Mas eles só tiveram filhos, graças a Deus, e a essa altura contar a verdade lhe pareceu inútil.

Isso faria algum bem? Penny estaria atada a ele para sempre. Lambert sempre faria parte da sua família, por mais que isso a enojasse.

– Ora, boneca! Isso é modo de me cumprimentar? – Lambert a beijou no rosto, que ela passaria os próximos dias lavando. – Que alegria vê-la dançando! Espero que faça o favor de me conceder a próxima?

Não. Tudo nela gritou essa palavra. Mas, por algum motivo, ela não conseguiu falar.

– Na verdade – Gabriel falou com tranquilidade –, eu tenho um pedido. Planejava pedir para conversar em particular com Sua Senhoria. Contudo, já que está aqui agora, Sr. Lambert, talvez queira se juntar a nós? Como é da família, esse assunto também lhe diz respeito. – Ele olhou para Penny. – Você nos perdoa, espero?

Ela conseguiu assentir com a cabeça.

– Excelente. – Ele se voltou para Bradford e Lambert, fazendo um gesto convidativo em direção ao corredor. – Podemos? Tenho conhaque no meu escritório.

Paralisada de indecisão, Penny observou os homens saírem do salão de baile. A garotinha dentro dela ainda tremia de medo. Porém, ela não era mais uma garotinha. A mulher em que tinha se transformado recusava-se a ficar inerte, envergonhada, em silêncio.

Ela correu atrás deles, abrindo a porta do escritório...

Bem a tempo de ver o punho de Gabriel acertar o queixo de Lambert. Penny gritou.

Bradford se jogou em Gabriel, empurrando-o para trás antes que pudesse dar outro soco.

– Seu canalha miserável – Gabriel vociferou, tentando se soltar de Bradford. – Não consigo acreditar que teve a coragem de mostrar seu rosto nesta casa.

– De que diabos se trata isso? – Bradford perguntou.

– Pergunte para ele – Gabriel exclamou. – Para o seu sogro.

– Não tenho a menor ideia, Bradford – Lambert disse. – Não sei do que ele está falando.

– Você sabe muito bem do que estou falando. – Gabriel se livrou de Bradford e agarrou Lambert pelos colarinhos, empurrando-o contra a parede. – Você evitou o acerto de contas durante anos, mas o dia chegou. Agora, vai pagar pelo que fez com ela.

– Pare, por favor – Penny exclamou. – Bradford, nós precisamos conversar.

– Vamos ter tempo suficiente para conversar – o irmão disse. – A viagem até Cumberland demora uma semana inteira. Você vai embora comigo.

– Afaste-se dela – Gabriel vociferou. – Ou juro que acabo com você também.

– Gabriel, ele não sabe.

– Então, ele merece pagar por isso. – Gabriel deixou Lambert cair no chão e se voltou para Bradford. – Como pôde? Como nunca percebeu? Não viu sua irmã mudando diante dos seus olhos? Uma garotinha alegre e extrovertida ficando tímida e retraída? Escondendo-se de você e todo mundo? Com certeza deve ter percebido que havia algo de errado, mas nunca se deu ao trabalho de lhe perguntar.

Depois de um momento em silêncio, Bradford se virou para a irmã. Seus olhos estavam cheios de perguntas.

– Penny?

Lambert levou um lenço ao lábio.

– Ela está confusa, Bradford. Não é difícil de entender, se está sob a influência desse bandido. – Ele fuzilou Gabriel com os olhos. – Escute aqui, Duke. Eu exijo desculpas.

– Vá para o inferno – rosnou Gabriel.

– Então, exijo reparação.

– Ficarei feliz em dar-lhe.

Os pulmões de Penny se esvaziaram. Um duelo? Ela não podia deixar isso acontecer.

– Então, escolha o homem que será o seu segundo. Bradford vai ser o meu. Eles podem acertar o lugar e a hora.

Gabriel sacudiu a cabeça.

– Eu cuido das minhas próprias negociações e não vou lhe dar tempo para fugir. Amanhã. Pistolas ao amanhecer no Parque St. James.

Lambert ajeitou as lapelas do seu paletó.

– Aguardarei ansioso. Sou esportista excelente e atiro muito bem. – Ele olhou para Penny. – Não é verdade, boneca?

Gabriel armou um soco.

– Saia da minha casa antes que eu faça picadinho de você com as minhas botas.

Antes que eles saíssem, Penny correu para suplicar ao irmão.

– Bradford, você não pode permitir que isso aconteça.

Ele a olhou com decepção no olhar.

– Parece que *você* permitiu que isso acontecesse. O que estava pensando ao se associar a este homem?

– Ele é uma boa pessoa. Você não o conhece. – *Você também não conhece Lambert, não de verdade.*

– Eu o conheço o suficiente – disse Bradford. – Eu sei que ele tem feito o que quer há tempo demais, destruindo nossos pares e vizinhos. Pelo amor de Deus, estamos em uma casa que ele roubou, descaradamente, dos Wendleby.

– Ele não roubou a casa.

– Não vou discutir mais. Fico feliz por ajudar a fazê-lo pagar.

Penny conhecia o irmão bem o bastante para identificar a expressão de seu rosto. Ele estava decidido. Nenhum argumento o faria mudar de ideia.

Ela recuou e deu espaço para ele sair.

Depois que Bradford e Lambert saíram do escritório, Penny correu até Gabriel. Talvez conseguisse fazê-lo recuperar a razão.

– Um duelo? Com certeza você não pretende fazer isso.

– Eu pretendo, sim. Eu só queria arrumar um modo de voltar no tempo e caçá-lo naquela época, mas não é possível. Esta é a melhor alternativa.

– Se voltar no tempo fosse possível, nós não teríamos nos conhecido, porque eu teria voltado para salvá-lo de tudo o que sofreu – ela disse. – Nós dois tivemos experiências dolorosas. Ninguém veio nos salvar. Nós somos sobreviventes e não passamos por tudo isso só para desperdiçar nossa vida agora. – A voz dela falhou. – Gabriel, ele já roubou anos de mim. Não deixe que também nos tire o nosso futuro.

– Ele já tem o seu futuro. Parte dele, pelo menos. Eu vi como reagiu quando ele entrou no salão de baile. Eu *senti*. Enquanto Lambert estiver vivo e ligado à sua família, você nunca vai estar livre dele.

– Não há outro modo? Por que tem que ser um duelo?

Ele deu um sorriso torto.

– Eu jurei que você se casaria com nada menos que um cavalheiro. Duelar é o modo dos cavalheiros.

Ela revirou os olhos.

– Eu não quero um cavalheiro morto. Prefiro um canalha vivo, muito obrigada. E quanto ao George? Você tem um bode, agora, e ele depende de você. Pense em seu filhote.

– Penny. – Ele tocou no rosto dela, os olhos transbordando ternura. – Só estou pensando em você. Se não a defender, não sou digno de você. Não aos olhos do mundo, nem aos meus.

– Nós temos que fazer algo – Penny disse com firmeza. – Ideias?

Ela olhou para os amigos ao redor. Após sair do baile, ela mandou chamar Ash e Chase e todos se reuniram na casa dela para uma sessão estratégica urgente. Do modo mais direto e sucinto possível, Penny expôs os fatos da situação e do perigo iminente. Considerando a quantidade formidável de inteligência e determinação reunida em sua sala de visitas, esperava que conseguissem encontrar uma maneira brilhante de evitar a tragédia.

Infelizmente, ninguém conseguiu apresentar uma boa sugestão.

– Vocês não podem ir atrás dele? – Ela perguntou a Chase e Ash. – E lhe dar um soco no queixo ou amarrá-lo a uma cadeira? Ou quem sabe segurá-lo sob ameaça de uma faca até bem depois do amanhecer?

Após consultar Chase com um olhar, Ash massageou a nuca.

– Por mais atraente que essa ideia pareça, acredito que não podemos.

– Com certeza os dois juntos conseguem dominar Gabe.

– Não é isso. – Chase se sentou diante dela e se inclinou para a frente, apoiando os cotovelos nos joelhos. – Talvez nós *possamos* segurá-lo, mas não estou convencido de que *devamos*.

– Por que não?

– Porque nós concordamos com Gabe. Por isso. – Ash cruzou os braços. – Na posição dele, eu faria o mesmo. Na verdade, eu me sentiria tentado a desafiar Lambert, se ele mesmo não o tivesse feito. Esse homem merece morrer.

Chase esticou os braços e pegou a mão dela.

– Penny, o que ele fez com você... Não consigo imaginar o quanto sofreu. Mas consigo chegar perto o bastante de imaginar sua provação quando penso em Rosamund e Daisy. E, assim, consigo entender por que Gabe sente a necessidade de defendê-la.

– Não preciso ser defendida – ela protestou. – Isso ficou no passado. E embora eu saiba que vocês têm sentimentos fortes em relação ao caso, não são os *meus* sentimentos e desejos que mais importam no momento? Talvez Lambert mereça morrer. Mas todos sabemos que, provavelmente, será Gabriel quem sairá ferido. Ou pior.

Nicola apoiou o argumento dela.

– Duelo é uma prática arcaica, bárbara e estúpida em que homens fingem estar defendendo a honra de uma mulher ao mesmo tempo que roubam dela toda autonomia.

– É mesmo? – Ash olhou para a esposa. – Emma não pareceu se importar quando entrei pela janela do seu desprezível pai, no meio da noite, e o fiz mijar na cama de medo.

– É diferente! – Emma exclamou. – Não havia balas envolvidas.

– Eu fiquei muito mal com Chase – Alexandra opinou – quando ele socou um homem por mim.

– Na *hora* você ficou – Chase retrucou. – Mas, olhando para trás, você gostou que eu o tivesse socado, não?

Alexandra ficou quieta.

– Está vendo? – Chase disse.

Penny se levantou de um salto.

– Escutem, todos vocês! Esta não é uma questão de socos ou de invadir casas por janelas. Um duelo significa vida ou morte e, considerando que Lambert passou todos os outonos caçando perdizes com meu pai, eu tenho motivos para crer que ele é o melhor atirador dos dois. Eu amo Gabriel. Quero me casar com ele, ter uma família com Gabe. Para que isso aconteça, ele precisa não *morrer* amanhã de manhã. E se gostam pelo menos um pouco de mim, vão fazer todo o possível para evitar isso.

Após um momento de silêncio, os amigos dela resmungaram e aquiesceram.

Chase levantou-se de sua cadeira.

– Ash e eu falaremos com ele. Talvez não consigamos evitar o duelo, mas existem formas de acertar essas coisas sem derramamento de sangue.

Penny suspirou de alívio.

– Obrigada.

– Além do mais, Gabriel precisará de um segundo, de um padrinho – Chase disse.

Ash concordou com a cabeça.

– Vou fazer meu melhor para negociar uma solução que não envolva pólvora.

– Espere um pouco – Chase retrucou. – Quem disse que você seria o segundo? Eu sou o segundo.

– Você pode ser o terceiro.

– *Terceiro?* Isso não existe.

– Resolveremos no caminho – Ash grunhiu.

Depois que os homens saíram, Penny ficou andando de um lado para o outro.

– Tem que haver algo que nós possamos fazer – ela disse para Alex, Emma e Nicola. – Eu não posso ficar aqui sentada tomando chá a noite toda.

– Se eu conseguisse me mexer – disse Alexandra –, poderia ajudar muito mais. Quem sabe vocês podem me usar como uma abóbora gigante e me fazer rolar por cima deles?

– É uma ideia tentadora. – Penny ficou grata pelo sorriso que a imagem lhe trouxe.

– Para ser sincera, não sei se conseguiremos impedi-los – Emma ponderou. – Nicola está certa quando diz que a prática é arcaica e estúpida, mas é de *homens* que estamos falando. Orgulho masculino ferido causou mais destruição no mundo do que a Grande Peste e o Dilúvio juntos.

Nicola arqueou as sobrancelhas.

– Você tem certeza de que não foi o orgulho masculino ferido que causou a Peste e o Dilúvio?

– Bem pensado – Emma disse.

– Se os homens fazem o possível para destruir o mundo, devemos ser nós, mulheres, a mantermos o mundo em pé – afirmou uma recém-chegada à reunião. – A terra ainda não desmoronou.

Penny voltou-se para a voz familiar.

– Tia Caroline. – Lágrimas assomaram-lhe aos olhos e ela correu para a tia, dando-lhe um abraço apertado.

– Oh, Penélope! – A tia deu tapinhas em seu ombro. – Já chega.

Penny recuou.

– Agora... – Tia Caroline sentou-se na poltrona mais próxima sem nem mesmo ver se tinha pelos de gato. – ...conte-me tudo.

{ Capítulo trinta }

No Parque St. James, a névoa cobria os brotos de grama e se entrelaçava nos galhos de árvore. Na outra extremidade do gramado, Lambert e Bradford eram figuras indistintas em meio à bruma.

– Vamos ter que reagendar – disse Chase. – Como seu segundo, vou até lá conversar com o inimigo.

Ashbury agarrou o amigo pelo colarinho, segurando-o.

– *Eu* vou até lá, como segundo que sou.

– Ninguém vai adiar nada – afirmou Gabe. – Não deixarei que esse canalha viva para ver outro dia nascer. Não se eu puder fazer algo a respeito.

– Exatamente quantas vezes você já atirou? – Perguntou Chase.

– Vezes suficientes.

– Certo. – Ashbury pareceu preocupado. – Então, nenhuma vez, certo?

– Não estou no mato atirando em faisões. O homem vai estar parado na minha frente.

– Com certeza ele vai estar – Ash disse. – Bem na sua frente, em algum lugar no meio dessa neblina. Não dá para enxergar vinte passos à frente, muito menos acertar um alvo com precisão.

Gabe deu de ombros.

– A neblina dele não é melhor do que a minha.

– Mas a habilidade dele com a pistola é! – exclamou Ash. – Não seja cabeça-dura. Em especial, não seja um cabeça-dura morto.

Gabe estendeu o braço direito, fazendo uma arma com os dedos e mirando no adversário.

– Permita-me. – Chase empurrou o amigo de lado. – Escute, Gabriel. Eu preciso explicar as possíveis consequências disso. Para começar, duelar é ilegal. E também muito perigoso. Homens morrem assim.

– Eu sei – Gabe disse, impaciente. – Esse é o ponto.

– Há uma chance real de que você seja gravemente ferido ou morto. E, se por algum milagre conseguir matar Lambert, suas chances de morrer apenas aumentam. É provável que seja acusado de homicídio, condenado e enforcado.

– Não há muito que eu possa fazer agora, há? – Gabe deu de ombros.

– Há, sim – disse Ashbury. – Desperdice seu tiro. Conte os passos e, quando se virar, dispare sua pistola para cima. E reze para que Lambert faça o mesmo.

– Por que diabos eu faria isso?

– É um tipo de trégua. Significa que a honra foi reparada.

– *Eu* não sentirei reparação até que esse vilão esteja morto. Ele não merece honra. O que ele fez com Penny não foi apenas indigno. Foi imperdoável.

– Nós sabemos. O que ela sofreu é inconcebível. Então, se a ama, não lhe cause mais dor. Se você morrer, ela vai ficar arrasada. Diabos, até mesmo Chase e eu ficaríamos... – Ele olhou para o amigo em busca da palavra.

– Decepcionados? – Chase sugeriu.

– Vamos ficar incomodados – respondeu Ashbury.

Chase aquiesceu.

– Alguém tem que comer os sanduíches.

– Agradeço a ambos por este momento tocante. – Gabe empurrou os dois de lado. – Se me dão licença, tenho uma pilha de podridão humana para assassinar.

– Ela o ama – disse Chase.

– Ela ama qualquer coisa com um rosto. – Gabe gesticulou para a face desfigurada de Ashbury. – No seu caso, até com meio rosto. Se eu morrer, ela vai encontrar outra pessoa.

– Eu conheço Penny desde que éramos crianças – disse Ashbury. – Sim, ela oferece seu amor até para as criaturas mais miseráveis. Mas por mais que eu deteste admitir, seu caso é diferente. Eu nunca a vi assim antes.

– Jogue fora seu tiro – aconselhou Chase. – Faça isso por ela.

– Tudo que eu fizer de agora até o fim da minha vida – Gabe falou por entre os dentes cerrados –, quer esta dure mais dez minutos ou cinquenta anos, será por ela. Eu não preciso da aprovação de vocês e também não preciso de nenhuma droga de segundo ou de terceiro. – Como nenhum dos dois se moveu, Gabe berrou para eles: – Sumam!

— Só como esclarecimento, no caso de você morrer... — Chase disse, aproximando-se antes de Gabe se afastar. — Qual de nós você diria que é seu segundo e qual seria o terceiro?

— Pelo amor de Deus! — Gabe ia acabar com aquilo. Naquele instante. Ele atravessou a passo apressado o gramado, pegou na caixa uma das pistolas preparadas para o duelo e se aproximou de Lambert até seus pés encostarem nos dele. — Nós não precisamos fazer isso.

— Está oferecendo suas desculpas por este grave mal-entendido?

— Não. — Ele enfiou o cano da pistola na barriga de Lambert. — Estou pensando em pular a bobagem dos dez passos e atirar em você agora mesmo, a sangue-frio.

Lambert soltou um grunhido rouco.

— Você seria enforcado por isso.

— Talvez.

Isso poderia ter dissuadido Gabe se ele já não fosse um homem morto. Ash e Chase estavam certos. Ele estaria em desvantagem atirando de qualquer distância e cometeria um crime punível com a morte. Talvez conseguisse sobreviver ao duelo, mas seria preso logo depois. E se não conseguisse matar Lambert, seu sacrifício teria sido em vão. Se era para ele balançar na ponta de uma corda, seria melhor ir embora sabendo que encontraria esse monstro no inferno.

— Você nunca vai escapar — disse Lambert. — Todo mundo sabe quem você é. Na sociedade, dizem que é um menino de rua miserável.

— A sociedade está certa. — Gabe engatilhou a pistola. — E este menino de rua miserável vai mandá-lo para o inferno.

— *Esperem!*

O grito atravessou a névoa. Foi um grito agudo, desesperado. Feminino. Familiar.

Gabe fechou os olhos e praguejou.

Penny.

— Esperem! — Penny gritou, segurando a barra do vestido acima dos tornozelos enquanto corria pela grama úmida. Quando chegou ao lado de Gabriel, ela estava ofegante. — Espere. Não atire nele.

— Penny, o que está fazendo aqui?

— Não é óbvio? — Ela ralhou. — Estou evitando que faça algo que causará sua morte.

– Você precisa ir embora. Seu lugar não é aqui.

– Pois você está enganado. Meu lugar é aqui. Se alguém vai defender minha honra esta manhã, serei eu. – Ela pôs a mão sobre o cano da pistola. – Sou a única que pode fazer isso.

Relutante, Gabriel recuou um passo.

Penny ocupou o lugar dele, ficando bem à frente de Lambert, fitando-o no fundo dos olhos.

– Tenho algumas coisas para lhe dizer. E vai me escutar. Em silêncio. Sem dizer nenhuma palavra. Do contrário, o Sr. Duke terá minha permissão para fazer com você o que ele quiser. Estamos entendidos?

– Ora, boneca. Nós...

– Nenhuma palavra – ela rosnou.

Gabriel apontou a pistola.

Lambert mostrou as mãos vazias. Em silêncio.

– Eu era uma criança. E confiei em você. Minha família confiou em você. E o que fez comigo foi uma traição repugnante dessa confiança.

Bradford se virou para o sogro.

– O que ela está dizendo?

– Não consigo imaginar – respondeu Lambert.

– Ele me tocou – Penny contou para o irmão. A voz dela soou fria, isenta de emoção. – De maneiras que um homem adulto jamais deveria tocar uma criança. Ele fez isso durante anos.

– Eu nunca machucaria você, boneca. Deve ter me compreendido mal.

– Eu compreendi muito bem. Você conquistou minha confiança com presentes e atenção e, então, manipulou essa confiança para me machucar. Você me afastou dos meus pais. Fez com que me sentisse suja, envergonhada.

– Penny – o irmão começou. – Se o que está dizendo é verdade, por que não disse nada até hoje?

– Oh, Bradford! Por causa disso. Exatamente por isso. Eu sabia que duvidaria de mim.

– Eu não duvido que você *acredite* estar dizendo a verdade. Mas me pergunto se não pode estar confusa.

– Me chamar de "confusa" *é* duvidar de mim. – Ela manteve o olhar em Lambert. – Não estou confusa. Eu me lembro de tudo. De cada abraço que demorou demais. De cada beijo em troca de doces. De cada "aula de dança" no nosso salão de baile durante aquele outono chuvoso. E me lembro de todos os cuidados para manter aquilo em segredo. Eu sabia que era errado, mesmo sendo criança. Você também sabia que era errado.

– Errado não é a palavra certa – Gabriel interveio. – Doentio. Monstruoso. Mau. A morte é boa demais para você, seu...

– Obrigada – Penny o interrompeu. – Agradeço seu apoio, mas hoje eu mesma escolherei minhas palavras. E também vou escolher minha vingança.

– Vingança? – Lambert riu.

– Nunca vou perdoá-lo por arruinar aqueles anos que deveriam ter sido felizes ou por arruinar meus relacionamentos. Mas saiba de uma coisa: você *não* me arruinou. Nunca conseguiria me arruinar. – Ela enfiou a mão no bolso e retirou um maço de papéis enrolados. – Sou eu quem vai arruiná-lo.

– Não consigo imaginar do que você está falando.

– Não consegue? Talvez isto avive sua memória. – Ela desenrolou os papéis. – Talvez se lembre de emprestar uma grande quantia de dinheiro da minha tia Caroline para pagar dívidas de jogo? E talvez se lembre de acumular mais dívidas de jogo sem pagar o empréstimo. Minha tia também não foi a única em quem deu o calote. Você tem uma pilha e tanto de dívidas não pagas, Sr. Lambert. Elas somam dezenas de milhares de libras. E, a partir desta manhã, você tem apenas um credor. Eu.

Gabriel pegou os papéis da mão dela e os folheou.

– Penny, como foi que você conseguiu fazer isso?

– Eu aprendi com o melhor. E tive ajuda. – Ela indicou com a cabeça a na direção de uma carruagem escura e uma parelha, que se destacavam em meio à neblina. – Eu e minha tia passamos a noite toda procurando as pessoas que lhe emprestaram dinheiro. Ela comprou todas as dívidas. E as vendeu para mim. Por um xelim.

– Você é maravilhosa – Gabriel exclamou.

– Está tudo em ordem? – Ela perguntou. – Vão ser reconhecidas em um tribunal?

Gabriel assentiu com a cabeça.

– Pelo que estou vendo, sim.

– Ótimo. – Ela se voltou para Lambert. – Vai ser mais fácil para nós dois se entregar seus bens voluntariamente. Do contrário, vou investigar nos cartórios e tomar sem piedade o que eu conseguir encontrar. Eu posso acabar com a sua vida. Mas se concordar com meus termos, poderá manter sua casa e uma renda modesta.

– Com o diabo que poderá! – Gabriel interveio. – Deixe o patife sem nada.

Penny não tirou os olhos de Lambert.

– Ele precisa da casa e de renda para mantê-la. Porque tem que concordar em nunca mais sair de lá.

– Como?

– Permita-me contar para você o que aconteceu esta manhã, bem aqui neste parque. Você ficou ferido, com gravidade, neste duelo. Como resultado, vai se retirar para sua casa no interior, para se tratar. Só que não vai se recuperar. Nunca.

– Nunca?

– No que diz respeito ao resto do mundo, você será um inválido, preso à sua casa pelo resto da vida. Poderá manter o mínimo de criados, todos homens, velhos, desagradáveis. E nada de visitas.

– Nada de visitas?

– Nada.

– Nem mesmo de meus netos?

– *Especialmente* de seus netos. Se gosta deles, vai fazer o que estou mandando. Se eu descobrir que violou nosso acordo, vou expor não só a sua perversão, mas também sua falência. Seus filhos e netos serão contaminados por associação. E o Sr. Duke terá todo o meu apoio para fazer o que quiser com você.

– Insuportável – Lambert estrilou. – Não ficarei subordinado a um menino de rua.

– O Sr. Duke vale centenas de vezes mais do que você. Milhares.

– Só porque roubou dinheiro de famílias decentes.

– Não estou falando da fortuna dele. Estou falando do valor que ele tem como homem. Quanto a decência...? Você não tem base para falar disso.

Lambert tentou outra saída:

– Bradford, com certeza você não permitirá que ela faça isso.

– Meu irmão não pode interferir nesta questão. Mesmo que ele o perdoe, eu não o perdoarei.

O queixo de Lambert tremeu. Ele parecia começar a entender a gravidade de sua situação.

– Acredito que nós possamos chegar a algum outro acordo. Pense nos seus pais, na minha amizade com o pai de vocês. Nós podemos encontrar um meio de acertar esse desentendimento, boneca.

– Nunca mais, *nunca* me chame assim. Ou juro que eu mesma atiro em você. – Penny fitava diretamente os olhos covardes e repulsivos de Lambert. – Não sou mais sua "boneca". Sou sua *dona*. E, no futuro, se tiver que se dirigir a mim, será como Lady Penélope Duke. – Uma ideia mais interessante lhe ocorreu e um sorriso frio aflorou em seus lábios. – Melhor ainda, pode me chamar de Duquesa da Ruína.

Tia Caroline se aproximou deles.

– Está na hora de você partir, Lambert. Tem uma carruagem à sua espera. Estes cavalheiros o acompanharão.

Dois gigantes emergiram das brumas, pegaram Lambert pelos braços e o arrastaram para longe.

A mulher sorriu.

– Agora, *isso* me deu muita satisfação. Eu nunca soube, até este momento, o quanto queria ter capangas. – Com um tapinha no ombro de Penny e um volteio das saias, ela se virou para acompanhá-los.

Apenas Bradford ficou para trás.

– Penny... – Ele passou a mão pelo cabelo. – Não sei o que pensar disso tudo.

– Você tem duas alternativas. Ou acredita em mim ou não. – Ela inspirou fundo para se acalmar. – Você precisa saber que decidi nunca mais ter qualquer relação com aquele homem. Não posso. Se optar por manter uma relação com ele, de qualquer tipo, não poderei me relacionar com você.

– Você vai me fazer escolher? – Ele perguntou, os olhos suplicantes.

– Eu preciso. Do contrário, nunca mais terei paz.

Ele desviou o olhar para longe e ficou em silêncio por um longo momento.

– Ele é o pai da minha mulher.

– Eu sei. – Penny engoliu a emoção garganta abaixo. A decisão dele não foi inesperada. Ela sempre soube quem Bradford escolheria. – Vá com Deus, Bradford.

Ele foi acompanhar o sogro.

Penny se virou e andou na outra direção, pois não queria vê-los partindo. Gabriel caminhou ao lado dela.

– Eles já foram? – Ela perguntou alguns minutos depois.

– Já – ele respondeu, depois de olhar por sobre o ombro.

– Ótimo.

No mesmo instante, ela desabou. Seus joelhos se dobraram e Penny se inclinou para a frente, apoiando as mãos na grama para se equilibrar. Ela fitou a terra úmida entrar debaixo de suas unhas. Sentiu gotículas frias de orvalho molhando suas meias. Seu coração bateu alto em suas orelhas. Mas nada daquilo parecia real. Ela flutuava acima de seu corpo, uma observadora.

Então, Gabriel passou os braços ao seu redor, ligando-a à terra. Ar inundou seus pulmões, depois foi exalado como um soluço sem lágrimas. Ela se virou e escondeu o rosto no peito dele, segurando em seu casaco.

Ele a embalou com delicadeza, murmurando palavras de amor em seus ouvidos e acariciando seu cabelo.

– Essa foi a coisa mais corajosa que eu já vi.

– Eu quero ir para casa – ela murmurou. – Quero chorar e dormir durante dias, e, possivelmente, quebrar algumas coisas.

– Isso pode ser providenciado. A Sra. Burns guardou a louça da Sra. Bathsheba Wendleby no porão. Serviço de jantar para dezoito pessoas.

– Perfeito. – Ela fechou os olhos. – Também vou procurar uma nova ninhada de gatinhos e não quero ouvir uma palavra sobre isso.

– Você não vai ouvir nenhuma recriminação da minha parte. Mesmo que tenha cem gatinhos. – Ele parou a mão que acariciava as costas dela e acrescentou: – Foi uma hipérbole, você sabe.

Ela levantou a cabeça.

– E dentro de algumas semanas, talvez meses, quero começar a planejar um casamento. O maior e mais grandioso casamento que Mayfair já viu. A lista de convidados vai ocupar as colunas sociais durante semanas.

– Espero ser convidado.

Ela o beliscou com carinho.

– Você não vai ser convidado. Você será o noivo. E esse vai ser o melhor casamento do mundo.

Na manhã do casamento, uma dúzia de coisas deram errado.

Bixby se enganchou no véu de noiva e o rasgou.

George comeu o buquê.

Chase e Ash não paravam de discutir sobre qual deles era o "verdadeiro" padrinho.

E, agora, a tia Caroline tinha sumido. Eles não podiam começar a cerimônia sem ela. A tia tinha concordado em levar Penny até o altar.

Penny tamborilava os dedos do pé atrás, escondidos pela barra do vestido, tentando não demonstrar sua preocupação crescente.

— Pronto, fiz o possível. — Emma mostrou o véu remendado às pressas. — O estrago não aparece tanto.

— Você faz milagres. Não sei o que eu faria sem você, Emma. — Penny abraçou a amiga. E aproveitou para abraçar também Alexandra e Nicola. — Não sei o que faria sem qualquer uma de vocês. Minhas três graças.

— Só duas graças — Alex retrucou. — Você sabe que não sou uma duquesa. Ainda.

— Só uma graça — Nicola disse, subtraindo a si mesma do total. — Não importa o título que eu tenha, nunca poderei dizer que tenho alguma graça.

— Pois eu lhe digo que é a mais graciosa dentre nós, Penny. — Emma guardou agulha e linha. — Quem poderia imaginar que você seria a última de nós a chegar ao altar?

— Se minha tia não aparecer logo, pode ser que eu nunca chegue ao altar.

– Ela ainda não apareceu? – Gabriel surgiu na entrada da sacristia, tão impaciente quanto lindo.

Penny tirou um momento apenas para admirá-lo. Ele estava uma figura esplêndida naquele terno matinal, os ombros largos esticando a lã cinza do paletó. O cabelo recém-cortado tinha uma onda preta comportada e seu rosto bem barbeado parecia macio como o de um bebê. Apesar do aspecto comportado nessa manhã, Penny sabia que ao entardecer o rosto dele estaria áspero com a barba nascente, o cabelo formaria ondas revoltas. E o paletó matinal elegante? No fim do dia, ela já o teria arrancado daqueles ombros largos, revelando o peito musculoso.

Tudo no casamento deles podia dar errado contanto que uma coisa desse certo: quando eles saíssem da igreja, aquele homem magnífico seria dela. Todo dela. Era só o que importava, na verdade.

– Detesto interromper – Gabe disse –, mas as daminhas e o pajem estão apostando corrida entre a nave e os fundos da igreja.

– Oh, céus! – Alexandra entrou em ação. – A maioria dessas crianças é minha.

– Não todas, infelizmente. – Emma seguiu a amiga.

– Nenhuma criança ainda é minha responsabilidade – Nicola disse. – Mas acho que posso ir praticando.

Depois que ficaram a sós, Penny se voltou para Gabriel.

– Não consigo imaginar o que esteja atrasando a tia Caroline. Estou preocupada com ela.

– Pois eu estou preocupado com o que ou quem esteja atrasando sua tia.

Um mal-estar apertou o estômago dela.

– Você acha que ela mudou de ideia?

Com os pais e Timothy no estrangeiro, e Bradford distante de muitas maneiras, tia Caroline era sua única parente próxima em Londres. Se nem ela aparecesse, Penny se sentiria abandonada.

– Sua tia não mudou de ideia. – Gabriel disse, resoluto. – Por que mudaria? A mulher me adora.

Penny arqueou uma sobrancelha, em dúvida.

– Muito bem. Ela não me adora, mas só porque não é do tipo de pessoa que adora algo. Não se preocupe, ela virá.

– Penny?

Ela se virou para a voz familiar.

– Bradford?

Penny não via o irmão mais velho há um ano. Desde aquela manhã brumosa no Parque St. James, quando o fez escolher. Ele era seu irmão e

Penny o amava profundamente, mas enquanto ele mantivesse uma relação com o sogro, Bradford não poderia fazer parte da vida dela.

Nos meses que se seguiram, eles se corresponderam de modo impessoal, formal, quando necessário e, naturalmente, ela o avisou do casamento. Quando os amigos perguntavam, não era difícil explicar a ausência do irmão. As desculpas apareceram sozinhas: uma viagem muito longa de Cumberland, outra criança a caminho etc.

E agora... ali estava ele, sem avisar.

Ela engoliu o caroço que sentia na garganta.

– Eu não sabia que você vinha.

– Para ser honesto, eu também não. No fim, tia Caroline me deu um chute no traseiro.

Gabriel marcou presença:

– Se está aqui para se opor à cerimônia, eu mesmo chutarei seu traseiro. E sou bem mais forte do que sua tia Caroline.

– Eu não vim para me opor ao casamento. – Ele olhou para Penny. – Eu gostaria de ser parte dele. Você me dá a honra de levá-la até o altar?

Ela não conseguiu falar.

– Neste ano que passou, eu não me mantive distante por raiva ou desconfiança, mas por vergonha. Sou seu irmão mais velho. Eu deveria ter prestado mais atenção. Deveria... ter percebido, de algum modo. Eu não a ajudei quando precisou de mim e sei que nunca vou poder consertar o passado. Mas se me permitir, prometo apoiá-la de hoje em diante.

– Você não precisa concordar, Penny – Gabriel disse.

– Eu sei.

Ela pegou a mão do irmão. A distância entre eles não poderia ser eliminada em uma manhã. Mas já que ele tinha dado o primeiro passo – milhares de primeiros passos, considerando a distância desde Cumberland –, ela poderia dar o próximo. Antes de falar, contudo, Penny fez uma pausa para refletir.

– Bradford, estou feliz por você estar aqui. Muito feliz. Mas não quero que me leve até o altar esta manhã. Não sou sua para você me entregar.

Bradford pareceu decepcionado, mas recebeu bem a decisão da irmã.

– Eu compreendo. Devo buscar tia Caroline, então? Ela está lá fora.

– Também não sou dela. Nem de ninguém. Sou apenas minha e estou me casando com o homem que escolhi. – Ela pegou a mão de Gabriel e olhou para ele. – Por que nós dois não vamos juntos até o altar?

– Uma quebra e tanto da tradição – Bradford disse. – Mas se é o que deseja.

– É sim.

– Então, é como deve ser. Eu estou feliz por você, Penny. – Bradford beijou a irmã no rosto. Ao se afastar, ele apontou o indicador para Gabriel. – Você não é bom o bastante para ela.

– Você também não – Gabriel retrucou.

Bradford assentiu.

– Quem diria, nós já encontramos algo em comum.

Quando o irmão saiu de perto, Penny se virou para seu noivo e sorriu.

– Acho que devemos ir nos casar.

– Nada de porco-espinho no seu bolso? – Ele perguntou.

Ela negou com a cabeça.

– E nada de xelim no seu, espero?

– Não... – A resposta dele foi estranhamente hesitante.

Desconfiada, Penny passou as mãos pela seda do colete, tateando a extensão firme do peito dele. Quando seus dedos encontraram um objeto duro e chato na região do bolso interno do paletó, ela soltou uma exclamação de desgosto.

– Gabriel!

– O que foi?

– Você sabe muito bem o que foi. – Ela enfiou a mão por baixo da lã superfina da lapela, mergulhando-a no bolso escondido.

– Mulher ousada... – Ele disse, afastando-se do toque dela.

– Você prometeu!

– E eu mantive minha promessa.

– Mesmo? – Ela tirou a moeda do esconderijo forrado de seda, mostrando-a entre o polegar e o indicador. – Então, como você explica isto?

– Um trocado. Não consigo imaginar como foi parar aí.

Ela inclinou a cabeça com olhar de reprovação.

– Não é o que você está pensando – Gabe exalou, parecendo resignado.

Ela virou a palma da mão para cima, deixando a moeda servir como prova de acusação.

– Eu sei reconhecer um xelim quando vejo um.

– Olhe de novo.

Ela baixou os olhos para a moeda em sua mão enluvada e a face gravada se destacava do cetim branco. A luz incidia na superfície, revelando que a cor não era o prateado do xelim, mas um tom de cobre.

Oh!

Uma aguda pontada de surpresa atingiu o coração dela. Gabe estava dizendo a verdade. Não era mesmo um xelim.

Era um penny.

Um penny reluzente, recém-cunhado. Que ele estava guardando no bolso do peito do paletó. Bem ao lado do coração. Trêmula, ela inspirou fundo.

– Gabriel.

Ele levou as mãos aos ombros dela, mas foi a voz grave, rouca, que a alcançou e a puxou para perto.

– Você sabe a miséria em que eu nasci. E sabe que prometi a mim mesmo que nunca mais seria aquele garoto descalço e faminto.

Ela anuiu.

– Eu tenho todos os luxos que um homem poderia desejar. Centenas de milhares de libras nas minhas contas. Eu trabalhei como um diabo para construir minha fortuna, mas ainda assim... – O polegar dele encontrou o rosto dela em uma carícia reverente. – Agora, eu venderia minha alma por uma Penny.

Ela ficou na ponta dos pés e deu um beijo suave e demorado no rosto dele, arrastando o nariz em sua pele enquanto se afastavam. Eles se entreolharam por algum tempo. Penny não saberia dizer se foram segundos ou horas, mas sabia que foi um instante da eternidade.

Ele estendeu a mão.

– Vou ficar com isso, obrigado.

Ela entregou a moeda com gosto, devolvendo-a ao bolso antes de arrumar a lapela do casaco dele.

– Agora, vou ter que caminhar até o altar com o nariz vermelho e os olhos cheios de lágrimas – ela disse. – Espero que esteja feliz.

– Estou mesmo – ele respondeu, apenas.

Epílogo

Vários anos depois

— Eu a amo — Penny disse carinhosamente, como fazia pelo menos uma vez a cada tarde. — Eu a *amo*.
— *Garota linda*
— Eu a amo. Eu a amo. Eu a *amo*.
— *SRA. ROBBINS!*
Penny suspirou e ofereceu um pedaço de biscoito à papagaia.
— Oh, Dalila! Não vou desistir de você, sabe. Um dia desses, nós vamos conseguir.

Ao longo dos últimos anos, o repertório de frases da Dalila tinha de fato aumentado, em muitas das mesmas maneiras que a vida de Penny tinha crescido.

No primeiro ano do casamento, Dalila aprendeu a imitar os latidos de Bixby. Ela também tinha aprendido a exclamar "*Não, George, não!*", o que sempre divertia Gabriel.

Quando chegou o inverno, Dalila tinha aprendido a imitar o choro de um recém-nascido com tamanha perfeição que conseguia tirar os dois da cama de manhã cedo após uma noite sem dormir. Gabriel achava isso bem menos divertido.

Alguns meses mais tarde, Dalila já sabia entoar os primeiros acordes de uma canção de ninar. Ela aprendeu a gritar "Mãe!" poucas semanas depois do pequeno Jacob.

Por algum motivo, contudo, Penny nunca conseguiu fazer Dalila repetir aquelas três palavrinhas. Ela tinha estimulado a papagaia com todos os sabores de biscoito do livro de receitas de Nicola, sem sucesso. Com certeza, a ave estava fazendo isso de propósito, para provocá-la. Ela ouvia aquela frase ser repetida com muita frequência e não só por Penny. Aquela era uma casa cheia de amor.

– Eu a *amo*. Eu a... – Ela tentou mais uma vez.

– Você ainda está tentando ensinar essa papagaia? – Gabriel entrou na sala de estar.

– Claro que estou. Eu nunca vou desistir.

– Certo. Aproveitando... – Ele tirou as luvas e as jogou sobre a mesinha de canto. – Você pode me dizer por que tem um rebanho de ovelhas no estábulo?

– Tem três ovelhas no estábulo – Penny respondeu. – Três ovelhas não constituem um "rebanho".

– Rebanho ou não, são três ovelhas a mais do que nós tínhamos esta manhã.

– Elas vão para a fazenda, eu prometo. – Falando baixo, ela acrescentou: – Assim que saírem da quarentena.

A fazenda foi a primeira compra de Penny com os bens arrestados do Sr. Lambert. Eles começaram com um pequeno sítio em Kent, mas quando uma gleba adjacente ficou disponível, ela expandiu a propriedade. Eles reconstruíram a velha casa sede e acrescentaram novos estábulos.

A fazenda não era apenas um lar para animais indesejados. Durante o verão, também era a casa da família. Emma, Alex e Nicola iam visitá-los com suas famílias. No ano passado, tinham até recebido Bradford e seus filhos durante algumas semanas, pouco antes de o semestre escolar de outono começar e Gabriel foi até educado com o irmão dela – na maior parte do tempo.

– Onde está Jacob? – Gabriel perguntou ao se sentar no banco para tirar as botas.

– No parque, com Emma e Richmond.

– O bebê?

– Dormindo.

Ele deixou a bota cair no chão e deu um sorriso lento e provocativo para ela.

– É mesmo?

– É mesmo. – Ela andou na direção do banco, movendo-se com um balanço provocante dos quadris. Ele a pegou pela cintura e a sentou no colo para um beijo lento e apaixonado.

– Eu a amo – ele disse. – Pode ser que você nunca consiga ensinar aquela maldita papagaia a falar isso, mas conseguiu me ensinar. E agora você nunca mais vai deixar de ouvir essa frase, garota linda. Eu a amo. – *Beijo.* – Eu a amo. – *Beijo.* – Eu a amo.

Penny passou os braços ao redor do pescoço do marido antes de perguntar:

– Quer uma foda, amor?

Agradecimentos

Minha editora, Tessa Woodward, tem minha adoração. A melhor editora do mundo. Sim, Tessa, eu comparei você a um cachorro de ficção. Ao contrário de um certo herói, você merece totalmente esse elogio. Eu não sei como lhe agradecer o suficiente. Não tenho palavras para expressar minha dívida e você sabe o porquê.

Brenna Aubrey tem minha devoção. Toda escritora deveria ter a sorte de ter uma amiga que enfia no seu escritório uma figura de papelão do Chris Evans em tamanho real enquanto você está fora da cidade.

Brittani DiMare tem minha gratidão – e minhas sinceras desculpas – por sua paciência heroica.

Kayleigh Webb e Elle Keck têm minha calorosa admiração por tudo que fazem.

Steve Axelrod, Lori e Elsie também têm minha admiração.

Os melhores do ramo.

Os *Darelings* e toda a família Dare estendida têm meu amor eterno.

O Sr. Dare tem meu coração.

Leitoras, vocês têm minha gratidão. Sempre.

Este livro foi composto com tipografia Electra Std e impresso
em papel Off-White 70 g/m² na Gráficas Rede.